八路軍《パーロ》とともに

満州に残留した日本人の物語

永尾広久

花伝社

八路軍《パーロ》とともに——満州に残留した日本人の物語◆目次

III 紡績工場の日本人技師

帰郷

三又の久おじさん

小学生のころ、夏になると私は三又《みつまた》に行って、1週間ほど叔父（父の弟）の家に寝泊まりして魚釣りしながら、のんびり過ごしていた。餌《えさ》のミミズはどんなとこにいるか、浮きの沈み具合と竿を上げるタイミングなども叔父に教えてもらった。とても温和な優しさあふれる人柄で、小太りのつる子おばさんも面倒見がとてもよいので、自分の家にいるような気楽さのなか遊んで暮らした。

周囲は見渡すかぎり田圃が広がっていて、はるか遠くに背振山系が見える。筑後川の本流からは遠いものの、クリークが縦横に走り、鮒《ふな》釣りの場所には不足しなかった。

クリークの水はきれいで、その一角に小さい子どもたち用に木枠を組んで簡易なプールがつくられていたが、少し大きい子どもたちはクリークで自由に泳いでいた。ところが大きな蛇まで水面をゆったり泳いでいくのを見た私は、恐くてクリークで泳いだことはない。

叔父も農作業の合い間に釣りをして、釣れたウナギは自分で器用にさばいて料理した。大きなまな板の上にウナギを載せ、出刃包丁で見事にさばくのを、すぐそばで食いいるようにして見ていた。

どんな話の流れだったのかは忘れてしまったが、中国の話になり、「八路軍は立派な軍隊だった」と叔父がつぶやくように言った。そばにいたつる子おばさんは「『三大規律、八項注意』があって、とても規律正しかったのよ」と付け足した。えっ、何、なんのこと……。そのときは、なんのことか、さっぱり分からなかった。叔父が戦争中に中国大陸へ引っ張られていたことは薄々話には聞いていたので、きっとそれに関連したことなんだろうなと一人納得し、そのまま聞き流した。叔父たちもそれ以上、話すことはなかった。

大学生のときから東京に10年いて、結婚したあとUターンで郷里に戻ってきたので、叔父とは再びよく話すようにはなったが、じっくり中国の話を聞いたことは一度もない。叔父はいちご栽培をしていたので、子どもたちを連れていちご狩りをさせてもらったこともある。また、庭で畑仕事のまねごとを始め、メロンをつくってみたところ、形は立派でも味がついていなかった。それで叔父に尋ねると、やはり美味しい味にするには芽かきのやり方や肥料など、工夫が必要だと教えられ、やはりプロの農家は違うと感心した。

やがて、癌で70代前半に亡くなった父のことを調べて小冊子にまとめ、叔父にも読んでもらった。それがきっかけになったのかどうかは分からないが、80歳になった叔父は中国での苦難にみちた生活を書きはじめた。それは、中国で知りあい結婚して一緒に日本に帰国した叔父の妻との共同作業だった。

叔父は、日本と中国との関係が戦後も平坦な関係になかったことから、保守的な風土に生きる者として「共産中国」に加担していたとの誤解・偏見を招くのを恐れて長く沈黙していた。それでも人生を終える前に語り伝えるべきことがあると考えて、長く封印していた記憶を頭の底からひっぱりあげて文字にしていったのではないか。いまの私は、そう考えている。叔父が書いた原稿を渡してくれたので、清書して送り返した。二度も三度も叔父は書き直した。

筑後平野で家族とともに農業して生きていた叔父が国家の都合で中国（当時の満州）に兵士として送られ、日本敗戦後は八路軍（中国共産党軍）に協力する技術員として紡績工場で働き、戦後8年たってようやく叔父は日本に帰国することができた。叔父の名は久《ひさし》。久が苦労して書きあげた手記を、あちこちの図書館から古い本を借り出したり手を尽くし、必死で裏付けをとってみた。久が語り伝えたかった思いをしっかり受け止め、久が仲間とともに歩んだ道をたどってみよう。

満州地図

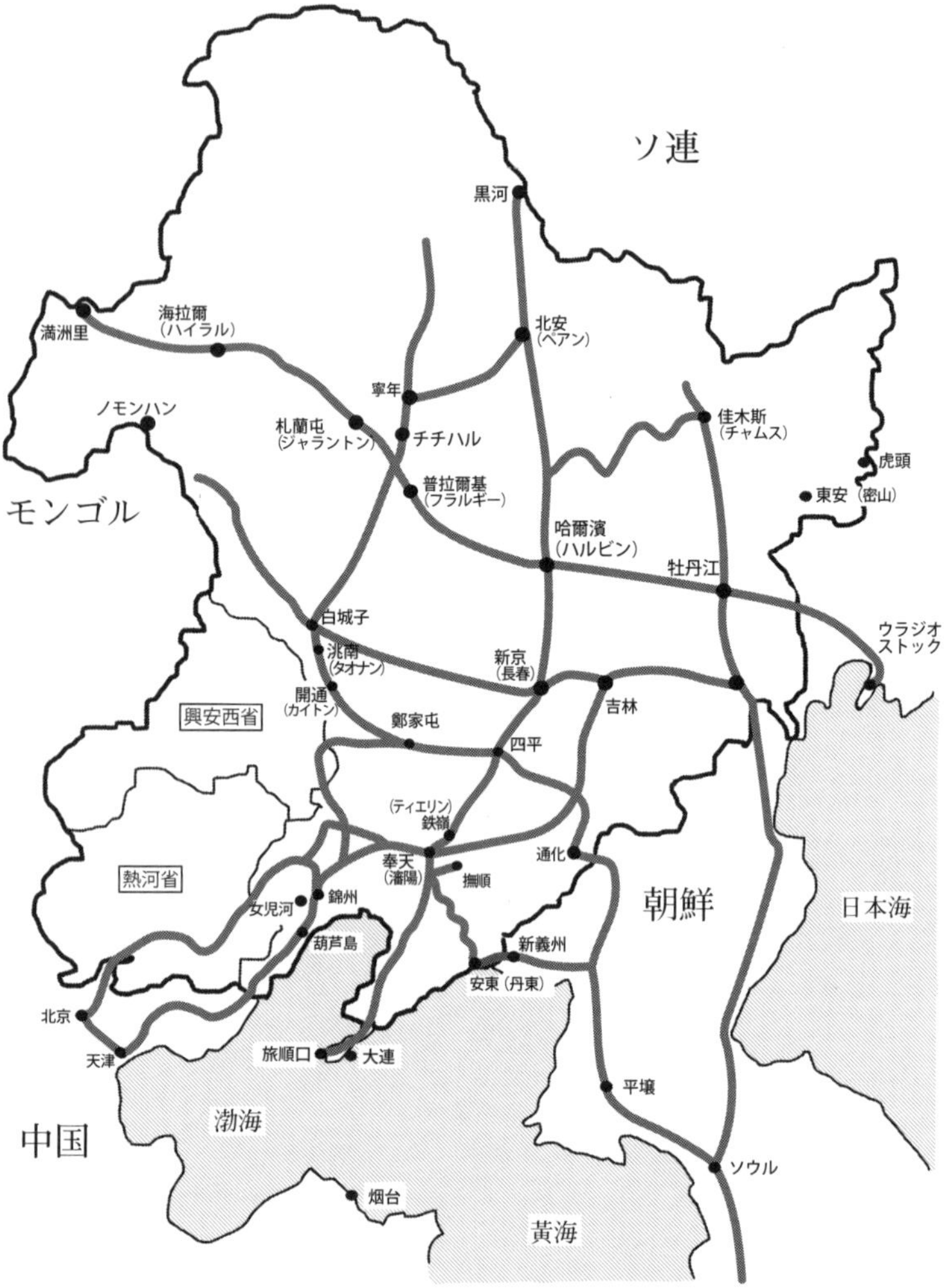
ソ連
黒河
満洲里
海拉爾
（ハイラル）
北安
（ペアン）
寧年
札蘭屯
（ジャラントン）
チチハル
佳木斯
（チャムス）
虎頭
東安（密山）
ノモンハン
モンゴル
普拉爾基
（フラルギー）
哈爾濱
（ハルビン）
牡丹江
ウラジオ
ストック
白城子
洮南
（タオナン）
新京
（長春）
吉林
開通
（カイトン）
興安西省
鄭家屯
四平
（ティエリン）
鉄嶺
奉天
（瀋陽）
撫順
通化
熱河省
錦州
女児河
葫芦島
朝鮮
日本海
新義州
安東（丹東）
北京
天津
旅順口
大連
平壌
渤海
中国
ソウル
烟台
黄海

I 関東軍の兵士

召集令状

真夏の暑い盛り。その日の農作業が終わって、家族みんなで晩ご飯を食べていた夜8時半、来客があった。こんな時間に何だろう、珍しいな。1944（昭和19）年8月15日のこと。

「ごめんください。今晩は」

お茶をもう一杯飲もうと立ち上がっていた久が、玄関の間まで行き、「何か」と外の闇に向かって声をかけた。灯火管制が敷かれているので、外は漆黒の闇。闇の中から顔をぬうっとあらわしたのは三又村《みつまたむら》役場のよく知った小使い。嫌な予感がする。左手に提灯を持ち、右手の紙を突き出す。少し前から戸籍係と兵事係《へいじ》を兼ねていると聞いていた。召集対象者には戸籍に符号がつけられているらしい。男は軽く頭を下げて抑揚のない口調で告げた。

「おめでとうございます。召集令状が来ました。入隊は8月17日午前10時となっています。久留米第52部隊のようです。よく読んで間違いのないようにして下さい」

何が「おめでとう」だ。とんでもない。戦死への招待状じゃないのか……。

召集令状は縦15・5センチ、横25・5センチの淡紅色の紙。なので、赤紙と呼ばれている。「1銭5厘」のハガキ（今は3銭）ではない。召集令状の郵送料が1銭5厘だから「1銭5厘」で兵士は簡単に安く集められるというのでもない。召集令状の右側4分の1ほどが受領証となっていて、ミシン目が入っているので簡単に切り取れる。受領証に久は受領した日時を書いて、名前を書き込み、認印を押捺した。三又村役場という腕章を巻いた兵事係の男は家の外に出ると、ガチャンと音を立てた。提灯をもちながら自転車で役場に戻るのだろう。召集令状の交付が夜に多いのは、確実に届けるためだ。昼間だと対象者が不在のこともあり、また兵事係を知っている人から声をかけられたりして、途中で面倒なことが起きたりするのを避けたい、そのためには夜がいい。

受け取りはしたものの、たちまち久の頭のなかは真っ白。久の徴兵検査の結果は丙種だったから、召集されないと安心していたのに。噂で丙種にも召集令状が来ていることは聞いていたが、まさか自分にまで……。久は、25歳。20歳に達した成人男子は全員、徴兵検査を受けることが義務づけられていて、久は「身体上きわめて欠陥の多い者」として丙種に区分された。現役兵に適する者は身長1・55メートル以上で、身体強健な者とされる。そのうち最適者を甲種、それに次ぐ者は乙種とされる。そして、丙種は身長1・55メートル以上あっても身体強健でない者、それ未満の身長であったり、現役兵として徴集の対象外だが戦時の召集はありうる、国民兵役に適するとされた者のこと。

大本営発表は相変わらず「勝った勝った」と勇ましいものの、発表される戦場が次第に日本に近づいてきていて、みな本能的に危ないぞと思っていた。だから兵員不足から丙種も徴兵されるという噂には根拠があった。

兵役は納税・教育とあわせて、臣民の三大義務。兵役は満17歳から40歳までの男性に義務づけられている。召集されて出征するのは名誉なことと見なされているので、表向きは勇んで召集に応じる姿勢を見せなければいけない。全国で毎年成年に達する男子60万人のうち、実際に入営するのは10万人だ。

久平家

家族は、まだ食事中だったので、居間に戻って赤紙がきたことを報告すると、父久平も継母トキも、みんな急に慌てた。このとき、妹のキクヨと時代《ときよ》は東京の学校で勉強していた。久は7人兄弟の5番目で、二男。10歳も年の離れた長男の茂は百姓を嫌って東京に出て苦学し、今は大牟田で三井企業（三池染料）に勤める会社員（35歳）。だから、二男の久が三潴《みづま》中学を卒業したあと百姓を継いだ。父の久平は60歳で、胃弱に苦しみ農作業に耐えない。

久平家は6町歩の田圃を有する、そこそこの地主で、自宅の玄関前、両脇には白い土蔵が2つある。専業農家ではあるが、少しでも現金収入を得ようと玄関先で煙草を売っていることから、「煙草屋」と呼ばれている。三又村（今の大川市下青木）には永尾姓がたくさんいるので、屋号で呼んでお互いを識別する。

久平は三又村では珍しく新聞をとって読んでいるし、村会議員も3期つとめた。これは久平に政治的野心があったというより、久平の人の良さを見込んだ周囲から村会議員を押しつけられたというのが真相。村の実力者というより、地域の運営に欠かせない世話役の一人だ。

入営

三又村から出征した青年の戦死公報が相次いで届けられているのは久も知っていた。久は最近お見合いをして、話がまとまりかけている。そこで、すぐに久平は仲立ちをしてくれている堀（クリーク）向こうの「せんたん」（永尾千太郎）の家へ出かけて行った。翌日昼から大急ぎで結

兄・茂の結婚式（1940 年 5 月 14 日）

婚式をあげることになり、親族とごく親しい身内のような人たちだけが集まった。これは壮行会も兼ねているが、誰も久に向かって心から「おめでとう」とは言えなかった。そんな心境ではない。「しっかりやってきてくれ」という言葉が飛びかうものの、意気が上がらず、おめでたいはずの場が、ついしんみりしてしまう。地元の清力《せいりき》酒造の日本酒「清力」だけはたっぷり振るまわれた。久も久平もどれだけ飲んでも酔っ払う気分にはなれなかった。とはいうものの、久も久平も下戸《げこ》だから、もともとたかがしれてはいる。新婦みどりは本当の一夜妻だ。

4年前の5月にあった兄・茂の結婚式は盛大だった。まず大川の「おふろさん」（風浪宮《ふうろうぐう》神社）で神前結婚式をし、そのあと自宅で披露宴をした。近くの「石屋」という料亭の料理人を雇って、2日間、親戚や近所の人を招いて祝ってもらった。自宅で2日間ぶっ通しで披露宴をやるというのは久平家に限らず通例のことで、三又村の慣習に従っただけ。もちろん、戦争が始まって続くなかでモノ不足になって、贅沢《ぜいたく》は敵だというスローガンが貼り出され、そうはいかなくなった。

壮行会というより送別会を兼ねた結婚式の翌朝、名ばかりの妻みどりと家族、そして数人の村人から下青木神社で見送りを受け、うしろ髪を引かれる思いでタクシーに乗り込んだ。召集令状は右側の受領証の反対の左側は鉄道の無料乗車券になっているが、三又村から久留米の第52部隊に行くのに鉄道は使えないから、久にとって無用のもの。久が後部座席にすわると久平が身を乗り入れて久の耳元に口を近づけ、「無理して突撃とかせんちゃよかけんね。生きて帰ってこなんばい。みんな待っとるけんね」と小声でささやく。久は「うん、分かっとる」とだけ答え、タクシーを出発させた。タクシーは、三又村からアメリカのカリフォルニアに移民として渡り、それなりに成功して戻ってきた永尾末吉が「アメリカ屋」と呼ばれてタクシー業をしているので、それを利用させてもらった。末吉は横浜港から密航してメキシコに渡り、そこからカリフォルニアに入り、ロサンゼルスのいちご農場で事業を成功させていたが、日米関係が悪化してきたのを察知すると、いち早く日本に帰国した。

1940(昭和15)年ころは、出征の日に「祝・出征○○君」と大書した幟《ノボリ》を何本も家の前に立て、村長や近所の人がたくさん集まり、音楽隊まで出てにぎやかに見送った。ところが、3年前の関特演《かんとくえん》(関東軍特別演習)に向けての召集のときは、まったく違って秘密動員が徹底された。応召する兵士は軍服着用が厳禁され、ゆかたがけ、手に釣竿でも持ってこいと言われ、見送りは家族3人以内、タスキ・旗・特別の標示は禁止された。しかしこのような秘密動員が大々的に進められたら、国民の戦意は高揚するどころではない。むしろ国民の気持ちを萎《な》えさせてしまった。軍部は反省し、秘密は維持しつつも万歳で送り出す形式を復活させたが、久の出征のころも「秘密保持」のため、派手な見送りは禁止されていた。

久は、久留米にある第12師団29連隊第52部隊（現在、園芸試験場そして久留米大学附設高校のあるあたり）に入営した。赤紙を受けとってから35時間ほどで入営することになっている。入営したのは、久留米の高良山《こうら》に近い高良内《こうらうち》を本拠地とする部隊だ。

入営した初日は、お客様扱いで、「ぼくとかきみ」というのは厳禁、「自分とか貴様と呼べ」、「返事はハイを一回だけ」、「用事を言いつけられたら、必ず命じられた用件の要点を復唱する」などと言われたくらいで、なんとか無事に過ぎて久は安心した。しかし、これは単なる嵐の前の静けさ。翌朝から猛烈な訓練がはじまった。営舎内の行動は、すべて駈け足。自分たちより一日でも早く入隊した古年兵をふくめて、出会う人すべてに、いち早く敬礼しなければならない。上官に対しては、行動中でも直ちに停止し、きちんと向き直って敬礼する。名前を名乗るとき、久は思わず「わたし」と言いそうになった。慌てて「自分」と言い直して姓名を名乗った。「声が小さい」。たちまち顔面を一発殴られた。ビンタの洗礼だ。その後も何回も殴られた。初年兵は殴られるのも訓練のうち。初年兵は常に大声をはり上げていなくてはならない。それは声が大きければ大きいほど喜ばれる。ところが、声の質によっては古年兵から嫌われることがある。そんな理不尽な……。久は「貴様の声は気にくわん」と言われて上官から殴られている初年兵仲間に同情した。

支給された身のまわりの品物に全部、自分の名前を書いておき、盗《と》られないように、なくさないように何度も注意される。そこまでしなくても、と思っていると、実際、よく身近な品物が盗られてなくなる。久は初めのうちは不思議でならなかった。

朝5時に起床ラッパで起こされると、すぐに寝具を上げて、顔を洗って点呼を受ける。朝から、まずは軍人勅諭を暗唱させられた。軍人勅諭は長文ではないが、漢文調なので、慣れない人は覚えるのに苦労する。

一　軍人は忠節を盡《つく》すを本分とすへし。
一　軍人は禮儀《れいぎ》を正しくすへし。
一　軍人は武勇を尚《とうと》ふへし。
一　軍人は信義を重んすへし。
一　軍人は質素を旨とすへし。

言えなかったら、すぐにビンタが飛んでくる。声が小さいと怒鳴られ、何度でもやり直しさせられる。少し知恵遅れかと思う兵隊がいて、なかなか覚えきれず、何度も何度も怒鳴られ叩かれ、気の毒だった。久と同じ初年兵には片眼が悪い人、30歳前後の人、いかにも年齢《とし》を食った補充兵ばかり。ロートル（老頭児、つまり老兵）であることは間違いない。

午前中の訓練は三八式歩兵銃の操作、そして匍匐《ほふく》前進の訓練、午後からは集団行進や散兵（戦場での兵隊の展開）など、みな慣れないことばかりだから、とにかく時間がかかる。演習場で散兵のしかたの訓練で、へとへとになる。足元がふらふらして地につかず、悪夢を見ているような思いであっという間に時間が過ぎていく。

兵隊は「早飯《めし》早糞《ぐそ》早走り」で追いまわされる。胃腸の弱い久はついていくのに苦労する。夕方、支給された寝具や被服の整理整頓状況を古年兵が点検する。整頓がちょっとでも悪いと、棚から全部引き落として「やり直し」と怒鳴る。点呼や整理整頓の点検は夜にも不意打ちされる。同じ班の兵がへまをやると連帯責任。全員が向きあって、対抗ビンタをやらされる。手心を加えて叩くと、すぐに見破られて、「こうやるんだ」と古年兵が怒鳴り、一発で打ち倒される。親からだって殴られたこともないのに、なんと理不尽な扱いだ……。

初年兵いじめが本格化するまもなく、2日目の夜、久が早目に寝台にもぐり込んでやれやれと思っていると、突然、夜の9時過ぎに呼集されて営舎前に集合させられ、そのまま原隊を後にするという。夜11時すぎ、灯火管制で真っ暗な久留米の町を歩いて駅に向かう。待機させられた久留米駅の構内で知人はいないかと久は探してみたが、もちろん、こんな時間に誰も知った人はいない、いるはずもない。久は草色の半袖シャツ、竹の飯盒《はんごう》、ごぼう剣を手に持ってゲートルに地下足袋姿だ。ごぼう剣とは三十年式銃剣のことで、日本軍の主力銃剣。全長51センチ余で、刃長は40センチ。刀身の長さと黒い色から、ごぼう剣と呼ばれる。この銃剣は敵兵の腹部を刺突するためのものであり、三八式歩兵銃に着剣することができる。なかには中身が竹製のもの、つまり「竹光《たけみつ》」のものもあるらしい。久のものは幸いというべきか、本物の銃剣だ。歩兵が持たされる弾丸は120発、手榴弾は2発。

中国大陸へ

午前1時、ようやく動き出した汽車で博多駅へ行き、またまた駅前で長く待機させられる。博多駅には、7人も子どもを産んで39歳の若さで死んだ母キヨノが病気（子宮ガン）で九大病院に入院していたころに来たことがあるのを久は思い出し、一瞬、涙が出そうになった。夕方5時ころ、博多駅から呉服町を通って博多埠頭に徒歩で移動する。そこでも長く待たされ、ようやく関《かん》釜《ぷ》連絡船に乗船した。この船には一般人も一緒。玄界灘にアメリカの潜水艦が出ているという噂は本当らしい。夜も遅くなってから出港する。この日、八幡が6月16日の空襲のあと久しぶりにアメリカ軍によって空襲された。8月20日（日）、アメリカ軍の四発超重爆撃機Ｂ29が中国も奥地に位置する成都から発進し、昼間、北九州を空襲した。61機のＢ29爆撃機が八幡製鉄所を主目標とし、合計96トンにもなる５００ポンド破裂爆弾を投下し、２００人以上の死傷者を出した。空襲は同夜（21日未明）もあり、昼夜にわたる空襲だった。

関釜連絡船に乗り込んだ久たちの部隊はみな夏服のまま。南方行きの噂はなく、朝鮮行きらしい。久たち兵士に目的地が知らされることはない。関釜連絡船だけでなく、南方に向かう船はアメリカ海軍の潜水艦から次々に沈められているという。太平洋の藻屑《もくず》の泡にはならないですむようだ。久たち兵士は狭くて油臭い船底の三等船室に押込められ、厠《かわや》（トイレ）以外は外に出るなと厳命された。玄界灘は荒れることで名高い。今日の揺れはそれほどでもないというけれど、多くの兵士が吐き気を催した。久はこれも人生修行だと思って、なんとか耐えた。

「八幡がやられたらしい」

「えっ、どぎゃんしたつね……」

「アメリカの空襲にあったげな」

兵隊の噂話の伝わる速さには驚かされる。

「船が沈んだら、俺たち、お陀佛《だぶつ》だな」

薄暗い船室、ひそひそ声が聞こえてくる。眠ろ、ともかく眠れ……。たっぷり8時間かけて関釜連絡船は港に着いた。朝鮮の釜山に夜も明けないうちに上陸する。釜山は博多港の対岸のようなものだ。

釜山駅で、まだ暗いなか、どこから集まったのか、ものすごく大勢の兵隊が貨物列車に乗り込む。家畜運搬用の有蓋貨物列車なので、入ると家畜の糞の臭いに圧倒された。一つの貨車に50人以上も兵士が詰め込まれ、敷かれている藁《ワラ》の上に座るのがやっと。日本の線路より広軌なので、貨車の内側は本土のよりも広い。兵士はみな20代か30代で、10代の子どもじみた顔は見かけない。夜明けに列車は動き出す。朝とも昼ともつかない食事を取る。竹を二つ割りにした味噌汁入れが安定せず、手で竹をもち、右手で握り飯を立ったまま食べる。途中の大きな駅では戸を開けるのを禁じられ、まるで人間ではなく荷物としての扱い。便所にも行けず、大便するのに貨車に乗ったまま尻を外に出して用を足す。駅でないところで停車すると、白い割烹着《かっぽう》の日本人のおばちゃんたちが線路脇の野原に握り飯と味噌汁の食事を用意してくれていた。屋根の上に赤い唐辛子がたくさん干している民家が見える。やはり、ここは朝鮮だ。

8月22日、朝鮮も北部の新義州を過ぎて中国に入る。ここからは満州だなと思うと家並みの様相ががらりと変わった。泥土《どろ》で出来た、低くて灰色の家並みが沿線に続いている。人口54万人、満州最大の都市である奉天駅にやっと到着すると、先頭の長い長い軍用貨物列車が切り離され、いつの間にか消えて久たちだけになった。駅の内外は黒い綿入れの満州服を着た男女ばかりで、朝鮮で見かけた真っ白な朝鮮服の人々とまったく違う光景が久の目には新鮮にうつる。喉《のど》の乾いた兵士が駅の水道の蛇口へ走っていった。それを見つけて同行していた伍長が追いかけ、大声で怒鳴った。

「こら、待て。ここでは内地と違って絶対に生水を飲んだらいかん。たとえ水道でもダメ。飲んだら赤痢になるぞ」

久は、それを聞いて身が震えた。ここじゃ、水道水も飲めないのか……。

部隊の仲間で行き先論議が、あれやこれやとはじまる。皆が議論して疲れきったころ、突然、久たちの貨物列車がごとんと発車した。前のほうに客車を連結したようだ。途中の駅で停車しているときに貨車の扉を開け放つと、虫が入ってくる。ブヨだ。刺されてはかなわないので、暑くても我慢して閉めたままにする。晩になると、停車中に、おびただしい蚊の襲来があるうえ、昼間は暑かったのにとても冷えこむ。通過する駅を注意して見ていると、列車は北に向かって走っていることが分かった。久たちは身を寄せあって互いの身体の熱で暖をとる。黒龍江省の白城子、そして蒙古の入口のチチハルを過ぎ、小さな駅に到着した。「ここはどこじゃろか?」、「ありゃりゃ、難しい字が書いてあるばい」、「何て読むとじゃろか」。

8月31日、普拉爾基《フラルギー》に着いた。眼が覚《さ》めて戸を開けると、真夏なのに霜なのか雪なのか線路上も周囲も真っ白で、震えあがった。さらに列車は先に進んでいく。久たちは夏服の半袖シャツ姿なので、寒くて眠れない。朝早く、伍長や上等兵たちが5人ほども近寄ってきて、「下車」と叫んだので、列車を降り、整列して行進する。このとき下士官たちは久たちと同じ貨物車ではなく客車に乗っていたのを久たちは知った。軍隊は文字どおり階級社会だと実感させられる。白樺の大木が林立する林のなか平坦な道を進んでいく。両側が凸凹《デコボコ》した平原がどこまでも続いている。満州は広い。筑後平野の比ではない。久は周囲を見まわして素直に感嘆した。満州人の集落は見あたらない。

久は興安東省の札蘭屯《ジャラントン》の工兵隊4368部隊に配属された。宿舎はモグラ兵舎。遠くからは低い屋根だけが見え、何があるかは分からない。兵舎の本体は斜面を掘ってつくったもの。どれもこれも、みな同じ格好の屋根なので、自分の宿舎を間違える兵士が続出した。久もその一人。ここから蒙古のほうへ草原地帯を西に行くと、5年前の1939年に関東軍がソ連軍に惨敗したノモンハンに至る。興安嶺の山並みが間近に迫っている。緑が少なく禿《は》げ山同然の山地で、山中に点々と半地下の倉庫があり、関東軍の軍事物資が貯蔵されている。ここで、久は従兄弟《いとこ》の岩永重記とばったり会った。岩永は伍長、久は二等兵。

久はコーリャン（高粱）飯にようやく慣れた。初めは「おっ、赤飯が出た。うれしい」と思って喜んでかぶりついた。ところが、ガサガサした舌障《したざわ》り、油臭いというか妙な泥臭さがあり、口に入れたばかりでむせ返った。それでもこれしかないというのなら仕方ない。次からは目をつぶって、ともかく腹におさめた。コーリャンはイネ科の1年草植物で、背が高い。乾燥に強く、稲や小麦が育たないところでも栽培できると久は教えられた。

ある日、久は下痢のとまらない上條という同じ初年兵を連れて医務室行った。病人が軍医に診《み》てもらっているあいだ、久は兵舎外で日向《ひなた》ぼっこ。しかし、上官が通るときには、気を配らなければいけない。最下級の二等兵なので、通る人はみな上官になる。軍刀が赤房になった佐官待遇の軍医が馬に乗って通る。もちろん、久は起立して敬礼する。後に続く、やはり馬に乗った当番兵はどう見ても、あの岩永。といっても簡単に声をかけることはできない。何日かたった日曜日、ひょっこり岩永に会うことができた。岩永はアメ玉を渡してくれた。久は辛党《からとう》というより、どちらかというと甘党。口中に甘いものを味わうと、故郷の三又村の我が家を思い出す。そうでなくても、兵士たちは甘いものに飢えている。夜、消灯になる前、部隊本部にいる岩永に久は会いに行き、甘いものがないか、ねだった。

禿げ山の山腹での果てしない穴掘りという、兵隊で一番きつい仕事をやらされる。初年兵教育を兼ねているという名の下、毎日が重労働で、慣れない仕事のため久は痩せこけた。毎日定量のコーリャン飯では、とても足りない。下痢した上條にはコーリャンに水を十分入れて二度炊きし、お粥《かゆ》のようにして食べさせる。上條は久に何度もお礼を言ったが、久はあたりまえのことをしただけのこと。

久は岩永から「軍隊に三ボウあり」と聞かされた。乱暴、逃亡、泥棒だ。乱暴はいつものこと。こんな山の中だと、さすがに逃亡はない。逃げても生きのびる保証がない。なんで、泥棒か……。

軍隊では員数合わせが至上命令。服のボタンひとつまで員数なので、なくしたら大変なことになる。なので、日ごろから何かを盗んで予備として隠しておき、自分の物がなくなったら、それで埋め合わせる。本当におかしな、大変なところだ。久は一本の釘《くぎ》を隠し持つようにした。これで食罐の隅や軍靴の鋲の周りをぐいっと一掻《か》きすると、見た目がよくなり、誰からも文句を言われない。燃やすものがないのに、朝昼晩、何かを燃やしておけと命令される。なので、当番のとき、深夜、久は材木泥棒になった。同じく、ペーチカ当番にあたったときも苦労した。

夜、どこからか首を締め上げられて出す悲鳴が聞こえてきて、久は胆を冷やした。それを見た古年兵が、「今のはロバの啼《な》き声だ。心配するな」と慰《なぐさ》めてくれた。

夏が過ぎ、秋を迎えたかと思うと、すぐに冬になった。満州にも四季は一応あるが、春、夏、秋は６月から８月までの３ヶ月に凝縮されていて、残る９ヶ月は冬だ。とっくに仕事は慣れたが、ともかく寒い。凍える寒さだ。９月下旬には３度、10月になると最高気温でも５度、最低気温はマイナス10度で、明け方はマイナス５度になっている。満州の寒さは想像以上。耳あてつきのふかふかとした帽子をかぶり、厚手の綿の襟つきという冬の軍服姿になった久の写真が残っている。11月23日、岩永伍長からもらったと裏書きされていて、このときの久の部隊名は「１８９４部隊第１部隊」となっている。第１部隊第３中

冬の軍服姿の久

隊だ。

この冬はいつもの年より格段に雪が多く降り、古年兵たちも寒さに震えている。12月の終わりころ、零下30度の寒さのなかで検閲を受けたとき、兵士の多くが凍傷となった。久も左手の指がやられて、苦労した。年が明けて、新年早々、野外演習に参加していると、久は何人かの兵隊とともに突然、帰隊を命じられ、転属することになった。1時間後に出発するというので、岩永に挨拶するまもなく、すぐに出発。銃の手入れもそこそこに飯を食う間もなく、帯剣姿で駅まで走らされた。零下30度の冷気が破れた汽車の窓から吹き込んでくる。水蒸気で隣の兵士も見えず、風の具合では空気中に水分が多いので、痛みを感じるほど。着ている軍服も半分は凍り、半身は水分で濡れた感じで、凍傷になる寸前だ。ハルビンや新京などの兵隊たちも乗り込んできて、一緒に下車したフラルギー駅近くの部隊に編入される。

フラルギーはチチハルの南にあり、関東軍の有力な軍事基地がある。歩兵部隊のほか、機械化部隊や毒ガス部隊までいて、陸軍病院もあった。

ある日、松花江の上流に氷取りの使役に出かけた。1メートル角の氷を川から兵舎へ運ぶ仕事。夏の冷蔵用だが、これは楽しい仕事だった。白雪の平原で上條や同じ初年兵たちと兎追《うさぎ》いもした。日曜日に外出しても、街が小さいので、行くところがない。行くところがあっても、それは古年兵たちのもので、久たちには行けない所だった。久は手記に思わせぶりに書いたが、これは日本軍が管理していた慰安所のこと。現地にアンペラ（黍《きび》がらで編んだ筵《むしろ》）小屋がいくつかあり、兵隊たちが「朝鮮ピー」と呼ぶ、まだ若い朝鮮人女性の慰安婦が古年兵の相手をしている。「看護婦募集」の広告にだまされて慰安婦にされてしまったのだ。そこから逃げ出すのは不可能。いずれしても、ここは初年兵の久たちが近づけるところではない。

来る途中にあったフラルギーの鉄橋は、昔、日清戦争のとき、久の故郷の三又村に隣接する青木村出身の鐘崎三郎（征清殉難九烈士の一人）が密偵として爆破した鉄橋だ。これは久の手記によるが、史実かどうか怪しい。鐘崎は遼東半島に上陸して1週間後に捕まり、すぐに処刑されているので、満州の中央部に位置するフラルギーにまで行けたとは思えない。偵察任務に当たる陸軍通訳官として遼東半島に潜入した鐘崎は密偵であることがバレて殺された（斬刑。26歳）が、それは鐘崎が大便したとき紙を使ったので、日本人と分かったからだ。満州では、お尻をふくには砂かコーリャンを使う。鐘崎の立派な墓が今も城島町の青木天満宮の境内にある。

鐘崎三郎の墓（城島町の青木天満宮の境内）

日露戦争のとき、このフラルギーの鉄橋はロシア軍の補給路を断つため、2人の日本人工作員が破壊しようとした。爆破は成功せず、2人ともロシア軍に捕まって銃殺された。この2人、横川省三と沖禎介は、たちまち国民的英雄となった。恐らく久は、この話と取り違えたのだろう。

やがて久たちの部隊は移動することになり、チチハルに戻る。久たちが乗ったのは、ものすごい破れ列車。零下3度なので蒸気の湿気で軍服は凍り、眉毛、まつ毛、髭、防寒帽まで真っ白になった。手足は凍り、難行苦行の列車。久たちはじっと座っていることなんかできず、足ぶみして暖をとるしかない。久は2月1日、二等兵から一等兵になった。3月1日、関東軍臨時特設作業隊という工兵隊に編入された。

関東軍臨時特設作業隊の久

関東軍

久は満州で関東軍の一兵士となった。関東軍は1919年4月、関東都督府から軍事部門が分離する形で設立された日本軍。発足した当初は南満州鉄道沿線を警備する1個師団あまりだったが、対ソ戦争に備えて陸軍が増強していった。そして、日本から遠く離れていることを奇貨《きか》として、その独断専行は目にあまるものがあった。

関東とは、万里の長城が山海関で渤海《ぼっかい》湾に面していて、その山海関の東を意味する。ロシアが遼東半島の先端部と周辺の島々をロシア語で「関東州」と命名したので、日本もそれにならった。

1928年6月4日、関東軍参謀の河本《こうもと》大作大佐の指揮下で張作霖《ちょうさくりん》爆殺事件をひき起こした。有力な軍閥の一人として頭角をあらわしていた張作霖は日本軍と共に戦ったこともあったが、独立志向が強いため日本軍の意のままにならない邪魔者とみなされるようになった。張作霖を暗殺し、治安が乱れたところで関東軍が一気に満州を制圧するという筋書きだったが、張作霖の側近が張作霖の死亡をしばらく隠したこともあって、その目論見《もくろみ》は見事にはずれた。1931年9月18日、柳条湖での鉄道爆破を口実に、関東軍の第2師団と鉄道守備隊あわせて1万の日本軍が張作霖の子・張学良の率いる奉天軍閥の拠点である奉天（瀋陽）の北大営を攻撃した。満州事変の勃発《ぼっぱつ》だ。事変というのは、戦争を宣告するとアメリカが中立法によって日本への石油などの軍需物資を禁輸することになるので、ごまかしたもの。日本が中国との戦争を継続するためにはアメリカとの経済関係は不可欠で、日中戦争は日本が英米に依存しながらの戦争だった。実のところ、これは中国も同じで、アメリカの援助を受けるため、中国のほうも戦争とは呼ばなかった。満州事変のあと、わずか半年足らずで関東軍は日本の2倍の面積を有する満州全土を占領した。

満州事変を起こしたとき関東軍は空軍をもたなかった。航空機を1機も保有しておらず、航空輸送部隊もなかった。そこで、1932年9月、満州航空（満航）が関東軍の強力な後押しを受けて創設された。その最盛時、満航には8千人もの従業員がいた。

アヘン

関東軍は満州国を運営する有力な財源としてアヘン密売による巨利の収入をあてこんでいて、その歳入の8分の1はアヘン税だった。満州国ではアヘンは厳禁ではなく専売制、つまりアヘンの自由取引を認めず厳重に取り締まったため、その独占は膨大な利益を生み出した。アヘン売買は割のいい商売で、たとえば蒙古の張家口で20円のものが、天津で40円、上海だと80円になり、シンガポールに持っていくと160円にはね上がった。そして、表向きの専売制度の裏で、闇市場でアヘンを売買し、それによって得た膨大な裏金を関東軍は軍事工作資金として活用した。

関東軍憲兵隊司令官そして関東軍参謀長をつとめた東條英機もアヘン税を活用した一人だ。戦後、戦犯から復活して首相にもなった岸信介は甘粕正彦に対して特務工作資金として現金1千万円を手渡したという。

満州でアヘンを生産するのは朝鮮に近い東満地区（東土）とモンゴルに近い熱河《ねっか》省と興安西省（西土）、いずれも交通の便の悪い辺鄙《へんぴ》な地域だ。東土は57万畝、西土は50万畝と、東土のほうが栽培面積は広かった。関東軍は東満地区のほうは抗日武装ゲリラの資金源にもなっていたから、罌粟《ケシ》栽培を禁止した。西側の熱河省のほうは、関東軍の厳しい管理下でケシ栽培を続けた。そして、当初750トン、将来は1千トンの生産を目ざした。とてつもない量だ。密輸を防止するため、交通至便のところでのケシ栽培は認めなかった。1933年の熱河侵攻は関東軍の作戦の主たる目的の一つは満州におけるアヘンを独占・確保することにある。日中戦争の本質は、「片手に剣、片手にアヘン」という侵略戦争だとも言われるほどだ。アヘンがなければ、日本が8年間という長期間、100万もの大軍を中国大陸に派遣して維持するのは不可能だった。

アヘンはケシの実からとった乳状液を集めて固めて乾燥させたもので、これを生アヘンという。乳液はごくわずかしかとれない。1日かかって湯呑茶碗に一杯分だけ。アヘンからモルヒネ、ヘロインが抽出される。モルヒネを生産できるのは、アジアでは日本だけ。日本人は大連や天津の工場で大量にヘロインを製造・販売した。ヘロインはモルヒネの4〜6倍も強い陶酔作用、鎮痛作用がある。ヘロインは丸薬（紅丸）にして飲用でき、粉末（白面包）にしてタバコの先にちょっとつけて一緒に吸ったり、タバコの銀紙に少しのせてマッチで下からあぶって煙を吸うなど、簡単に服用できた。ヘロインやモルヒネの製造・販売は治外法権で守られた日本人とその手先になっている朝鮮人だけが安全に従事できる職業。日本人のアヘン密売人は中国人から蛇蝎《だかつ》のように嫌われ、恐れられた。北京や天津などの大都市でアヘンを売るのはもっぱら朝鮮人。というのは、日本人の多くは中国語をうまく話せず、満州に住む朝鮮人は中国語もよく話せるからだ。

満州国政府は熱河省でケシ栽培を奨励したため、ほとんどの農家がケシ栽培に従事した。乳液は出稼ぎ人夫が2人一組で採取する。裕福な中国人はアヘン窟に出入りし、あたかも桃源郷に遊んでいるかのような陶酔の境地に浸った。庶民は病気治療の動機からアヘンを利用しはじめるが、そのうち習慣になって常用し、やがて中毒に陥っていく。アヘンが厄介なのは、性欲という人間の本能と分かちがたく結びついていることによる。アヘン中毒になれば、身体が衰弱して機能不全となり、消化器系統に障害が起こり、栄養が取れなくなる。また禁断症状が苦しいので、悪循環に陥り、生活破綻者となって、ついには行き倒れに至る。なので、中国の為政者は重大な社会問題と認識し、厳しく規制しようとした。関東軍は、この規制を無視した。中国人がアヘン中毒のあげく1千万人単位で死んだとみられている。そこに日本が深く関わっている。

満鉄

久たちが中国・満州に入るときに乗った列車は南満州鉄道株式会社（満鉄）の運営。満州における巨大企業である満鉄は1906年に設立された、日本の国策を実現する株式会社。資本金は2億円で、うち1億円は日本政府の現物出資、残る1億円は日本での株式募集とロンドンで募集した外債による。満鉄は鉄道を運営して軍事輸送にあたるだけでなく、撫順炭鉱や製鉄所、ホテル、病院、新聞社、映画製作所、さらには満州医科大学など30もの系列会社を有し、広範な活動を展開していた。その総資産は満州事変の前は11億円だったのが、1944年には50億円以上となっている。日本敗戦時には従業員総数は40万人近くいて、うち日本人が13万8千人、残りが中国人などだった。

満鉄には調査部という大規模な調査研究の部署があり、中国の抗戦力の調査などをしていた。有名なゾルゲとともに処刑された尾崎秀実も満鉄調査部の会議に出席している。この調査部には本土から追われるように逃げてきた左翼陣営に属する人々が少なからずいて、1941年10月そして1942年9月、それぞれ50人もの部員が関東軍憲兵隊によって検挙された。彼らは表向きは転向していても、心の底から理想を捨てたのではなかった。この一斉検挙は関東軍と満鉄との権力闘争であり、関東軍が満州国への影響を強めている満鉄を追い落としたとみることができる。

満州国の経済を満鉄が支えていた事実は最後まで続き、満鉄は会社としては1945年9月22日に消滅したものの、ソ連軍の鉄道部隊だけでは運行管理できなかったので、ソ連軍の命令によって満鉄社員は日本敗戦後の日本人帰国のための輸送を遂行した。

南方への移動

日本は、ソ連が1945年の秋まで満州に侵攻してくることはないと判断し、1943年以降、関東軍を南方へ抽出・転出させた。関東軍は対ソ開戦に備えて十分な装備、訓練をへた戦力十分の師団として温存されていたが、17個師団のうち6割にあたる10個師団が抽出され、南方へ転出していった。1944年、アメリカ軍が太平洋南の島伝いに北上をはじめると、関東軍は大本営の指令を受けて師団を南方へ送りはじめた。2月、チチハルにいた第14師団がパラオ諸島へ、遼陽の第29師団がグアム島へ。6月、牡丹江《ぼたんこう》の第9師団が沖縄を経て台湾へ、ハルビンにいた第28師団は宮古島へ、公主領の第68師団はレイテ島へ。7月、孫呉の第1師団もレイテ島へ、綏陽の第8師団もレイテ・ルソン島へ。チャムスの第10師団と勃利《ぼつり》の戦車第2師団もルソン島へ、林口の第24師団は沖縄へ転出した。2個の飛行師団とあわせて、これらの師団が移動するとき、大口径砲、各種の予備兵器、弾薬、燃料も南方に送り出された。このほか、第23師団はフィリピン、第12、71師団は台湾、第11、25、57師団は本土防衛、第111、120師団は朝鮮半島防衛に駆りたてられた。また、残る戦車第1師団は本土決戦に備えて、本土に呼び戻された。同時に、関東軍の貯蔵していた軍需物資の3分の1が幹部とともに内地へ転送された。関東軍は1944年初め、「転用企図秘匿要領」を定め、南方転出を厳重に秘匿せよとした。1944年の1年間、関東軍は南方への抽出・転用に明け暮れた。

　関東軍は、1945年8月、9月、10月の3ヶ月をもっとも危険、とくに9月を要注意とみていた。この3ヶ月を過ぎたら、ソ連軍の冬期進攻はありえず、翌春までには関東軍の防御体制の構築がまにあうと考えた。ゾルゲはソ連赤軍のスパイだったが、日本軍が南進を決定したことをソ連に知らせ、それによってスターリンはシベリアにいた赤軍を対ナチス戦に移動させることにした。極東方面軍は日本軍の攻撃に備えて、ソ連陸軍の兵員の2割以上、大砲と迫撃砲の6分の

1、戦車の3分の1を擁していた。この極東方面軍を移動させた結果、西部戦線においてソ連赤軍はナチス軍を負かすことに成功した。ゾルゲはドイツそしてソ連の共産党員だったが、ナチス党員になり、ジャーナリストとして駐日ドイツ大使に近づき、日本のトップレベルの動きをつかんだ。尾崎秀美などと組織的に取り組んでいたスパイ活動が発覚し、ゾルゲは尾崎とともに死刑が宣告され、1944年11月7日、ロシアの10月革命記念日にあわせて処刑された（ゾルゲ49歳）。

満州から転出させられた師団の一つ、関東軍第14師団は満州中央部のチチハルに駐屯していたが、南太平洋のパラオ諸島に派遣された。そのなかのペリリュー島の守備隊1万1千は、中川州男《くにお》大佐に率いられ、アメリカ軍海兵隊と3ヶ月にわたる死闘を展開し、ほぼ全滅した。ペリリュー島の激闘はサイパン島の玉砕に隠れて目立たなかったが、本格的な戦闘が終了したあと2年もたった1947年4月に34人もの日本兵が集団で投降してきたことで世間の耳目を集め、また、2015年4月、平成天皇夫妻が超不便な地であるのに、わざわざ出向いて戦没した日本兵などを慰霊したことから、にわかに有名となった。また、レイテ島へ転出した第1師団は二・二六事件（1936年）のときの反乱軍の主力部隊であり、その懲罰として満州へ、そしてレイテ島に送られ、生き残った将兵はわずか800人という。

関東軍は、この南方抽出・転出によって、持てる兵力は30％にまで低下した。これが、8月9日のソ連軍進攻のとき、関東軍がたちまち総崩れするという決定的な敗因をもたらした。その前、大本営陸軍部は、もはや関東軍が堅持してきた対ソ攻勢作戦をおこなうのは不可能と判断し、対ソ持久作戦へと180度転換していたが、それでも関東軍は積極的に強大な軍隊であるように装った。そして、弱体な実態であることが露呈しないよう神経をつかい、ソ連軍をともかく刺激しないよう、消極的に対応した。これを「国境静謐《せいひつ》」の方針と呼んだ。南方への転出が知られたら輸送中に海上で撃沈される恐れがある。1個師団で1万8千もの将兵と兵器や軍需品が動くものなので、人目につかないよう、その移動は夜間に限定し、すぐそばの日本人開拓団にも知られないよう最大の注意が払われ、厳重に秘匿されたのも関東軍にとっては当然のことだった。

満州国

1932年2月に発足した満州国は、はじめ民主共和制であり、国主は執政となっていた。3月9日に溥儀の執政就任式が長春（新京）で開かれた。3月10日、関東軍司令官（本庄繁）と満州国執政（溥儀）、国務総理（鄭孝胥）のあいだで秘密協定が結ばれた。それによると、満州国は日本に国防と治安維持を委任する。日本人を満州国の参議、そして各官署に任用し、その選任・解職は関東軍司令官の同意を必要とする。これでは満州国とは日本のカイライ国家だというのは間違いない。政治の実権を握る総務庁の日本人長官（駒井徳三）が「パペット・ガバーメント」だと書いたのは本人たちも自覚していたことを意味する。このあと、満州国の中央と地方の官庁に日本人官僚を送り込む作業がすすめられた。関東軍は「内面指導」と称して満州国政府を強力にコントロールした。関東軍司令官は満州国駐在特命全権大使と関東庁長官も兼ねている。

この当時、中国人が近代国家を建設するのは不可能だ、高い文化を持っていても、政治的能力には疑問があるという見方が日本側、とくに軍人に広く共有されていた。中国人にとっては「安居楽業が理想」で、国家意識はまったくない。だから日本軍が満州を領有してやったほうが中国人の幸福を保障すると考えた。日本人の指導によってのみ満州の諸民族の幸福が保護され、増進されるという思い上がった考えだ。

満州国の建国が宣言されたのは3月1日で、その前日の2月29日に国際連盟が派遣したリットン調査団が東京に到着した。関東軍は植民地経営に精通したリットン調査団が満州に入る前に既成事実をつくりあげようとした。ドイツが指導した精強な中国軍を攻めて激戦となった上海事変も、諸国の目を満州建国からそらすためのものでもあった。

日本は溥儀と密約を結んだ。

「皇帝溥儀に男子が生まれないときは、日本国天皇の叡慮《えいりょ》によって関東軍司令官の同意を得て、後継者を決定する」

溥儀の皇后婉容《えんよう》はアヘン中毒であり、側室には寄りつかないので、溥儀に子どもができないことを知る関東軍は、弟の溥傑の子どもを次の皇帝にするつもりだった。とにもかくにも後継者の決定権は関東軍が握っていた。

満州には意外なほど満州人は少なく、漢人が圧倒的多数を占めている。19世紀末の満州の人口は1200万人で、満州人が80万人に対して、漢人は1100万人いた。その後も、この傾向は変わっていない。

1937年に「満州産業開発5箇年計画」が決定され、満州は兵站《へいたん》基地化がすすめられた。満州の重化学工業化と農産物増産を中心とする。満州に進出した日産コンツェルンが中心として設立された満州重工業開発会社が重化学工業化をすすめていった。森林地帯があるうえ、石炭や鉄鉱石をはじめ地下資源もきわめて豊富。石炭は全中国の半分、鋼材は同じく92%を生産した（1943年）。広大な満州は食糧生産基地であり、日本本国へ安価に農産物を供給することを目的として農業増産がすすめられた。満州には黒い土をもたらす松花江が流れ、遼河平原は大豆、小麦、コーリャンなどの生産高は全中国で一番。

満州国が建国されると、三井・三菱は満州国と2千万円の融資契約を結び、また日本の企業が競って満州へ進出した。奉天、安東、吉林、ハルビンを四大工業地区と指定し、日本から誘致された企業が工場群をつくり、大気汚染までひき起こすほど。そして、満州各地に日本式の神社がつくられ、日本人は中国人にも礼拝を強要した。神社は日本人による中国・満州支配の精神的拠点だ。

1933年2月24日、国際連盟は総会において満州国不承認決議を圧倒的多数（反対は日本のみ）で可決し、日本代表団は総会の場から退場した。翌3月27日、日本は国際連盟から脱退した。

1934年3月1日、溥儀は満州帝国の康徳帝として即位した。

七三一部隊

久とは直接関係ないが、日本による満州支配のなかで決して見過ごすことのできないのが、満州中央部に位置するハルビン郊外の平房《へいほう》に設立された関東軍防疫給水部を正式名称とする七三一部隊だ。

1938年6月、関東軍司令部は「平房付近特別軍事地域設定」という命令を発し、32平方キロメートルもの特別監視区域をつくりあげた。七三一部隊の中核地域は6平方キロメートルもあり、本部は長さ500メートル、高さ2・5メートル、幅1メートルの壁で囲まれ、壁には高圧電線網が設置され、そのうえ壁の外には幅3メートル、深さ3メートルの溝が掘られていた。平房駅を通過する列車は窓の外のブラインドを下げさせられ、乗客は外を見ることが禁止された。平房駅から七三一部隊まで専用の引込線（長さ3キロメートル）があった。また、平房軍事地区は飛行禁止区域で、日本軍の航空機といえども上空の飛行は禁じられた。もし上空を飛行する飛行機を発見したときには、七三一部隊は上層部の許可なしに撃ち落とすことが許されていた。

「丸ビルの3倍」といわれる本部建物の建設工事費110万円は、関東軍司令部庁舎の100万円より多く、満州国の国務院庁舎の150万円に匹敵する。七三一部隊の施設をつくるとき、近くの開拓団からも日本人が労役に従事させられた。そのため、その開拓団は腸チフスが流行するという被害も蒙っている。また、建設作業に従事した満州人労務者300人は作業が終わったあと、関東軍によって「始末」されたという。

七三一部隊には3600人もの部隊員がいた。軍医52人、技師49人、看護婦38人、衛生兵117人などで、軍医たちは施設の中心棟において、ペスト菌や炭疽《たんそ》菌、チフス、凍傷、破傷風、毒ガス等の人体実験を行った。この七三一部隊の年間予算は1千万円（現在の90億円）、会計監査なしで、まるで治外法権のように運用された。これは東京大学の総予算が1200万円であるのに比べても大変な高額。東大は教授ら370人、学生ら7800人を擁している。七三一部隊の予算はあまりに高額なので、表立って組めば大蔵省のチェックが入るのは必至。そこで、陸軍省軍務局軍事課の予算につけ替え、大蔵省のチェックを免れる仕組みだった。

七三一部隊を創設したのは京大医学部を卒業した軍医石井四郎で、東大医学部も京大医学部に次いで多くの研究者を七三一部隊に送った。これらの研究者は日本敗戦後、アメリカと取引し、東京裁判で戦犯として裁かれることはなかった。大量の捕虜や市民を虐殺したのに免責されたわけだが、これはBC級戦犯が、捕虜虐待の罪で何人も死刑となり実際に処刑されたのに比して、明らかにダブルスタンダードだった。石井四郎などの七三一部隊トップはアメリカ軍に生体実験のデータを提供し（25万円、今のお金で2500万円相当で、アメリカ軍はデータを買いとった）、多くの研究者が大学や研究所に復帰して要職に就き、戦後の日本の医学界に大きな影響力をもち続けた。

ソ連軍の進攻を受け、日本陸軍大本営は現地に特使を派遣し、石井四郎に対して一切の証拠物件を隠滅するよう命令した。これに対して石井は「世界に誇るべき貴重な学問上の資料を地球上から消すのはまったく惜しい」とうそぶいて、命令に従わなかった。

七三一部隊は関東軍憲兵隊に依頼し、対価を払って被験者の送致を受けた。これは「特移扱い」（特殊移送扱い）として制度化され、被験者は本物試験資材として「マルタ」と呼ばれ、名前を奪われて3桁ないし4桁の番号を付された。犠牲者の氏名が判明しているのは少ない。実験データを医学文献に発表するときは、さすがに「マルタ」とは書けず、「猿」としている。しかし、まぎれもなく人間を被験者としていた。「マルタ」と呼ばれた犠牲者は中国人、朝鮮人、ロシア人。ごく少数ながらアメリカ人もいたようだ。ハルビンには連合軍の捕虜収容所があった。若者が多かったが、年齢層は15歳から74歳までいて、女性や子どももいた。性病感染実験の生体解剖の対象とされた女性が解剖台の上で麻酔から目覚めて起きあがり、「私を殺してもかまいませんが、どうぞ、子どもだけは殺さないでください」と中国語で叫んだのを解剖にあたっていた医師たちが取り押さえ、再び麻酔をかけて解剖を続けたという。ある隊員は3組の母子を目撃した。

「マルタ」には足錠をつけ、リベットしたピンの頭をつぶしてしまうので、足枷《あしかせ》は絶対にはずせない。少なくとも3千人以上の人々が残酷な人体実験の対象となり、その全員が殺され、生き残った人は一人もいない。本部建物が完成する前の施設からは脱走に成功した人がいたが、完成後の脱走は不可能だった。ただし、野外の実験場でペスト弾を使って感染度を見る実験をしようとしたところ、杭に縛りつけていた「マルタ」が逃げ出し、七三一隊員が運搬車で40人全員をひき殺したという事件が起きている。七三一部隊の隊員すら病気になったときに被験者となったという。常時、細菌を扱うため、隊員が感染してしまうことが時折起きて、年に20人ほどの死者が出た。なお、隊員は死んだら解剖されることを承認する一札を入れさせられている。

憲兵隊から七三一部隊が「マルタ」を受けとるのは、ハルビン鉄道駅の端にある憲兵室、ハルビンの特務機関、ハルビン憲兵隊本部そしてハルビンの日本領事館で、領事館には地下牢があった。20人収容できるトラックで本館の特別出入口に横づけし、そこからトンネルを通って監獄へ送り込まれる。日本敗戦直前の8月1日、日本領事館の地下室に「40本のマルタ」が届けられたが、全員がロシア人男性だった。日本軍だけでなく、日本政府も七三一部隊の人体実験を公認していた。関東軍参謀の七三一部隊担当は昭和天皇の従兄弟《いとこ》の竹田宮恒徳《つねよし》王（「宮田参謀」と称していた）であり、天皇の弟の秩父宮や三笠宮も視察に来ていた。東條英機も数回訪問している。

満州における憲兵隊は、関東軍とともに戦争に加わる野戦憲兵隊であり、警察と一体となって治安粛正工作を行う軍警憲兵隊でもあり、特務機関とともに防諜・諜報活動を行う思想憲兵隊でもあり、細菌戦研究のための「マルタ」を七三一部隊に「特別輸送」する役割も担った。関東軍憲兵隊は、日本の憲兵隊本部からの制約を受けることなく関東軍司令官の指揮下で軍警一体の活動をすすめた。

このような憲兵隊の活動の前提として、1932年9月、満州国では治安維持を図るため、匪《ひ》賊《ぞく》討伐の根拠法としての暫行懲治叛徒法と暫行懲治盗匪法が制定・施行された。これらは、裁判によることなく、現場の軍司令官や高等警察官の判断によって容疑者の射殺や斬殺などの即決処分を認める。そこに規定された「臨陣格殺」とは緊急即決処分であり、「その裁量によりこれを措置することを得」として即座に殺害することが許された。

暫行懲治盗匪法が1944年12月に廃止され、治安維持法が代わって施行されたあとも、「臨陣格殺」は「当分の間、その効力を有す」とされたので、満州国崩壊まで存続していた。そして、「叛徒」や「盗匪」ならば殺してもかまわないが、どうせ殺すのなら生体実験で「活用」するほうがマシだという意識が憲兵隊にあった。関東軍も七三一部隊で生体実験が行われていることを当然視していた。

目の前で生きた人間に毒物を投与して死に至らしめるという残酷な実験が「馴れたら一つの趣味になった」と七三一部隊の元隊員は戦後、述懐した。人間性を喪失してしまったのだ。また、七三一部隊の少年隊として働いていた隊員が自分のやってることに疑問を口にしたとき、先輩の隊員はこう言った。「あれは捕虜、スパイなんかやったりした、とにかく人間のくず。もう役に立たないから、材料として集めてきたものだ。あれは人間の形はしているけれども、〝チャンコロ〟や〝ロスケ〟のうちでも一番の人間のくずばっかり。丸太ん棒と思えば間違いないんだ」。それでも少年隊員は、目の前にいる人が人間ではないと思えなかったはずだ。

日本敗戦の前、ソ連軍の進攻を知ると、七三一部隊は直ちに平房《へいぼう》を脱出しはじめた。8月9日から12日にかけて2千人の隊員が三つの班に分かれて特別列車で平房を脱出し、釜山に向かう。食料や書類など貨物車が100両もあった。そのなかにはペストに罹患した「マルタ」の人体実験結果を示す8千枚ものスライドがあった。釜山から山口県の仙崎と萩（東萩港）の二手に分かれ、下船した。満州各所に支部があったため、一部の隊員は逃げ遅れてソ連軍の捕虜となった。

そして、最後の隊員たちによって七三一部隊の本部建物は大量の50キロ爆弾で爆破され、書類は燃やされた。このとき生きていた「マルタ」404人は8月11日と12日の2日間に、塩素ガスを使って（青酸カリで自殺させたり、クロロホルムを注射して殺したとの話もある）全員殺された。「マルタ」の遺体は電気仕掛けで焼却し、粉にして上空に飛散させ、また灰をかますに詰め込んで松花江に流した。このとき、不在の石井四郎に代わって指揮をとった大田澄大佐は、「マルタ404本の焼却処置が完了しました」との報告を受けて、「これで天皇は縛り首にならずにすむ。ありがとう」と返答した。七三一部隊の実態が世界に暴露されたら、天皇戦犯の大問題が起こり、皇室の存亡に関わるというのが当局の共通認識だった。

七三一部隊のほとんどの隊員は戦後、沈黙を守った。石井四郎は隊員に対して「三つの掟」を押しつけた。①郷里に帰ったあとも七三一部隊に在籍していた事実を秘匿し、軍歴を隠す。②あらゆる公職につかない。③隊員相互の連絡は厳禁。このように石井四郎は隊員を脅した。「これからお前たちを内地に帰す。しかし部隊で見たこと、聞いたこと、体験したことは、今後いっさい誰にもしゃべるな。もしもしゃべったことが分かったら、この俺が草の根わけてどこまでも探すぞ！」

上級幹部たちの多くは、七三一部隊でしたことを反省することなく、「戦争だったから仕方ないこと」と自己弁護して通した。そして、七三一部隊のことは、戦後、長く日本社会ではタブー扱いされ、マスコミも報道することがなかった。戦後まもなく（1948年1月）東京の豊島区で発生した帝銀事件（帝国銀行椎名町支店の銀行員12人が死亡した銀行強盗事件。現在の価値で500万円相当の現金と小切手が盗られた）のとき、犯人の青酸カリ化合物を扱う手慣れた様子から七三一部隊の関係者ではないかと疑われたが、GHQが圧力をかけて捜査を中止させたようだ。

満州から飛行機で日本に戻った石井四郎は2千万円（今の20億円相当）を持ち帰ったとみられているが、戦後は東京都新宿区若松町の自宅「若松荘」でアメリカ軍将校相手の高級「慰安所」（売春宿）を経営していた。身を隠すために死亡したことにして、故郷で葬儀までしたという。また、七三一部隊の下級隊員たちが七三一部隊に所属していたことを秘匿したため、軍人恩給をもらえなかった人もいるのに対して、石井四郎は元日本軍中将として総額2千万円もの年金を受けとっている。ちなみに、満蒙開拓団員だった人が家族を失いながらも、なんとか日本に帰国して受け取った遺族年金は年額わずか3万円でしかない。久は軍人恩給として年額60万円ほど受けとった。

１９５５年12月28日、石井四郎は、恩師の通夜の席でこう述べた。

「ハルビンに大きな、丸ビルの14倍半ある研究所を作っていただきまして、なかには電車もあり、飛行機も、一切のオール総合大学の研究所が出来まして、ここで真剣に研究をしたのであります。そのとき清野先生（亡くなった恩師）が一番力を入れてくれたのが人的要素であります。各大学から一番優秀なプロフェッサー候補者を集めていただいた。ところが、ここで不意に中立条約を破ってソ連が出てきたために、敗戦の憂き目を蒙りまして、部隊は爆破し、一切の今までの何十巻にのぼるアルバイトも、感染病理に関する心魂こめて作った資料も全部焼かざるを得ない悲運に到達したのであります」

自らの行為をまったく反省することもないまま石井四郎は喉頭ガンで声を失い、１９５９年10月、67歳で死亡した。

鉄嶺

暖かくなってきて、夏が到来した。久たちは再びチチハルから列車に乗せられ、今度は南下していき、昼前に奉天に近い鉄嶺《ティエリン》に到着。しかし、目的地はこれより10キロも先だという。各隊は休むもの、歩いていくもの、久たちを引率していた軍曹は電話をかけに行ったきり、なかなか戻ってこない。上等兵から「休んどれ」と言われ、線路に座りこんだ。でも、昨日から何も食べていないから、ひもじい。晩、朝、昼、晩、朝、昼……、線路に座ったまま力が抜けていく。

ようやく機関車が迎えに来てくれた。１００人あまりの兵士がすがりつき、山のなかの作業現場に到着し、やっと2日分のご飯にありつける。棒を三角形に組み、なんとか雨だけはしのげるようにした小屋に入って、味噌汁が付くだけのコーリャン飯を食べる。目のまわるほどのひもじさだった。かえって、これが良かったのだろうか、日がたつにつれ、久はぶくぶく太り、誰にも負けないほど太って、応召前には40キロしかなかった体重が、なんと70キロ近くになった。このころの久の顔写真は丸々と太っていて、別人のようだ。

久は手前

鉄嶺から2里ほど離れた周安屯の山の中に久たちは駐留することになった。久の周囲は１９４１年7月の関特演に参加したという古年兵ばかり。古年兵は久たちにとって神様のような存在。関東軍は１９４１年6月22日の独ソ開戦直後、満州に75万人もの大兵力を集中し、対ソ連戦をにらんだ関東軍特殊演習（関特演）を大々的に取り組んだ。そのとき以来の古年兵たちだ。村人は立ち去っていて、土造りの家が5軒ほどあり、土に羊草《ヤンソウ》（湿原に群生するイネやカヤに似た高さ2メートルにもなる草）を混ぜて足で練り固めて乾燥させたレンガ（土胚子《トーピーズ》）でつくりかけの家もあった。トーピーズとは粘土に砂を入れ、煉瓦より少し大きな木枠で型抜きし、地面に並べて天日で乾かしたもの。この山中で久たちは工兵隊として3交代作業でトンネル掘りする。久は掘進夫になった。何のためのトンネルか。ソ連軍が攻めてきたときに備えた地下陣地づくりだ。山の中に大きな空洞をつくる。空洞は出入口が3ヶ所あり、奥はまるで広場のように広い。久は、いくら寝ても寝たりないほど疲れた。このころ、関東軍当局はソ連軍の参戦は秋と見込み、それに備える地下陣地を満州各地で構築していた。相変わらず景気の良い大本営発表とは裏腹に戦況は明らかに良くない。

訓練のとき矢下軍曹が注意した。敵の砲爆撃が近づいてきたときにはヘルメットのアゴひもは締めないほうがいい。そして両手の親指で両耳を押さえ、他の指で両眼を押さえておき、口は大きく開けておくこと。そうしておかないと、爆風で鼓膜が破れ、目が飛び出す恐れがある。うひゃあ、そ、そんなものなのか……、久はそんな情景を想像して恐ろしくなった。

トロッコの線路を敷き、岩石《ボタ》を谷へ捨て、道をつくる。大勢の中国人労務者（苦力《クーリー》）が参加している。大工、冶金《やきん》工そして電気屋、鍛冶屋、火薬屋が働き、診療所まである。ここでは日本式の表示をする。そうでないと満州各地の開拓団から「根こそぎ動員」で徴発してきた兵士が戸惑う。井戸水はアルカリ分が多いようで、鉄分もふくまれているから、お湯にすると表面に膜ができる。

仕事が休みのとき久が山を歩いていると、アメーバ赤痢で隔離されている人たちを見かけた。

噂では、大勢が死んでいるらしい。掘っ立て小屋に一人で寝ている病人も見た。久は、衛生には人一倍、気をつけ、「生水を飲まない、生ものを食べない」、これを実行した。ニンニクを手に入れ、毎日、一粒ずつ食べる。それでも、ある日、久は下痢した。衛生兵に、「昨日まで、なんともなかった」と言うと、下痢止めの薬をくれた。1週間ほど痰《タン》のような下痢は続いたが、なんとか回復した。軽いアメーバ赤痢だったようだ。

矢下軍曹が巡回パトロールに出かけるとき、その一員に久も指名された。工事をしている山の周辺は治安地区だ。なので、日本軍が安心して行動できるはずだが、実は油断大敵。敵味方の勢力が混在するところは准治安地区、敵勢力の地区は未治安地区という。いかにも貧しそうな山村に入っていくと、村のあちこちにワラ半紙に何か書いたものが貼られている。「安民告示」だという。近寄って読んでみる。漢字ばかりなので、久にも意味が分かる。大意は次のとおり。

一、日本人に出会ったら敬礼、お辞儀すること。
二、早めに消灯し、夜8時前に門戸を閉じて寝ること。
三、夜、通交しないこと。通りに群れ集まらないこと。
四、日本兵に農家への自由な出入りを認めること。日本兵が飲酒酩酊して殺人しても死罪としないこと。
五、市場では日本の関係する銀行の紙幣を用いること。

久は、いやあ、ひどい、こんなに卑屈な生活を村人は強いられているのか。同情したくなった。でも、ふと久に疑問が浮かんだ。このあたりの村人って、一体どれだけの人がこの文章を読めるのだろうか……。

矢下軍曹は久の疑問に明快に答えた。「まったく読めないだろう」。では、いったい何のための布告なのか、久は疑問に思った。久は、疑問のついでに民家の壁に見かけた「有七無八」という文句の意味を問いかけた。すると、矢下軍曹はぎょっとした顔つきで声を低めて謎解きをした。「日本人には、七月はあるが、もはや八月は無《な》い」という意味で、8月になったら大変なことが起きるぞという敵のスローガンだという。うむ、本当だったら大変だな、久は身体をぶるっと震わせた。その様子を見てとり、矢下軍曹は声を低めて、「去年のうちから、今年は牛八が来るという噂が流れている」と付け足した。「えっ、何ですか、それ」と久は問い返した。「牛八は朱つまり朱徳、八路軍の大将だ。八路軍がやって来るということだ」と、低い声のまま、つぶやくように言った。久は、いやはやとんだことだと身震いした。さらに、矢下軍曹は少し声を大きくして村に入るときの心得を久に教えた。顔中髭《ヒゲ》だらけで、いかにもごつい軍曹だが、なぜか久を気に入ってくれている。

遠くから見て、上着の長さが膝まである者は、腰に拳銃をさした共産党軍の兵士である可能性が高い。額《ひたい》が日焼けしていないというのは、軍帽をかぶっていたため日焼けしなかったということ。手のひらが柔らかい者は、中国軍の兵士か幹部だ。また、人差し指にタコがある者は、銃を使い慣れている兵士だ。女性の場合には、断髪していたら抗日婦女会のメンバーである可能性が高いから要注意。服装は、染料すら買えないような貧しい人々は豆の茎を焼いて灰にし、それを鍋で煮て染める。そして、山でゲリラ戦を展開中の共産党軍の兵士たちの衣服もまた豆の茎の灰《あ》汁《く》汁《じる》で煮て染め、灰色の手織木綿でつくられている。

「華北の部隊にいたとき、俺たちが一番恐れていたのは村の自警団だった」と矢下軍曹が言いだしたのに、久は耳を疑った。どうしてだろうか。たいした武器も持っていないはずなのに……。

「いや、ともかく奴らは家族を殺された仇や、嫁を乱暴された恨み、家を焼かれてしまった怒りと絶望を胸の内にかかえている。そして、当たっても銃弾を通さないとか、はね返してしまうという薬とか、おまじないとか、そんなものを体中に塗ったり貼ったりして、狂ったように叫びながら、あとからあとからこっちに向かってやってくる。奴らの武器は手製の武器なんだけど、奴らの勇ましさというか必死の形相《ぎょうそう》には圧倒されるし、こっちの心が萎《な》えてしまう」

うむ、なるほど、なるほど。そのうえ満州には紅槍会《こうそう》などの秘密結社が根強く存在しているという。

「次に恐ろしいのが共産党の軍隊だ。ともかく良く訓練されている。勇敢だし頑強。夜戦に強く、移動するのは風のように早い。ゲリラ部隊は、まさしく神出鬼没だ」

うーん、こんな敵は相手にしたくないもんだ。

「銃声を聞くだけで、どこの部隊なのか、訓練を積んでいるのか、正規軍か地方軍か、すぐに分かる。国民党軍は一斉に銃砲を鳴らし、まず決戦の構えをつくる。ところが、共産党の軍隊は、150メートルの至近距離にまで近づかないと引き金を引かない。だから、突然の銃声に素早く反応できないと、数分後には刀を抜いた敵兵が目の前に現れる」

さすが、歴戦の勇士の話は重味がある。久はつい武者震いをした。なるほど、そういうことなのか……。やはり古兵は違う。久は素直に感心した。

満州の関東軍は絶えず戦闘を続けていた。「匪賊」の討伐だ。土地を日本人から奪われた現地の人々は、たとえば紅匪となって抵抗した。有名な歌手の藤原義江は哀調のメロディーに乗って「討匪行《とうひこう》」を歌った。

「どこまで続くぬかるみぞ　三日二夜を食もなく　雨降りしぶく鉄兜《てつかぶと》」、という歌詞で、日本軍の戦闘の苦しい状況を反映している。

巡回パトロールを終えて、矢下軍曹が一休みにしている久たちのところに足早に近寄ってきて、大きな声で叫んだ。

「風呂に入りたいぞ。おい、誰か風呂つくれる奴はおらんか」

いつも自分の自慢ばかりして威張っている矢下軍曹は兵士たちからあまり好かれていなかったが、このときばかりは一躍、人気者になった。

久の横に座っていた立花守が立ち上がって前に進み出た。

「自分の本職は大工であります。ドラム缶風呂もつくったことがあります」

矢下軍曹は、うれしさあふれる笑顔を示した。

「お、お、そうか、立花、貴様がやってくれるか」

早速、ドラム缶風呂づくりが始まった。ドラム缶自体は矢下軍曹が自ら率先して山をおりて調達してきた。たいしたものだ。重油を入れていたドラム缶なので、油臭い。泥を入れて、雑草で何度もこすり取る。お湯を沸かして、ドラム缶の油臭さを拭きとり、なんとか油臭さが気にならないほどになった。

本式の五右衛門風呂ならドラム缶の底で火を燃やすことになるが、こんな山の中でドラム缶を安定させながら底で火を燃やすのは難しいだろう。立花は、ドラム缶を立てておいて、そのそばで湯を沸かしてドラム缶に湯をはる方式でいくことにした。久たちはドラム缶がぐらつかないようにきっちり安定させ、そして踏み台をつくった。兵士は、みんな立花の指示にしたがって仕事した。

まもなく、お湯が沸き、ドラム缶に湯が一杯になった。もちろん一番乗りは矢下軍曹だ。ニコニコ顔で身体を沈め、気持ち良さそうに鼻歌をうたいだした。「旅ゆけば駿河《するが》の香り……」、森の石松だな。順番待ちをしながら、久は立花に、「すごいね、ドラム缶風呂なんて、どこでつくったのかい」と尋ねた。立花が小声で、「そんなもの、つくったことなんて一度もないやな」と答えたので、久は息が詰まりそうなほど驚いた。「これくらいの嘘が平気でつけないと兵隊はつとまらないだろ。故郷《くに》の先輩から、軍隊は運《うん》隊だぞ、要領よくやってこいと忠告されたしな……」と立花は胸をそらした。

そこへ、突然、部隊長見まわりとして小塚恒一郎大尉がやってきた。矢下軍曹もそれに気がついて、慌ててドラム缶から出て素裸のまま敬礼した。どうなることやらと、久たちが固唾《かたず》を呑んでいると、小塚大尉は、案に相違して、「よしよし。旺盛なる士気涵養《かんよう》と健全なる心身の保持のため効果あるものと認める。よろしい」と言って、ニコリともせず早々に立ち去った。久も矢下軍曹も、あっけにとられて小塚大尉を見送った。あとになって久は、あれも敗軍の将となるのも間近だという自覚があったからかもしれないと思った。

次の日、作業の指示はなく、朝ご飯を食べたあと、三々五々、集まっては噂話。兵士はとにかくおしゃべりが楽しみだ。上層部は防諜《ぼうちょう》、防諜と叫んでいるが、兵士たちはいろんなところから仕入れてきた話を仲間に話す。少し前にあった作戦の結果が悲惨だったこと、次の作戦のあらまし、地下陣地の構造そして弱点など、極秘事項のはずのものだって、すぐに知れ渡る。

そして、噂話のなかで何度となくデマが飛びかった。帰還命令が出た、交代の兵隊が日本を出発した、8月10日には帰還できることになった、帰るための携行食料も用意されている、などなど。いかにもありそうな情報だったが、みな嘘だった。兵士たちの願望が現実のものであるかのような幻想に兵士は踊らされた。

「日本は負けるのか?」、悲観して頭を抱える兵士がいる。

「いや、別に移動しただけだろう」、いつだって楽観論を振りまく者もいる。兵隊になったら、あまり深刻に考えないのが一番だ。悩んだところで、どうなるものでもない。上のほうで考えてくれるだろう。兵士は、あなたまかせの運命なのだ。

「俺たちはどうなるんだろう?」、日頃あまりくよくよしないことにしているものの、さすがに近頃は久も不安なことばかりが頭に浮かぶ。

こんな山中に、慰安所なんかあるはずもなく、暇《ひま》をもて余した古年兵たちは博打《ばくち》に熱中する。手づくりの札によるオイチョカブが大いに流行している。なかには少し遠くにある朝鮮人集落まで出かけているという。山奥に集落があるらしい。憲兵が聞きつけ、様子を見に出かけていった。

作業現場では電気は使えないから、削岩作業も手打ちでやるしかない。2人でハンマー打ちをする。久はノミ持ちをして、ダイナマイトを入れる3センチ深さの溝を長さ1メートルほど掘っていたところ、どうしたはずみか相方《あいかた》のハンマーを顎《あご》に受け、久の前歯が少し動いてしまった。様子を見ていた城井《きい》班長が心配して現認証明書を書いてくれたので、鉄嶺行きのトラックに乗り込み、久は鉄嶺にある陸軍病院の歯科へ行くことができた。この事件以来、久には前歯が2本ない。

治療が終わって病院の前に立っていると、親子の乞食が近寄って来て、真っ黒に汚れた手を差し出した。漢人ではなく、満州人だ。子どもは日本なら学校に行っていてもよさそうな年頃だ。久はあいにく何も持ち合わせていない。ポケットを探って、煙草を5本だけ与えた。乞食は何やら言ったが、久には分からない。きっとお礼の言葉だろう。黒く日焼けした顔と一瞬、眼があったとき、久は憎悪の炎が燃えていると感じた。決して味方とは思っていない、敵意そのものの眼付きだ。隙があるとみれば今にも襲いかかってきそうな気配だ。これが日本人兵士に対する現地中国人の本音《ホンネ》なのだろう。久は、思わず身震いした。

8月10日、小塚部隊長の前で矢下軍曹が進級発表を読みあげ、久は上等兵になった。満州各地でソ連軍の進攻を受けて関東軍は応戦していたが、満州中央部にいる久たちの部隊は、そのまま待機していた。

徴兵検査

周囲に人がいないとき、久は前から疑問に思っていたことを同じ班の立花にぶつけた。大分県の耶馬渓出身で久より3歳年長の立花は、いかにもがっちりした体格だ。だから、丙種合格なんかのはずがない。いったい、なぜ補充兵になったのか……。

「貴様、なんで丙種なんか」

「おう、自分は二十歳《はたち》のころは体重が40キロしかなくて、ガリガリに痩《や》せていたんさ」

「ええっ、今みたいに太ってなかったんか」

「うん。兵隊検査が怖くて、1年以上も前から、食べるのを減らしていたんさ。本気でやってたら、本当に食事が喉《のど》も通らないし、まるで骨皮筋右衛になってしまって、親も心配してた」

「いやあ、そりゃあ、すごかね。それで検査はどうなったんか」

「大分の狭い町なもんだから、医者が親の知りあいで、心配してると言ってくれた。早い話が、医者を丸めこんだんだな。当日は、肺に影があるし、心臓も変な音がする。養生第一、って叫んでくれて、無事に丙種合格になった」

じっと隣で聞いていた長野県は松本出身の上條袈裟善《けさよし》が、次は自分の番だと話しはじめた。上條は久と同じ年齢だ。

「俺はちょうど検査の前は病みあがりだった。小さいころからぜん息もちだったたし、肋膜炎《ろくまく》を病んで寝たきりだったから、医者に何の工作する必要もなかった。幸い、今はピンピンしているけどな」

そして、「聞いた話だけど」と言って上條が話を続けた。

「軍隊じゃ肺病やみが一番嫌われるっていうので、結核だと間違わせるため、検査を受ける2日前にツベルクリンの注射をまず受けて、検査当日の朝はナマズの生き血をすすって飲む。自分が聞いた人の知りあいが本当にやったらしい」

うひゃあ、そこまでやるのか……。久は、上には上がいるもんだと感心した。立花も上條も、なので、兵隊に行かずにすむと思っていたら、戦局悪化で、ついに召集令状がやってきたという。久と同じで、もう逃げられないと観念したと笑った。本心からの笑いではない。あきらめの笑いだ。

戦前、日本人男性は20歳になったら、全員、徴兵検査を受けなければならなかった。これを拒否することは許されない。男子一生のうちの最大の厄日《やくび》とさえ言われた。衆人環視の下、素裸になって、四つん這《ば》いの格好をさせられて肛門をのぞかれ、男性はペニスをしごかれる。そして、合格した先にあるのは戦争であり、戦死の恐怖だ。この生涯最大の関門をくぐり抜けるため、いや、徴兵されるのを忌避すべく自分の身体を傷つけ、また、逃亡する若者が帝国日本にもいた。いつだって、素直な人ばかりではないのも確かなことだ。

久は、まさか逃亡するなどは考えられもしないし、親からもらった自分の身体を傷つけたくはない。そこで考えられるのは、兵役に耐えない虚弱体質だと軍医に診断してもらうこと。実際、久は父久平と同じく胃腸が弱くて、体重45キロのまま太ることができない。久は三又村の警防団第六分団に所属しているので、そこの先輩たちに久は相談した。すると、いろいろな方法があることが判明した。指を切断する、とくに手指のうち人差指を切断する。すると銃の引き金がひけない。ともかく手足を一部切断する、折ってしまう。いやあ痛そう。眼球を異物で突き刺す。とてもやれそうにない。次に、仮病。醬油を大量に飲むと一時的に心臓障害が生まれるらしい。下剤をかける。減食して、やせおとろえてしまう。狂人を装う。これも難しそうだし、抵抗がある。

もちろん、このような意図的な兵役逃れの行為は処罰の対象となる。それでも、実は少なくない若者が兵役忌避を試みた。たとえば、1936（昭和11）年には逃亡者が2万人を超えたという調査報告がある。兵役にとられるのを心配するあまりに自殺した若者も決して少なくなかった。このころの学生は「人生25歳」説を唱えていた。25歳までしか生きられないというのだ。

日本の兵役制度は華族や富豪の子弟が合法的に事実上の兵役拒否が許されることを黙認して始まった（たとえば、32歳まで海外にある者は兵役を免じられた）。当局からみて日本社会全般に徴兵忌避を容認する気風があるとして、それを問題とした。

久は、あれこれ思案した末、徴兵検査に向けて、食べるものを減らし、虚弱体質であることが軍医に一見明白になるよう半年も前から減食していった。久の体重は40キロにまで落ちた。アバラ骨（肋骨）が浮いて見える。これ以上落とすと毎日の農作業ができない。そして、ついに検査の日を迎えた。久は先輩の忠告を受けて坊主刈りになって出頭した。長髪のまま出頭してきた者は、受付でビンタされ、床屋へ走らされた。みんなフンドシ姿になって軍医の前に並んでいると、久の横に立っていた男が、軍医から「なんだ、おまえ、兵役忌避の目的で、とんでもない嘘を言いやがって……。営倉にぶち込んでおけ」と怒鳴られている。久の心臓が急にバクバクと早鐘を乱打しはじめ、額から冷や汗も流れ出た。目の前の若い軍医が「気分が悪いのか？」と尋ねたので、久は正直に「悪いです」と答えた。すると、「早く家に帰って、横になって安静にしておれ」と軍医は、突っけんどんな口調で久に言った。

判定を申し渡されると、大きな声で復唱させられる。2割ほどの甲種合格者は「復唱、甲種合格」と胸を張って言える。乙種合格者は約4割。久が小さい声で「丙種合格」と復唱すると、すぐそばにいた軍曹から「声が小さい。もっと大きな声で復唱しろ」と背中をどーんと叩かれた。会場になっていた小学校の講堂の外側には若い女性が大勢つめかけていて、窓からのぞき込んでいるので、恥ずかしい限りだ。なんと、久の姉や妹の顔まで見かけた。久を心配して、というより単なる好奇心からではないか……。

それでも久は、やれやれと思った。これで助かったかもしれない。家に帰りつくと、久平がニコニコ顔で迎えてくれた。軍医に手をまわしてくれていたのだろうか。久は無事に丙種となった。

それなのに……。

百団大戦と三光政策

このころ、中国の山地の多くが緑したたる森林地帯ではなく、禿《は》げ山になっていたのは、厳しい自然環境に置かれているというより、日本軍による三光政策の「成果」だった。人を殺し尽くし（殺光）、森林も人家も焼き尽くし（焼光）、奪い尽くす（搶光）という三光政策（三光作戦とも呼ばれる）、現地の人々が「パーロ」と呼ぶ八路軍、すなわち中国共産党の軍隊による百団大《ひゃくだんたい》戦《せん》が日本軍に大打撃を与え、その作戦を一変させてしまったことの帰結だ。

百団大戦とは1940（昭和15）年8月から10月にかけての、二度にわたる八路軍による華北や満州における大攻勢をさす。115団（連隊）40万人が参加した、大部隊を運用する日本軍相手の運動戦だ。それまでの小部隊による局地的な奇襲戦ではない。実は、八路軍として出動を予定したのは22団だった。ところが、この動きを知って多くの武装勢力が自発的に参加・合流して104団となったので、百団大戦と名づけた。7月に準備を始めて、見渡すかぎりコーリャンの生い茂る8月上旬に攻撃を開始した。このころ日本軍は数十人規模の分隊単位で高度分散配置をとっていた。そこを1ヶ所に周囲から1千人もの八路軍が包囲して攻撃を仕掛けてきて、殲滅《せんめつ》されていった。道路・鉄道・橋や駅などの通信網が徹底的に破壊され、日本軍の小拠点が次々に占拠されていった。八路軍の攻撃は火力に頼った攻撃ではない。つまり、遠くから大砲や銃を打ちこむというものではなく、ひそかに接近し、銃剣や槍・刀で襲うという近接戦闘が主だ。そのため、攻撃した八路軍も3万7千人もの死傷者を出したが、この百団大戦の効果は絶大だった。八路軍による、これほど大々的な攻撃は日本軍にとって、予想もしていない、まったくの不意打ちだった。

たとえば華北の山西省では日本軍は「点と線を確保している程度」の占領状況だったが、百団大戦の勃発《ぼっぱつ》で日本軍は「太平の夢が破れた」。1守備隊に5～10倍の兵力で完全包囲され、独立混成第4旅団の守備隊は10日間に20あまりが全滅した。百団大戦の第一段階で、八路軍は日本軍の拠点91ヶ所を攻め落とし、鉄道300キロメートル、道路700キロメートルを破壊し、大量の物資を捕獲した。日本軍は「北支」全域に大小の情報網と分遣隊を配置し、民心をつかんでいたつもりだったが、このような大規模な攻撃を事前に察知できなかった。日本軍は周到に準備した八路軍に不意打ちを食らって劣勢に立たされ、多くの犠牲者を出して強い恐怖を味わった。

百団大戦の勝利は、それまで「遊して、撃たず」などと八路軍を小馬鹿にしていた中国人の一部の人々を刮目《かつもく》させた。9月22日、蔣介石は八路軍総司令部へ褒賞《ほうしょう》電報を送り、「好機をとらえて断固出撃し、敵に甚大な打撃を与えた。とくに褒賞する」とした。毛沢東も9月30日、百団大戦を主導した八路軍副司令の彭徳懐《ほうとくかい》にあてて祝電を打った。「百団大戦の勝利は、まことに慶賀の至り。今後とも善戦されたし」。

この時点まで、日本軍は八路軍について国民党軍の敗残部隊と同じレベルの残敵、せいぜい抗日匪賊《ひぞく》程度とみて、たいしたことはなかろうと、たかをくくっていた。百団大戦は日本軍北支那方面軍の「囚籠政策」に深刻な打撃を与えた。北支那方面軍は作戦記録に「本奇襲は我軍のまったく予想せざるところにして、その損害も甚大にして、かつ復旧に多大の日時と巨費を要せり」と書いた。百団大戦によって深刻な被害を受けたあと、日本軍は八路軍を主敵であるとみなすよう認識を改めた。と同時に、八路軍を支えている中国の民衆についても同じように主敵として位置づけた。「共産軍それ自体の軍事力はたいしたことはないが、治安攪乱《かくらん》の主体は共産化した民衆であり、これが主敵だ」という日本軍の報告書がある。そして、抗日根拠地、抗日ゲリラ地区に対する殺戮《さつりく》・放火・強姦など、何をしてもかまわないという治安戦の思想と方針が明記された。すなわち、三光政策は、日本軍にとって、八路軍という軍隊を相手とするより、中国の民衆そのものを敵とする戦いを意味した。

日本軍の最高司令官である北支那方面軍司令官として、岡村寧次大将が「焼くな、犯すな、殺すな」という「三戒」を部下に訓示した。これを知った中国側が、実情はそうでなく、むしろ「焼く、犯す、殺す」がひどくなっているだけでなく、略奪さえ加わっているという非難と皮肉の意味を込め、「三戒」をもじって「三光」という言葉を造語したと推測されている。

多くの日本軍幹部は、中国の人々が八路軍に協力的なのは、八路軍の武力と仕返しを恐れているからだ。それに対して彼らは日本軍を軽視し侮《あなど》っている。だから、日本軍は彼らに徹底的に「武威」を見せつけなければならないと考えた。

共産党と八路軍にとって、日本軍が「懐柔《かいじゅう》」を主とするものから「焼き殺す」ことを主とするものに転換したのは予想外のことだった。これによって抗日根拠地は重大な打撃を蒙った。共産党と八路軍は百団大戦によって威信を内外で高めたが、この三光政策の被害を受けた中国の人々のなかには百団大戦のせいだと八路軍を恨む者も生まれた。

日本軍による報復戦としての三光政策によって中国の多くが焦土と化した。日本軍は抗日根拠地を飢餓状態にして壊滅すべく、「放火隊」まで組織して抗日根拠地の家屋と食糧を略奪し徹底的に焼き払った。また、ときに日本軍は毒ガス（イペリット）を大量に散布した。そのため、八路軍の部隊は半減し、抗日根拠地の人口が、それまでの3分の2以下にまで減ってしまった。

これは百団大戦がもたらした災禍であると非難する声が党内からも起こってきて、1945年、中国共産党が華北における抗日戦争を総括したとき、彭徳懐は自己批判を余儀なくされた。毛沢東も手のひらを返して彭徳懐を批判したので、彭徳懐は毛沢東の権威に屈して改めて自己批判した。「1940年の百団大戦は……政治的にも誤りだった。わが方の戦力があまりにも早く暴露され、日本軍の主力が主戦場から華北に集結したので、国民党に有利に働いてしまった」。さらに、重火器が不足していたのに日本軍の堅固な拠点を人海戦術で攻撃したため、多数の死傷者を出してしまった。状況にそぐわない強引な指揮がなされた。時期尚早だった、このように批判された。毛沢東は百団大戦の前に「持久戦論」を発表していて、日本軍が兵力不足となって戦力が均衡した時点で共産党は攻勢をかけるとしていた。なので、百団大戦は戦術的には勝利しても戦略的には誤りだったと総括された。

たしかに百団大戦は冒険主義的な側面を有する、政治主導で決定された作戦だった。日本軍の主たる攻勢が華中を向いていて、華北方面の日本軍が相対的に手薄になっていること、蔣介石政権が大きく動揺していることを踏まえて、華北から日本軍を一掃するという目標を掲げた。華北と満州の日本軍は満州国軍とあわせて20万人、これに対して八路軍は百団大戦に向けて最終的には115団（連隊）、40万人を動員した。このとき、八路軍は日本軍の拠点陣地だけでなく、鉄道や炭鉱などのインフラを襲撃対象とした。また、従来にない密集突撃戦法をとって日本軍を攻撃した。日本軍将兵は、八路軍の迫撃砲による集中射撃、兵士の密集攻撃、そして正確狙撃をもっとも恐れた。

日本軍の三光政策は中国の人々に怒りと憎しみをかき立てたが、同時に圧倒的に強力な日本軍に対して「恐日病」と言われるほどの恐怖心をもたせ、足をすくませた。それでも、百団大戦は中国の民衆を日本が力で屈服させることは不可能なことを証明するものだった。また、日本軍に協力的だった地主層の態度が変わった。日本軍は抗日根拠地に打撃を与えることはできたが、中国民衆の心をとらえるどころか離反する方へ追いやった。

百団大戦を主導し、あとで自己批判もさせられた彭徳懐は朝鮮戦争でも大活躍するが、その後、毛沢東が発動した大躍進政策の誤りを1959年の廬山《ろざん》会議で指摘したため、毛沢東の怒りを買って完全に失脚した。このことから彭徳懐が主導した百団大戦についても1960年代以降、中国では長く無視され、忘れられた。

関東軍の避難

関東軍は1945年7月5日、満州国の首都と総司令部を満州中心部の新京から朝鮮との国境に近い通化に移転することにした。これは、全満州の4分の3を放棄し、要害険路の山岳地である通化とその周辺区域だけは確保して持久抗戦し、ソ連軍の進攻を食い止めようというもので、これが関東軍最後の大方針になった。8月9日のソ連軍の進攻を受けて、8月11日から関東軍・満州国政府関係者、満鉄の家族を通化行きの列車に乗せはじめた。8月11日の1日だけで、18本の列車が通化に向かい、満州国の首都である新京にいた日本人14万人のうちの3万7千人、その内訳は関東軍関係者2万人、大使館関係750人、満鉄関係の家族1万6千人が移った。この避難にあたって、政府関係者には日本紙幣1200円が前払い賃金として支払われた。典型的な公務員優遇策だ。また、甘粕正彦（関東大震災のとき、混乱に乗じて無政府主義者として有名な大杉栄たちを虐殺した憲兵中隊長）が理事長だった満映は会社解散にあたって退職金として1人5

千円を支払った。

ところが、その直前の8月2日、関東軍報道部長の長谷川宇一大佐はラジオで「関東軍は盤《ばん》石《じゃく》の安きにある。日本人、とくに国境開拓団の諸君は安んじて生業に励むがよろしい」と演説した。このラジオ放送を聞いた開拓団の人々はそのとおり信じ込んだ。これはまったくの騙しうちだ。「関東軍100万の精鋭」という宣伝文句を、みな鵜《う》呑《の》みにしていた。満州、とりわけ開拓団の人々は「満州は安泰だ」というムードのまま安心しきっていて、疑うこともなかった。関東軍は開拓団を国境線から引き下げる命令は出さなかったし、その考えもなかった。関東軍は開拓団を見捨てたのだ。

日本の敗戦

ソ連は8月8日深夜、日本との平和協定を無視して宣戦布告し、8月9日に日付が変わるとまもなく、ソ連赤軍を大々的に満州に進攻させた。これは2月のヤルタ会談にもとづくもので、アメリカも了承し応援していた。アメリカのルーズベルト大統領、イギリスのチャーチル首相、そしてソ連のスターリン書記長の3人は2月11日、ヤルタ密約に署名した。この密約によると、ソ連はドイツ降伏後の2、3ヶ月を経て日本に参戦することになった。これは、対独戦に投入したソ連軍を極東に移送して対日戦の攻撃態勢を整えるには2、3ヶ月を要するということだ。ソ連は4月5日、日本に対して日ソ中立条約を延長しない、破棄すると通告した。ところが、ソ連のマリク大使が東京で条約は存続していると説明したことから、日本は破棄通告後も1年間は有効だと信じていた。ソ連は5月7日にドイツが無条件降伏したあと、すぐにヨーロッパ戦線から豊富な戦争経験をもつ大兵力を満州攻撃態勢構築に向けて移送を始めた。アメリカが8月6日に広島に原爆を落としたことから、スターリンは8月11日に予定していた進攻を速めた。関東軍は各地で、それなりに必死に抵抗したが、たちまち敗退していった。関東軍の少なくない将兵は命令一下、ソ連軍に立ち向かい、多くの戦死者を出した。久たちの本隊である669部隊は満州中部の鉄嶺付近にいて、ソ連軍との戦闘はしないまま待機していた。関東軍24個師団のうち、主力をもって戦闘したのは6個師団、一部が交戦したのが6個師団、残りの12個師団は交戦しないままだった。

ソ連軍の進攻を知って徳川夢声は日記にこう書いた。「ははァ、日本がハワイでやったとおりをロシアが満州でやったのだな」。

8月15日、朝早くから何やら騒がしい。便所に行くふりをして久が外に出てみると、中国人労務者の姿が見えない。やっぱり敗戦か……。昼12時前、集合の号令がかかった。久は中国に来て1年たつ。久の第3小隊第3班は、1千人も兵隊が並んでいる列の最後尾だ。ラジオで何か話がかかっているが、があがあ言ってるだけとしか思えず、久には内容はまったく分からない。前列は直立不動の姿勢だったが、最後列の久たちは座り込んでいた。放送が終わってしばらくして日本が敗戦したことを久も知った。苦力として日本軍に雇われていた1千人あまりの中国人が一斉に逃げ出し、すっかりいなくなった。久たちが従事していた山中の地下陣地構築工事は、もちろん中断。もう、そちらの現場に行くこともない。

この日、昼のうちは天気が良かったが、夕方から雨模様となり、暗くなってからは本格的に降りはじめ、ついには土砂降《どしゃぶ》りになった。兵舎横の1メートルほどの凹地《くぼち》が川になって、日本軍とともに行動している満州国軍の兵士たちが入っていたアンペラ小屋がむき出しの電灯で見えた。ついにはモグラ兵舎のなかまで水が入ってくる。上からも雨漏りし、そのうち電気も消えた。真っ暗闇なので、誰も眠ってなんかいない。暗黒の時間が過ぎていく。眠れないという不安は長く感じられた。いつも威張っている矢下軍曹たちも腰が定まらず、そわそわしていて同じ心細さのようだ。皿にモービル油を入れ、ぼろ布を浸した明かりとりに古年兵が火を付けると、ようやく隣の戦友が座っているのが分かる。古年兵たちは相変わらず何かを話している。雨はまだ降り続いていた。誰かが火を付けてくれた。とてもとても長い時間が過ぎていく。久の目から見て日頃は怒鳴りちらすしか能のない矢下軍曹は茫然自失《ぼうぜんじしつ》の有り様で、両手で頭をかかえてうつむいている。

突然、非常呼集のラッパが鳴り響き、班内全員が大声で復唱する。全部の荷物を持ち、完全武装しなければならない。油の明かりしかない薄暗いなか、大慌てで家族の写真、印鑑、その他、煙草やマッチまでなんとか持ち出す。外は相変わらず土砂降りの雨。ええいっ、どうにでもなれ。久たちは豪雨で大洪水のなか、集合地に向かった。

小塚大尉が部隊長として、「ただいまより、全部隊は鉄嶺に向かう」と指示し、あわせて「これより鉄嶺まで強行軍する。落後は死を意味するから、各自、努力されたい」と訓示した。大雨のなか500人近くの兵隊が歩きはじめた。畑より低い道路は濁流になっている。水は膝までもあり、真っ暗ななかをまるで泳ぐようにして歩け歩けの強行軍。久は煙草を帽子の内側に入れていたが、濡れてしまった。マッチも濡れている。人の姿がぼんやり見えるようになったときには奉天街道を歩いていた。これまでと違って、今回は多くの落後者が出た。やはり、すっかり気が緩《ゆる》んでいる。久たちの第3小隊第3班は最後尾のはずが、うしろを振り向くと、多くの人が歩いて続いていた。

立花が途中で姿を消した。逃げ出したはずはない。どうしたのだろうかと久が心配していると、走ってきて追いついた。「小便二丁、糞八丁《くそ》」というのは本当だったと、立花は苦笑《にが》いした。小便すると一丁遅れ、大便だと八丁遅れるという、軍隊だけに通用する符丁だ。親切な満州人がロバを貸してくれ、矢下軍曹はロバに乗ってよたよたとついてくる。2度ほど小休止し、8月16日、鉄嶺郊外の練兵場に到着し、後続の落後者を待った。久は、そのなかに矢下軍曹のまるで生気のない顔を見つけた。

鉄嶺の南東方にある練兵場には、ほかの部隊からもたくさんの兵士が集まってきた。そこにはソ連兵が300人ほどもいて、日本兵の武装解除の式典となった。ソ連兵の着ている服装は不揃いのうえ、薄汚れていて貧相な感じであり、ゲートルや靴は見すぼらしい。そして少年兵や女性兵が多いのに驚かされる。地面はぬかるんでいるが、雨はあがった。ソ連軍の通訳は若い女性兵士で、その女性兵士の指示で銃を置き、次の列に帯剣を置いた。久たちはベルトまで取られたが、これはあとで返してくれた。式典は午前中に終わった。

昼過ぎ、工兵隊出身者が呼び出され、久たちはいつもの歩兵銃ではなくシャベルを持って行軍して遼河の河岸に向かった。両岸はソ連軍が遼河の渡河作戦中で、おびただしい戦車や自動車が船橋が出来るのを待っている。なにしろ日本軍にはない50トン近くの重たい戦車なので、鉄船を継ぎ足して補強する必要がある。そのためだけに50隻もの鉄船を使い、それで、なんとか渡っていく。地面はぬかるんでいるが、雨はあがった。ソ連軍は、日本軍と違って物量が桁《けた》違いに多い。歩く兵隊なんていない。USAというマークのついたアメリカ製のジープ車に上級将校が乗っている。大型トラックのうしろにもUSAとあった。巨大な戦車が、幹線道路のせいか、絶え間なく続く。小銃だけを持っている兵隊なんかおらず、みなピストルと小型の自動小銃を携帯している。久たちは船橋の補強作業にあたらされた。

夕方、ソ連軍が遼河より帰る途中、久たちは、その案内のための日本兵と出会い、なんとか練兵場南の奉天街道沿いのモグラ兵舎に帰り着いた。朝も昼もご飯抜きだったので、ふらふらだ。ところが、なんと兵舎では久たちのためにご飯を準備して待ってくれていて、感激する。感謝、感謝だ。

ここのモグラ兵舎は地面を1メートル以上も掘り下げ、半地下式にして、二重天幕の上にアンペラをかぶせて寒さを防ぐ。ここは、何より地下水位が深い。そして土を練って壁をつくるけれど、これは乾くと固まる。なので、兵舎は半分埋まって、窓枠が人の目の位置になる。外では屋根瓦が人間の膝の上ぐらいの高さだった。家の中から外を見ると、人の足と広い練兵場と原野を眺めることができる。これは耐寒と敵襲に備えた構造だ。

モグラ兵舎で休んでいると、日本兵の「品定め」が始まった。大勢の満州人が中国人の兵士とともに兵舎に押しかけてきた。恨みと怒りにみちた顔つきで、殺気だっている。満州人に酷《ひど》いことをした日本兵が満州人に指を差されて、連れ出されていく。即決処刑されなければいいんだが……、久は黙って見守るしかない。髭《ヒゲ》面の矢下軍曹は目立つので、心配したが、じっと下をうつ向いていたからか、連れ出されることはなかった。

ある日の夕方、久は河村上等兵と初年兵の山元と3人で満鉄宿舎に住んでいる宮河中尉の護衛を命じられた。暗くなって宿舎に着いて着任の報告をしていると、遠くで遠雷のような音が聞こえ、それが段々と近づいてくる様子だ。宮河中尉が「ちょっと様子を見てくる」と言って出かけたが、まもなく宮河中尉は走って帰ってきた。

「第一陸軍病院の裏あたりで暴動が発生した。病院が危ないので救援に行く必要がある。急いで兵舎に戻って救援の部隊を出動させるように」

宮河中尉の命令に応じて、久がモグラ兵舎に戻ることにした。初年兵にはまかせられない。モグラ兵舎までの道順を頭の中に描いて久は宿舎を出発した。第一の関門は、途中にある元日本軍の建設部隊跡にソ連軍の部隊が占拠していて、その横を通らなくてはいけないこと。ソ連軍の兵舎になっている建物には二人で抱き回すような柳の大木があり、その横にソ連軍の警備兵が立っている。

久は、その建物の横の堀に入り、胸まで水に漬かりながらそろそろと進んでいった。音を立てないように用心していたもののソ連兵が気がついたらしく、「クトー（誰か）」と誰何《すいか》の声をあげると同時に、マンドリン銃を撃ちはじめた。直径30センチほどの円形の弾倉のついている自動小銃はマンドリン銃と呼ばれ、1分間に900発を発射できるという。その発射音はバラバラバラといった軽い感じで、命中精度というより、接近戦で射ちまくるもののようだ。ソ連兵は怪しい音がしたというだけで、久の姿までは現認していなかったようで、久がしばらく葦《あし》の茂みに隠れたまま、じっと動かなかったところ、撃ち方をやめた。それで、またそろそろと久は堀の中を進み、第二病院の前で岸に上がった。そこで病院前の日本人衛兵に誰何《すいか》されたので、「救援を求めて兵舎に向かっている」と答えると、文句なく通してくれた。久はそのまま方に曲がって奉天街道に出た。両側は街灯などないので柳の大木で真っ暗。ところが、不思議なことに、なぜか柳の木の梢《こずえ》に大きな丸い火があり、久と同じように動いて照らしてくれる。いったい何の火なのか、キツネにつままれた思いのまま久はモグラ兵舎の端にたどり着いた。その途端、再び真っ暗となった。

久が部隊長の小塚大尉に報告すると、部隊長は兵隊を集め、手に鉄棒を持たせて第一陸軍病院へ出動させることにした。暴動をしている群衆によるウアーという叫び声はモグラ兵舎にまで聞こえていた。

関東軍兵士の久

久は「ご苦労だった。班に戻って休んでよし」との小塚大尉の指示を受け、元の班に戻って寝ることにした。ところがあまりの疲れから、すぐには寝つけない。いったい、あの火、あの明かりは何だったのだろうか……。世の中には不思議なことがあるものだ。久はそう思いながらいつのまにか眠りに落ちた。

翌朝、目が覚めてから病院はなんとか無事だったと聞いた。

久はシベリアに送られるのは免れたものの、ソ連軍の使役が毎日のように続く。関東軍って、こんなにトラックを持っていたのかと驚くほど、毎日トラックを貨車に積み込んだ。鉄嶺には、とても大きな関東軍の兵器廠があった。各種の戦車、自動車、銃器類、食糧、米、メリケン粉、大豆、そのほかをソ連軍が列車でソ連に持ち出していく。倉庫には鉄道の引き込み線があって、ソ連兵が駐屯して巡回警備している。はじめのうちソ連軍から支給された未精白の赤い馬糧用コーリャンを炊いたコーリャン飯は、ぼそぼそしていて、いくら久が噛《か》んでも呑み込みにくかった。便所で下をみると真っ赤になっている。

満州の夏は暮れそうで、なかなか夕暮れにならない。夕暮れになって太陽が沈んでも、西空の残光がしばらく地上を照らしていて、すっかり暗くなるのは夜9時ころだ。残光が地平線に消えると、とたんに周囲は暗くなる。虫の音が止み、突然、静寂が訪れる。街灯など、もちろん、どこにもない。電気は引いていないのだ。そんな夏はまたたくまに終わり、短い秋が過ぎて冬が到来した。

久たちの収入はゼロで、食べるためのお金は自分たち自身でまかなわなければならない。昼は、ソ連軍の使役に駆り出され、トラックを貨車に積み込む。夜になって、このトラックのタイヤを盗む。言い出したのは、いつも豪胆な立花だ。立花は久のほか上條も誘った。上條は「久がやるなら手伝うよ」と応じた。ほかにやることはないし、腹はすくし……。食うためには仕方がない。久も肚《はら》を決めた。泥棒してはいけない、なんて言っている場合ではない。中国人が馬車のタイヤとして欲しがるので、タイヤはそれなりのお金で売れる。

昼のうちに工具類を雪の下に隠しておき、夜に実行する。夜10時にモグラ兵舎を出て、12時ころから様子を見ながら決行する。警備のソ連兵は30分毎に回ってくる。見張り役は神経質な上條がつとめ、立花と久が2人がかりでタイヤをはずす。見つからないように白い作業服を着て、顔は手ぬぐいでほおかむりする。ソ連兵が通るときには線路横の雪のなかに寝て、ソ連兵が去るとジャッキで上げてタイヤのボルトを解き、雪の内に投げ込む。吹きだまりの雪は1メートルもの深さがあるので、ソ連軍の警備兵には見えない。次の巡回のあとに持ち帰る。線路脇の高圧電線を抜けてもモグラ兵舎まで2キロもあり、零下20度でも汗びっしょりになった。朝まで座りこんでから中国人に売る。このとき、売るタイヤの上に座っていないと誰かに盗まれてしまう。さらに商談が成立したら、受けとるお金は最後まで数えなければいけない。札束の途中にただの紙を混ぜて入れたりするので、信用ならない。タイヤ1本が3千円で、米1俵も同じ3千円くらいだ。久たちがタイヤ泥棒をしたのは2回だけ。列車が2日も停車することがあった。このときもトラックのタイヤが盗まれ、50台ものトラックが動けなくなった。さすがに、そのあとは警戒がより厳重になった。

食糧の補給も途絶えがちになり、握り飯《めし》が1日に2度、1個ずつ当たれば良いほうだ。それでもいよいよ食べ物がなくなると、久たちは原隊のあったところに出かけ、そこに備蓄されていた玄米を盗んでくる。敗戦のあと、ソ連軍から徴発されないよう、関東軍の兵士たちは地下に穴を掘って玄米などを埋めていた。兵器廠にあった大豆やメリケン粉をこっそり持ち帰る、手に持っていて見つかると没収されるので、ズボンに詰めたり、腹まわりに隠す。大豆はいいけれど、メリケン粉は体中が真っ白になり、汗でべとべとして、モグラ兵舎に戻ってすぐに水浴びしないと生きた心地がしない。地中に隠した米を勝手に一人で抜け駆け的に盗んだ周安屯から来た伍長が殺されたという話が流れてきた。伍長と聞いて、久は岩永を思い出した。まさか岩永ではないだろう。部隊の大切な米を勝手に盗む奴は殺されて当然だ。久たちは殺された伍長を可哀想とは思わなかった。泥棒生活の毎日を過ごす。先のまったく見えない、不安な日々だ。

久の兵隊仲間が、どこからか自動車を持ってきて、兵舎近くの空地に埋めて隠していたのが発見され、没収された。恐らく誰かが密告したのだ。没収したのはソ連軍のあとにやってきた八路軍だった。

水汲みに出かけると、すぐそばにブシュブシュと小銃弾が突き刺さることもあり、ひやっとさせられる。なにしろ久たちは丸腰なので、どうしようもない。

満蒙開拓団

昭和初期、日本全国の農村は大不況のなか、多くの余剰労働力をかかえこみ、分家にともなう耕地の細分化は、二・三男問題として早急に解決すべき課題となった。日本の人口は1920年に5600万人だったのが、1930年には6445万人と、10年間で845万人も増えている。日本政府が考えついたのは外国への移民だ。満州移民の前にブラジル移民があった。その最盛期は1925年から34年までの10年間で、戦前のブラジル移民総数19万人の7割13万人が、この時期に移住した。ところが、ブラジル政府が移民の受け入れを急に制限しはじめたので、日本人の海外移住先はブラジルから満州へ変わった。日本政府は満州への大量移民に取り組みはじめた。

満州移民は日本政府が閣議決定した国策だ。1936年、二・二六事件の直後に成立した広田弘毅内閣は七大国策の一つに「対満州重要政策の確立」をかかげた。これを受けて関東軍は「満州農業移民百万戸移住計画案」を作成した。これは、1956年までの20年間に100万戸の農家、人口にして500万人を日本から送り出し（満州の総人口が5千万人になると想定し、その1割を日本人が占めるようにする計画）、それによって日本国内の農家の経営面積を広げて生活を安定させ、人口密度の少ない満州国に日本人の人口を増やし、あわせてソ連との国境を防衛するという壮大な構想だ。国によって満蒙開拓団に与えられた役割は、ソ連と対峙する関東軍への食糧補給、圧倒的に少ない日本人比率の拡大による治安維持、軍ではできない民間レベルでの現地民への影響拡大など、日本による満州支配の補強、人的根拠の確立だった。開拓生活を美化した映画がつくられ、「行け満蒙の新天地！」「明け行く満蒙」のスローガンのもと、日本全国に喧《けん》伝《でん》された。「俺も行くから　君も行け。狭い日本に　住み飽いた。海の向うに　支那がある。支那には　四億の民が待つ」という歌が流行《はや》った。モノ不足、食糧不足の戦時日本のなか、満州へ行けば20町歩もの農地がタダでもらえて自作農になれ、しかも、それが御国《おくに》のためにもなる。ただし、「移民」という言葉は、当事者にとって「聞こえ」が悪かったことから、「開拓」に置き換えられ、「移民団」も「開拓団」となった。「王道楽土の建設」という大義のもと、全国から入植者があり、開拓団は1千ヶ所に及んだ。蒙古も満州も、当時の日本の若者たちにとって、いつかチャンスがあれば行ってみたい、夢とロマンに満ちたあこがれの大地。狭い日本であがくよりも、日本男児と生まれたからには、胸のすくような満州の大原野を自由に拓《ひら》く男児《おのこ》となれ。こんな呼びかけが若者の胸に響く。蒙古のイメージは「砂漠」で、満州は「赤い夕陽」だ。

そして、未婚の若い団員の結婚問題を解決すべく、日本政府は開拓団員の妻になるのは光栄なことだと持ち上げた。それで「大陸の花嫁」、「開拓花嫁」ブームが起きた。「新日本の少女よ大陸に嫁《とつ》げ」という歌（作詞・東宮鉄男《とうみやかねお》）がつくられ、日本国内の女子拓務訓練所や満州国内につくられた「満州女塾」を通して花嫁として送られた。内地の狭いところで食糧難そして空襲のもとで戦々恐々としているより、「新理想村の建設」という生き甲斐を求めて若い女性が満州に渡っていった。多くの若い女性が満州に渡ったのには、貧困のほか個人的不幸をかかえていたという事情があった。孤児、私生児、片親であったり、離婚したり、精神的な病気を持つ女性が、しがらみや偏見を免れて人並みに生きる場として満州行きを選択した。満州に渡ってきた花嫁にも匪族の襲撃に備えて小銃が渡された。

日本政府は、一戸当たり日本円で１０６０円の補助金を満州行きを決意した人に支給した。その内訳は訓練費20円、農具費１５０円、渡航費２００円、家畜費２００円、被服費30円、生活費80円、農舎費80円、開田補助費１５０円だ。

日本では満州は日清・日露の両戦争を通じて「10万の生霊《しょうれい》、20億の国帑《こくど》（国費）」という莫大な犠牲によって得た日本の「聖地」ととらえる国民感情が強い。

ところで、無人地帯に日本人を入植させたのではなかった。入植地は関東軍が指定する地域であり、現地に住んでいた農民から関東軍が武力にものをいわせて土地を取りあげたのだ。中国人農民が現に耕作し、村落をなして住んでいる「既利用地」を買収の対象とし、たとえば2千円の買取価格を要求されたのに、600円しか払わないというように買い叩いて中国人農民を追い出した。ある開拓団は、関東軍が現地の住民に1人あたり5円を支払い、1ヶ月後の退去を命じて土地を取り上げたところに入植した。土地を買収したのは東亜勧業。この会社は満鉄の子会社であり、1936年1月に半官半民の満州拓殖株式会社（満拓）が設立されて、引き継いだ。満州北部の土地価格は既耕地で1ヘクタールあたり10元から18元、荒地で1元ほど。それを関東軍は一律に1元で買い上げた。その後、満州国政府が買い上げるときには、荒地は2元、既耕地は20元だったが、実際には両方とも4・2元しか払わなかった。

戦後の日本で、満州の荒れ地を日本人農民が開墾してやったのだという人がいるが、事実に反している。満州国政府は1942年1月に、「原則として利用地（既耕地）を開拓地に供給する」と定めた。石原莞爾（参謀本部作戦部長から関東軍参謀副長）は実態を知って、満拓を「土地泥棒公社」、「匪族製造公社」と呼んで痛烈に非難した。満州国ができるまで、中国政府は日本人の借地権は認めていたが、土地所有権は拒否していた。満州国が成立すると、日本人の土地所有権が認められ、土地の買い取りができるようになった。ただし、満州の土地所有形態は、日本のように地主と小作人という単純な形態ではなく、現に耕作している小作人を直接雇用しているのは農場の管理者にすぎず、土地所有者は都市に住む王侯貴族や官僚であって、満州国政府の上層部にいるような人々だった。

自分の農地を奪われた（土地を奪われたというより、働く場所つまり職を失った）中国の人々は「いつかは必ずこの仇をうってやる」とじっと復讐の機会を狙っていた。そして開拓村で小作人として雇った現地の農民や苦力（クーリー）とのあいだで賃金や収穫物の配分をめぐってトラブルになることも多かった。これが日本敗戦後の逃避行のとき、逃避行中の開拓団員への悲惨な襲撃事件をひき起こす原因となった。

「原住民はものすごい食糧難にあり、もともと1日2食だが、今は水をすすって1食しか食べない。馬の食糧の豆粕まで人間が食べて、馬には野草を食わせている」。開拓団の人が内地にこう書いて送った。この当時、中国人が米の飯を食べたら、それだけで「経済犯」として投獄された。満州人はトウモロコシの粉とドングリをひいた粉で作った麺しか食べることが許されないという規定があった。日本人には満州国政府から米が配給された。朝鮮人には米とコーリャンが半分ずつ、満州人にはコーリャンのみが配給された。

勇躍、満州に渡ってきた日本人は、内地で想像していた「豊かな満州」とひどくかけ離れている現実に直面して、茫然《ぼうぜん》となった。住居は土の壁に藁《わら》ぶきの屋根、ひと間しかない8畳ほどの部屋にはアンペラが敷かれ、土間の天井には煤《すす》けた石油ランプが下がっているだけで、電気はきていない。水道もなく、井戸は村に1ヶ所だけで、各自が汲み上げる。風呂も共同でしかないし、たまに入るだけ。牛馬のように働くだけの土塊《つちくれ》のような原始的生活。女性にとって辛いのは便所。冬に氷点下30度にもなる満州では、凍りついた人糞が山のように重なって、その山を金槌《かなづち》のようなもので欠き崩さないと用を足せない。気持ちの折れる作業だ。

オンドルが効《き》かないうちは、朝起きてみると、布団に霜柱《しもばしら》が立っている。起床は午前５時。朝早くから山の奥に行って薪《たきぎ》を拾い、朝食後は地平線まで続いている畑で農作業。食事は大豆が半分以上のご飯に、ジャガイモを大きく切ったもの。煮汁の味噌がないので、味つけは塩。おかずにするため、女性は、あかざやとときを採ってもち帰る。曇りの日や夕方になると、ブヨが衣服に入り込んで刺し、刺されたところを掻《か》くと腫《は》れあがって、そのあとが化膿《かのう》する。毎晩のように狼が出没し、山羊《やぎ》が襲われた。日本人が植えたのはコーリャン・粟《アワ》・玉蜀黍《トウモロコシ》・蕎麦《ソバ》そして野菜。その多くは肥沃《ひよく》な土地なので、肥料がなくても野菜は育った。田畑の縁《へり》、あるいは畝《うね》の半分を選んでつくり、その余は全く荒廃させた。日本人は耕作の仕方を知らず、下手だったので、秋になってもいくらも収穫がない。これが現地の中国人農民の評価だった。たしかに日本人農民の多くは内地で水田による米作を中心として生きてきたので、畑での大豆の栽培を知らなかった。満州の四季は春と秋はごく短く、作物の生育期間も短くなるので、集中的に労働力を投下する必要がある。したがって、農業労働者として出稼ぎに来る中国人が多く、また不可欠だった。こんな惨状にさすがに耐えられず、長野県から入植した第１次移民は５００人の入植者のうち３年間で１６２人、第２次移民では同じく５００人の入植者のうち２年間で１６１人もの退団者を出した。

　移民として満州に渡った人々は悲惨な状況を内地に手紙で伝えようとした。

「移民などに来るものではない。青少年義勇軍は実に可哀《かわい》そう。宣伝に乗せられないよう、とくに注意されたい」、「満州国は決して王道楽土ではなく、はなやかな楽園でもない」。検閲のとき、こんな内容の手紙は、たちまち没収された。

ところが満鉄の子会社である満州日々新聞は、「内地農村をしのぐ近代的な文化村」とか「殿様移民の天理村」、さらには「村の診療所には医師・看護婦の他に産婆を常置し、村民の保健衛生に努めているため、まだ一名の患者も発生していないという健康ぶり」などという記事まで載せていた。

満州開拓団には三つの形態があった。第一は集団開拓団で、2～300戸の規模。これは日本内地の村が満州に分村をつくるというもの。一村でできないときには、数ヶ村が共同してつくった。第二は集合開拓団で、50戸編成。団員は失業したり転職を余儀なくされた都市の人々が大半。キリスト教開拓団もこのなかに入る。第三は分散開拓団で、数戸をもって編成し、主として鉄道線路の警備にあたった。

1939年になると、不況以前の状況に戻ったうえ、農村での徴兵・徴用が相次いで、日本全国の農村は一転して労働力不足の状況となった。なので、農家の過剰人口を前提とする満州への大量の移民送出は困難になった。そこで、一般開拓団に代わって、多くの青少年が青少年義勇軍として満州へ送られた。

「背が小さくて軍人にはなれないけれど、義勇軍なら体格検査がない。やる気さえあればいい」。こう考えて、親の反対を押し切って少年たちが志願した。そんな少年たちを、世間は「昭和の防人《さきもり》」とか「昭和の白虎隊」と、もてはやした。親がしっかりしていると強く反対するから、その子どもを義勇軍に入れるのが難しいので、勧誘する側は次第に母子家庭や継母の子、そして成績の良くない子どもたちをターゲットにするようになった。

満州に着いてみると、行く前に聞いていたのとあまりに違う。「聞いて極楽、見て地獄」というのが青少年義勇軍の生活の実際。夏には連日、肌を焦がすほどの炎天下での作業、冬には雪をかき分け、零下30度をこす山のなかで伐採仕事に従事する。娯楽が乏しいから心が休まるひまもなく、家族から遠く離れた寂しさから、「屯墾病《とんこん》」（ホームシック）にかかって自殺してしまう少年もいた。そのため、脱退者も多く出た。さらに、屯墾病は自閉型だけでなく、攻撃型としてもあらわれた。たとえば訓練所では後から入った訓練生に対する先輩たちのリンチが激しかった。1939年5月には、訓練隊同士が武器をもって抗争して、大勢の死傷者（死者3人、重軽傷者4人）を出して刑事裁判（起訴37人）になった昌図事件まで発生している。そして、周囲にいる現地中国人への暴行・強姦・強奪事件もひき起こした。満州各地の訓練所において無能な幹部たちの下で、人間らしく扱われなかった訓練生たちが集団で所長室を襲撃するという事件は珍しくなかった。

青少年義勇軍の応募資格は数え年で16歳から19歳まで、尋常小学校を卒業していれば、職歴は問わない。茨城県の訓練所で2ヶ月、満州現地の訓練所で3年の農事訓練と軍事訓練を受けたあと、開拓地に入植する。初回は定員5千人に対して2倍近い応募があった。毎年1万人を送り出す計画で、作家の水上勉も戦争中は京都府職員として、青少年義勇軍の募集を担当していた。青少年義勇軍の最終学歴は高等小学校卒が75％以上を占めた。ただし、満州では「義勇軍」と表示すると、本物の軍隊だと誤解され、現地の中国人から反発を買う心配があるので、「義勇隊」と表示した。

太平洋戦争が始まると、それまでの20歳以上の大人に代わる青少年義勇軍は人員確保のため募集年齢を引き下げ、ほとんどが国民学校を卒業したばかりの14歳から15歳の少年となった。青少年義勇軍には１９３８年から１９４５年までの7年間に８万６千人もの青少年が加わった。新たに獲得した治安の良くない植民地へ少年だけを武装入植させた例は過去に例がない。ヒトラー・ナチスすらそのようなことはしていない。少し違うけれど、13世紀の少年十字軍が似ている。４万5千人ものヨーロッパの青少年が悲惨な運命をたどったが、青少年義勇軍はその2倍もの人数である。満州に94もの訓練所が設立され、大きいところでは1年間、小さいところで2年間、農事と軍事の訓練があった。そして、義勇軍開拓団が２５１団も設立された。この訓練所も開拓団も、そのほとんどがソ満国境地帯に置かれた。きわめて厳しい自然環境のなか、劣悪な生活条件に青少年は苦しんだ。日本の敗戦時、満州に日本人農業移民は成人16万７千人、青少年５万８千人、合計22万5千人もいた。

日本政府が満州開拓民の送り出しを中止したのは１９４５年7月2日。ところが、それでも満州に向かう開拓団があった。東京を6月26日に出発した常盤松開拓団40人は途中で空襲を受け、乗船した船が機雷接触したりして、8月６日に元山港に到着し、ようやく8月8日夜12時ころ、牡丹江駅に到着した。この時刻に、ソ連軍は国境を越えて満州に進攻を開始している。たちまち開拓団は逃避行に移らざるをえなかった。まさしく悲劇としか言いようがない。

なお、満州に移住してきたのは日本人だけではない。むしろ朝鮮人のほうが5倍も多く、１９３０年に60万人だったのが、その数年後には１００万人もいるとみられた。もともと朝鮮民族は、朝鮮国境に近い中国の延吉地域に多く住んでいた。朝鮮総督府が鮮満拓殖会社などを通じて半ば強制的に移住させたことから、1932年の建国時に67万人だったのが、1945年には216万人にまで増加した。1940年以降は、朝鮮青年義勇隊も入植している。満州国の官吏にも朝鮮人が2300人いた。日本敗戦後、112万人もの朝鮮人が中国に残留した。また、漢民族も年に100万人という規模で満州に移住してきた。そのため、満州国内には漢民族3200万人、満州族200万人、蒙古族100万人、朝鮮民族200万人そして日本人100万人がいた。このほか、白系ロシア人も4万人いた。

ソ連軍の満州進攻

1945年8月9日未明、ソ連軍が突如として満州に進攻してきた。前日の8月8日、日本軍は「大詔奉戴日」として儀式を行ない、一般外出を兵士に許した部隊も多く、主力は陣地後方の兵舎で休養していた。また、第五軍司令部は演習のため集合していて、師団長などは軍人会館に宿泊していた。8月8日の夜は激しい雨が降り続いていて、悪天候のなかの奇襲攻撃となった。

関東軍は5月、開拓団の男性までを対象とする「根こそぎ召集」、17歳から45歳までの男性を対象とする緊急動員をかけた。召集令状はガリ版刷りの粗末なもので、「各自、必ず武器となる出刃包丁類及びビール瓶2本を携行すべし」と書かれていた。出刃包丁は棒に縛って槍とし、ビール瓶は戦車に体当たりするときの火焔瓶をつくるためのもの。こうやってなんとか70万人もの兵士を擁してはいた。軍属を除くと60万人、うち根こそぎ召集者は15万人。ろくな訓練を受けておらず、三八式歩兵銃さえ行きわたらなかった。軍隊は兵士がいるだけではダメで、武器・弾薬がなければ戦えるはずもない。もはや関東軍は「案山子《かかし》」の軍隊で、その水増し24個師団の実力は南方転出が始まる前の8個師団に相当するものでしかない。

これに対して進攻してきたソ連軍は関東軍の2倍以上の174万人の兵力、そのうえ火砲・戦車・航空機は25倍と、日本軍を圧倒した。ソ連軍の連装式ロケット砲、いわゆるカチューシャ砲の壮絶な威力・破壊力に日本軍兵士は驚愕《きょうがく》した。圧倒的な戦力差があるうえ、日本軍には対戦車手段がまったくなかった。

ソ連はアメリカに軍事援助を求めた。スターリンは1944年10月、対日攻勢を開始するには兵員150万人、戦車3千両、車両7万5千両、飛行機5千機が必要で、そのための2ヶ月分の補給品106万トンもあわせて援助を求めた。アメリカもソ連の早期参戦を促すため、要求の8割は応じた。アメリカは日本の本土に上陸しての決戦（九州上陸のオリンピック作戦と、それに続く本州上陸のコロネット作戦）でのアメリカ軍の100万人と予測される犠牲を減らすため、満州の日本軍をソ連が降伏させることが必要だと考えた。さらに、本州を押さえても、日本は朝鮮北部や満州に遷都《せんと》して引き続き抵抗する可能性があるとみた。「もし不幸にして日本本土決戦が思わしくいかないときは、関東軍は天皇陛下を満州にお迎えして、朝鮮との国境にある長白山脈に立てこもり、決戦する覚悟だ」と言い放つ軍人がいたのは確かだ。そこで、どうしてもソ連軍のできるだけ早い参戦をアメリカは求めた。4万両のアメリカ製自動車と20万トン近いガソリンをアメリカはソ連のカムチャツカやウラジオストクの港に届けた。アメリカは1941年

10月から1945年4月までに、援助物資としてソ連に大量の物資を送った。トラック42万7千台、戦車1万3千両、航空機6千700機、砲弾2千200万発、銃弾9億9千万発、砲運搬車2千両以上、艦艇100隻以上、ガソリン47万6千トン、軍靴550万足など。ソ連の60個師団を2ヶ月間養うのに必要な兵器や食糧、自動車、燃料が供給されたおかげでソ連はシベリア鉄道による輸送を節約でき、満州に侵攻したソ連軍兵士の多くはアメリカ製大型トラックに乗って戦場に入った。あわせてアメリカはソ連に対して、戦後、ソ連が千島列島を領有することも認めた。

モスクワにいる日本大使館の駐在武官が、ソ連軍の兵隊、車両、資材、戦車などがシベリア鉄道を経由して次々に満州近くに運ばれていることを掴《つか》んで報告したにもかかわらず、大本営は、この情報を握りつぶした。関東軍はソ連軍を刺激しないよう、ソ連国境付近の空中偵察も中止していた。すでに関東軍は朝鮮防衛を主任務とし、満州は日本本土から見捨てられた。

1945年7月25日、新京（長春）の国務院で「全満防衛会議」が開かれた。満州国の張景恵・国務総理をはじめとする満州国幹部の前で関東軍は、今や「張子の虎」、「案山子」となった実情を率直に説明し、「対ソ戦が始まっても、関東軍をあてにせず、それぞれ覚悟してほしい」と言い切った。

ソ連軍は、老人と女性・子どもばかりになっていた開拓団を容赦なく攻撃した。というのも、ソ連軍は開拓団を軍事組織、軍事拠点とみていたからだ。ところが、ほとんどの開拓民にとっては、単なる「村」であり、軍事組織という自覚はなく、関東軍が村と自分たちを守ってくれると考えていた。日本による満州開拓の第一段階は、たしかに「武装移民」だった。「右手に銃、左手に鋤《すき》」という屯墾《とんこん》大隊、つまり関東軍の補完武装勢力として入植した。しかし、その後すべての開拓団がそうだというのではなかった。ただ、開拓団の団長の多くは在郷軍人で、小銃や手榴弾で武装していた。

ソ連軍は日本軍にはカミカゼやサムライ、つまり「決死隊」がいると過大評価し、「日本人は何をするか分からない危険な連中」だと極度に警戒していて、恐怖心があった。

開拓団の人々は、誰もが皇国の関東軍に絶対の信頼を寄せていて、「軍が必ず助けてくれる」と信じていた。実際、８月９日のラジオは次のように繰り返した。「今朝、ソ連軍は卑怯にも突如として満州国を攻撃してまいりました。ソ連軍は日ソ中立条約を一方的に蹂躙《じゅうりん》し、不法にも全国境から侵入を開始しました。しかし、われに関東軍の精鋭１００万あり、全軍の志気はきわめて旺盛、目下前線では激戦を展開、ソ連軍を撃退中であります。国民はわが関東軍を信頼して、すべてを軍へ、前線へ……」。８月10日に発行された大連日日新聞はソ連軍の「侵寇」を知らせると同時に、「満州国、万全の態勢」、「百戦錬磨、完勝関東軍」、「断乎《だんこ》、暴敵撃滅に突貫」、「敵、わが実力を誤算」という見出をつけている。ソ連軍から追われて逃げる避難民は、日本軍のもとへ行けば助かると思っていた。「無敵の関東軍と合流すれば必ず勝てる。助かる」と信じた。しかし、それは大きな間違いだった。もともと日本軍には自国民を保護するという発想がない。開拓団を出て避難民となった人々が関東軍の兵舎に行ってみると、そこに主力部隊の姿はなく、留守番がわずかに残っているだけ。開拓団の若い男たちは「開拓団に行けば、召集は逃れられる」という前宣伝を聞かされていたにもかかわらず、ほとんど「根こそぎ召集」の対象となって、現地召集で軍にとられていたから、残された団員は老人と婦女子ばかりで、生後まもない乳児、臨月の妊婦もいた。さらに青少年義勇軍開拓団は兵士適齢期の青年が多数いるので、いち早く召集の対象となった。開拓団の男性200人のうち190人が、もっとひどいのは開拓団の181人全員が召集されたというところもある。1079人もの団員・家族をかかえる東京開拓団は、200人の男性が召集され、残る800人の女性と70人の男性がソ連軍そして現地農民から襲撃され、全滅してしまった。

鉄道は不通だったから道路を歩いていると、ソ連軍の飛行機から機銃掃射を浴びせられる。山や湿地帯を死と隣りあわせで逃げるしかない。関東軍は軍の施設、鉄道、橋などを破壊し、武器弾薬をソ連軍に渡さないという方針のもと実行していった。その結果、大勢の人々が川を渡れず、おぼれ死んだ。

満蒙開拓団と青少年義勇軍の総数は敗戦時に27万人。満州での民間人死亡者が24万5千人と推計されるなか、その3割の8万人を満蒙開拓団の関係者が占めた。有名な葛根廟《かっこんびょう》事件が起きたのは1945年8月14日。興安省の葛根廟で日本人1200人(9割以上が女性と子ども)が浅野良三参事官の指揮により徒歩で避難所に移動中にソ連軍と遭遇した。参事官が白旗を掲げたにもかかわらず14両の戦車軍団から一斉銃撃され、さらに銃剣で刺し殺され、略奪・暴行を受けた。ソ連軍からすると、単なる民間人とは思えず、敵軍の残党とみた。また、「非戦闘員」は殺してはいけないという国際法の知識を身につけていなかった。ソ連軍が引き揚げていくと、今度は現地の暴徒が襲ってきた。興安街の国民学校の児童200人をふくむ1千人以上が虐殺され、また、集団自決した。生き残った子どもは満州人暴徒に拉致《らち》され、売り飛ばされた。難民となった日本人の子ども1万人以上が中国人に引き取られ、日本に「残留孤児」として帰国することができたのは3千人ほど。女の子の場合には、お金で買い、大きくなったらその家の嫁にする「童養娘《トンヤンニャン》」として売られたケースもあった。電柱に「日本人の子ども買います」という貼り紙がベタベタ貼られていた。相場は300円から500円。日本人の子どもは頭《ショーハイ》が良く、よく働くので、一族の家運が栄えるとして中国人に人気があった。建国13年にして崩壊した満州国と同じく、侵略移民も永遠でないことを文字どおり身をもって体験したことになる。

日本人の母親が5人の子どもを連れて避難中、炎天下、水も食料も尽きて次々に子どもたちが倒れ、絶望した母親が自死したあと、一人、8歳の少女（立花珠美）が残された。中国人の農民に救われ、モンゴル人の家庭で育ち、大学に進学して高級教師となり、ついには1993年3月、全国人民代表（日本の国会議員）に選出されたという人（烏雲《ウーユン》）がいる。まさしく例外的なケースだ。

熊本県山鹿市来民《くたみ》町から分村した「来民開拓団」は武器をほとんど取り上げられた状況で現地の農民たち500人から襲撃されるなかで8月17日、276人全員が自決を強いられた（1人だけ脱出）。

現地の農民と友好的な関係を築きあげていた開拓団もあり、そういうところでは暴徒の襲撃から現地の農民が守ってくれた。集落内で開拓団員と現地の農民が隣同士で雑居していて、苦力は移住してきた団員を旦那《ダンナ》と呼んでいた。匪賊の襲撃から逃れるために、残った開拓団員が男も女も、パンツかズロース一枚の裸になったというところもある。そこでは、現地の中国人や朝鮮人たちが、日本人は既に2度も襲撃されたから何も持っていない、かわいそうだから許して帰ってくれと言いながら守ってくれた。

満蒙開拓を推進してきた加藤完治にとって、日本の敗戦間際のソ連軍進攻は、免罪符となった。でも、やはり開拓団を襲った悲劇の責任がソ連にのみあると責任転嫁するのは許されない。

鉄嶺の街には日本人の避難民が2万人から3万人も満州中から集まり、公共施設の小学校や役場などで生活していた。役場に人はおらず、空《から》っぽ。完全無警察状態。街の建物には、これまでの満州帝国の五色旗や日の丸の旗にかわって国民党政府の青天白日旗がひるがえっている。家族で来ているのは幸運なほうだ。避難して来る途中、現地の満州人に襲われ、文字どおり着のみ着のままの姿、幼子《おさなご》の手を引いた母親が首のところだけくり抜いた麻袋をまとい、スカートも麻袋を荒縄でくくりつけた姿で歩いてやってきた。迷子になった子どももいたりして、それはそれは大変だ。お互い助け合いはしているのだが……。避難民のあいだにシラミによる発疹チフスが流行し、栄養状態の悪さもあって、死者が相次いだ。腸チフスもパラチフスも、どちらも細菌性の感染症で、水や食物から伝染する。重症化して高熱が続き、とくに腸チフスの場合の死亡率は高い。小児結核も広まり、寒さと栄養失調から、体力のない小さい子どもから次々に死んでいった。ぐうぐうといびきをかいて寝ていると、そのまま目を覚まさない。栄養失調は眠るように死んでいく。そして、親が医師に頼んで、病気になった我が子に注射して殺してもらった。5歳以下の子どもはほとんど生き残らなかった。

立花がこんな話を聞いてきた。幼い子どもが亡くなる前、親に「ぼくを穴のなかに埋めないでね」と頼んだという。その子は、先に死んだ子どもたちが大きな穴を掘った共同墓地に投げ込まれているのを見ていたのだ。

久も避難してきた人から、その苦労話を聞いた。たとえば、コーリャン畑のなかには決して足を踏み入れてはいけない。入ったら、草丈が高いので、前後左右が分からなくなり、方向感覚を失ってしまう。そのうえ、コーリャン畑の中には現地の農民がいることがあり、見つかって畑荒らしと思われたら半殺しにされかねない。なので、歩くのは農道か脇の小道に限る。さらに、足を傷《いた》めないよう最大限の注意が必要。土踏まず以外が腫れあがり、足の裏に豆ができて、よちよち歩きしかできなくなった……。また、靴の底がとれて裸足《はだし》になったので、足の裏が破れ、地面を踏むたびに痛くてたまらなかった……。足の故障のため、多くの人々が途中で脱落していった。脱落していった先に待ちかまえているのは死のみ。こんな話を聞かされ、久は心底から震えあがった。

久たちは避難民のところへも使役に行った。小学校に着いて久が子どもたちと遊んでいると、泣き腫らした目をした女性が「お願いします」と声をかけてきた。民家の裏門に人が集まっている。死者が出たのだ。居留民の代表が「墓は今つくれないので、遠くに連れていってください。お願いします」と言う。部屋に入ると、家族や隣の人がまだいた。久たちは、見えないように壊れかけた荷車にアンペラをかぶせ、練兵場の端まで運んだ。あまり遠いと久たちだって怖い。逃げるようにして帰った。死体を捨てた練兵場の端を通って、どうにかモグラ兵舎に戻る。

草原に遺体を捨てると満州人が集まって衣類をはがすので、丸裸になる。男も女も同じ。色気なんかまるでない。今度は犬か狼がやってきて食べるから、丸一日で、いくらか骨が残っているだけになる。満州に残っていた100万人以上の日本人のなかから病没者が13万人、ついには17万人に達した。

ある日、久に福岡県大川市出身の人がいると伝えてくれる人がいた。建設部隊だという。早速、訪ねてみた。辻善市という人で、たしかに隣の諸富《もろどみ》の人だった。下青木のことは知らなかったが、辻は久の隣人である永尾政市を知っていた。辻は久より年上だった。このころ、街の日本人避難民が田舎万十《まんじゅう》を売りにきていて、かなり売れていた。久たちは買えなかったが、使役のないときには街に遊びに出ていた。そのとき、辻が町で漬物売りをしているのを見て、驚いた。辻はモグラ兵舎を出て、今は無人となった満鉄宿舎に入りこんで暮らしていると弁解した。鉄嶺には満鉄の社宅街があり、満鉄図書館もあった。銀行の預金口座は閉鎖され、満州国政府や日系企業の発行した証券や債権は紙屑に変わってしまった。町で万十や団子などが売られるようになった。日本人のおばさん、そして10歳ほどの娘たちが売り子として手伝っていた。満州中央銀行の発行する五色旗を印刷した満州国幣（満幣と呼ばれる紙幣）がまだ通用している。代わりになるようなものがないからだ。でも、物々交換も多い。満幣がいつまで通用するのか心配だし……。この満幣は1947年まで通用した。

生きのびるために、多くの人々が道端に立って物売りを始めた。煙草のほか、パン、卵、中国風せんべい、万十、ピロシキ、ぜんざいなどの食べ物、そして衣類。アンコを入れた粟餅は1枚5円。本格的な屋台をつくって売る人もいたが、多くの人は小箱を首から下げて売った。初めのうちは通行人に向かって声を出すこと自体を恥ずかしがっていたが、そのうち慣れて大声で物売りした。立売りと呼んでいた。道端に立っているだけはなく、家々をまわって売り歩くようにもなった。それだけ治安が少しずつは良くなっていった。それでも少年たちがグループをつくって露店の品物をかっ払っていくことがある。ショートル（小盗児）と呼ばれ、1人が露台をひっくり返し、露店主が少年を追いかけると、他の少年たちが残った露台の商品を手にして四散する。

日中の気温は暖かいけれど、夜になると零下20度にもなった。街のマンホールに元日本兵の死体がはいっているのを見かける。まだ暖かい、凍っていないときに頭から入れたのだろう。氷の透明度によっては、逆さになった靴から膝まで見えた。仲間同志の喧嘩か、恨みから殺されたのかもしれない。久がそう言ってるのを聞きつけた立花が「違う、違う」と言いながら近寄ってきた。

「俺は見たんだ、露店の並んでいる大通りを泣き喚《わめ》いて引っ張られていく元日本兵を。どうも民家に押し入って強盗・強姦したらしい。それで、みんなからリンチされて、顔は無惨にはれあがり、歩け歩けと引きずられていった。あげくの果てにマンホールに逆《さかさ》吊りにされたということ」

なるほど、久は事情を了解した。裁判にかけられることもなくリンチにあって死ぬというのは、気の毒といえば気の毒なことだけど、やったことが本当なら、仕方のないことだ。久はそう思った。暴動が5回も6回も起きた。朝鮮人が集団で略奪に来たこともあった。そんなときは久たちはモグラ兵舎にじっと籠っているしかない。

久たちには暦もなく、今日が何月何日かまったく分からない。兵舎には風呂もなく、洗濯しようにも、ないもの尽くし。せっけんもバケツもない。洗濯桶が一つだけ。お湯を沸かし、熱い湯で下着のシラミを殺す。ところが、1枚きりの着物なので、寒くて部屋から出られない。これではいけない。ソ連軍の使役に出たとき、粗末な木綿製のメリケン袋を4枚だけ、こっそり持ち帰って、自分でシャツを作った。これは久にとって、やったことのない、まったくの我流。だから、完成したときは嬉しかった。

やがてソ連軍は次第に本国へ引き揚げていき、それを埋めるようにして中国共産党軍が南のほうから進出してきた。ところが、軍隊というにはあまりに粗末な服装と武器だ。とても正規軍とは思えない。これが噂の八路軍だった。

いろいろな噂が飛びかった。国民党軍がすぐに来るとか、南の方の日本人はすでに帰ったとか、俗に言う流言飛語《りゅうげんひご》。ところが、久たちは一歩もモグラ兵舎から出ることができない。シベリア行きの列車から飛び降り、負傷してモグラ兵舎に逃げ込んで来た人がいた。元日本兵が列車で大量にソ連へ運ばれているという。また、八路軍が日本人を参加させようとしているそうだ。久たちは2、3人寄ると、そんな噂話というか情報交換をしていた。

満州国で官僚（興安総省の参事官）をしていた古賀杉夫・元柳川市長も鉄嶺にいたが、八路軍が満州国の高級官僚（高等官2等以上）に逮捕命令を出したことを知り、満鉄の掃除夫になりすまし、客車は発見される危険があるので機関車のうしろの石炭車の上に腹ばいになって四平に行き、逃げのびた。

八路軍は日本人官僚13人を人民裁判にかけ、鉄嶺橋の下で処刑した。その遺体は、処刑される直前に青酸カリで自殺した1人を除いて、野犬に食われ、人間の原形をとどめていなかったという。

開拓団・一郎少年の逃避行

一郎は満州で生まれ、開拓団で育った。この開拓団は石川県から集団移住した、いわば分村だ。関東軍から指定された土地は既に農地になっていて、現地の農民を苦力として使った。開拓団は周囲に鉄条網を張りめぐらし、現地の農民は容易に立ち入れないようにした。入植して数ヶ月もしないうちに匪賊に襲撃された。このときは開拓団には壮年男性が多数いて、三八式歩兵銃もあったので、なんとか撃退した。なので、自分たちは武装屯田兵だなと笑っていた。まだ笑うだけの心の余裕があった。

一郎の父親は石川県では二男なので、自分で食っていくために開拓団を志願した。母は「開拓団の花嫁」とおだてられ、二人して満州にやってきた。新天地は楽園のつもりだったのが、見事にアテがはずれた。それでも、なんとか二人して歯をくいしばった。日本に帰っても居場所はないのだから、ここでがんばるしかない。

満州での農業のやり方は、内地とはやはり違った。石川県で農業を営んでいたとはいえ、内地のままのやり方では失敗した。なんといっても寒さが違うし、雨量も四季がはっきりしている日本とは異なる。一郎の父親は現地の農民に教えてもらって、なんとか営農を続けた。でも、早々に満州に来たのは失敗だったと見切りをつけて再び内地に戻っていく隣人が何組もいた。

やがて一郎が生まれ、妹の花子が生まれた。一家4人、粗末な家で辛抱して生活した。周囲の戦争とは無関係の日々を過ごしていたところ、無関係のはずの戦争が突然、一郎一家に襲いかかった。7月初め、一郎の父に召集令状が届いた。開拓団員は召集されないと聞いていたのに……、父も母も泣いた。一郎も花子も泣いて父親を見送った。一郎は7歳、花子は5歳。開拓団には学校はなかったが、寺子屋のようにして開拓団本部の部屋で子どもたちは勉強を教えてもらっていた。

父親が出征して1ヶ月もしないうちに、ソ連軍が満州に進攻してきたと知らされた。それまで開拓団の付近にいた関東軍の姿は消えていた。団長が本部前の広場に団員全員を集合させた。集まったのは年寄りと女性たちと、一郎のような子どもたちばかり。壮年の男性は数えるほどしかいない。それも病気だったり、どこかケガしたりして、とても戦力になりそうもない。

団長は日頃の威勢の良さはどこへやら、カラ威張りしているのがありありだ。この開拓団に籠《ろう》城《じょう》して戦って、負けたときには全員自決するしかない。自決という言葉が出たとき、その場の全員がどよめいた。まさか、まさか、そんなこと考えられないという反応だ。このとき、日頃は団長にたてつくことのない年輩の団員が、強い口調で反対意見を言った。

こんなところに籠城して戦うなんて、考えられない。人もいないし、鉄砲だって、いくらもない。とうてい無理なこと。将来ある子どもたちに自決を強要するなんて、あまりに可哀想。ともかく、みんなでここを脱出して、関東軍のいるところまでたどり着こう。そして汽車に乗って日本に帰れる船のある港を目ざそう。

反対意見は出なかった。それでもすぐにはまとまらない。しかし、開拓団の周囲では人が流れるように動き出している。もう、その流れに合流するしかない。開拓団はまとまって脱出することになった。馬車なんてないから、みな持てるだけのものを持って徒歩で行くだけ。苦労して関東軍の兵舎にたどり着くと、そこは完全に無人。「ああ、見捨てられた」。嘆きの叫び声があがった。

では、駅に行こう。花子がひもじい、ひもじいと泣くので、一郎は畑に残っていた大根を掘って、泥を落として花子に渡した。そのうち、また泣き出す。今度は、トウモロコシのまだ稔っていないのを渡してやった。花子は両手でしっかり持って、かじりついたまま手放さない。線路を歩いていると、上空に飛行機の音がする。日本軍かと思うと、日の丸印はなく、ソ連軍だ。線路上の人々を目がけて銃撃してきた。危ない線路から離れよう。一郎は母と花子の手をひっぱって、近くの茂みに身を隠した。母親はこのとき足にケガをした。花子はそのケガを見て泣き出す。しばらくじっと動かないでいると、開拓団の姿はすっかり見えなくなった。

路上に転々と馬糞がころがっている。母親がそれを見て一郎に教えた。

「あの馬糞のあとをたどっていくと、間違いなく、そのうちに人家が見えるんだよ。それから、車輪の跡をよく見ると、古いか新しいか、重いものを運んできたのか軽いものなのか分かるから、よおく見るんだよ」

一郎は素直に、「うん分かったよ、母ちゃん」と答えた。母親はさらに一郎を手招きして周囲の草を手にして言った。

「ノビルとかアカザ、スカンポ、オオバコは分かるやろ。見慣れないものは茎《くき》を折ってみるの。みずみずしくて、水分たっぷりなら、きっと食べても大丈夫よ。でも、すぐにしおれてしまうようなのは食べるのはよしたほうがいいわ、危ないからね」

「うん」、一郎は母ちゃんが何でも知ってるのを知って、うれしかった。

何日かして駅にたどり着くと、そこは避難してきた人々でいっぱい。だけど、列車は動いていないという。もう、線路ぞいに、ソ連軍の飛行機を警戒しながら歩いて港を目ざすしかない。でも、足をケガした母親はとても歩けないという。花子は母親にしがみついて泣くばかり。日本は戦争に負けた、負けたという話をみんながしている。周囲にいる満州の人々のなかには徒歩で避難している人々に石を投げつける人がいる。

一郎は進退谷《きわ》まった。母親は一郎に向かって、きっぱり言った。

「あんたは歩けるのだから、あんただけ先に行きなさい。母ちゃんたちは、ここでしばらく休んで、歩けるようになったら、あとから追いかけるから……」

一郎は、一人で行くなんて絶対したくなかった。嫌だ、嫌だと泣きながら一郎は歩き出した。

「父ちゃんに会いたい」、その一心だ。道ばたの畑に傷んだマクワ瓜《うり》が残っているのを見つけ、かぶりついた。ひもじかった。腹一杯になったかと思うと、まもなく、ひどく腹が痛み出し、ついに下痢が止まらなくなった。もう動けない。まだ開拓団にいたとき、下痢した一郎に、母ちゃんが炭の粉みたいなものを薬として飲ませてくれたのを思い出した。幸い道端に焚《た》き火の跡を見つけて炭の粉をすくって水と一緒に飲んでみた。何日間か、じっとしているうちに、なんとか痛みはおさまった。そのうち、馬車の通った跡の窪みにたまった雨水を飲んでも平気になった。身体が慣れたようだ。動けるようになって線路からつかず離れず歩いていく。太陽が沈んで暗くなると、気温が一気に下がる。今夜寝るところは早目に探さないと大変だ。なるべく人間や犬から見つからないような岩陰や窪みを探す。風があたらないようにする。地面には、そのまま寝ない。何か枯れ草のようなものを下に敷いておく。首にはタオルを巻きつけ、熱を逃がさないように工夫する。真暗闇の中、一人寝るのは震えるほど怖い。でも、叫び声を上げるわけにはいかない。そのうち疲れているから眠りこんでしまう。

ずっと歩いていると靴の底が破れる。裸足では歩けない。靴が路上に落ちていたら拾って、はいてみる。亡くなった人の足に靴があれば脱がしてはいてみる。「ごめんなさい」と言って、靴を無理やり脱がす。道端に薄汚れた毛布をかぶった死体があちこちにあった。

畑にトウモロコシが残っている。缶詰のあき缶を見つけ、水を入れてトウモロコシの粒を入れて煮る。乾いた木片を見つけ、細い棒を何度もきりもみにこすって枯れ草をそっと押しつけて火を起こした。執念だ。ようやく少しだけトウモロコシが食べられた。

いつのまにか街中に入りこんだ。馬車が走っていったあと、路上に湯気をたてている馬糞《ばふん》が落ちている。うまそうだなあ、あれが食べられたらなあ。一郎は駆け出して食べてやろうと思ったが、さすがに足がすくんで動かない。なんでも食べ物に見えてくる。日本人が消え、現地の中国人がソ連軍の進駐を前に右往左往している。一郎は幸い中国語が話せる。開拓団の農場で苦力として働いていた中国人と仲良くなり、教えてもらった。一郎は大通りを歩いてもダメだと思い、小さな通りに入り込み、人の好さそうな顔を探し歩いた。きつい目つきの中国人は自分をかまってくれるはずがない。自分の直感だけを頼りに小さな路地を次々に歩いていく。疲れて、腹も減って、地面に尻をつけて休んでいると、「どうしたんだい、坊や」と優しい声がした。見上げると、天秤棒をかついだ髭《ヒゲ》の爺さんだった。街頭で物売りをしている商人だろう。一郎が日本に帰るため、港まで歩いていると正直に言うと、「ほう、それは大変だな」と同情してくれた。結局、しばらく、この老人の下で、その手伝いをすることにした。寝るのは物置小屋の隅のほうだけど、コーリャン飯を腹一杯になるまで食べさせてくれた。

この老人が体調が悪くなるまで、一郎は老人と一緒に街から街へとわたり歩いた。老人は、それでも港に少しでも近づいてくれたようだ。といっても、途中から戦火が身近なものになったので、それを避けるため遠まわりもした。大きな街に入り、裏通りにある豆腐屋で老人は一郎と別れた。豆腐屋は、一郎を住み込み店員のように働かせてくれた。といっても一郎の寝るのは店で飼っているロバの小屋。夏はシラミやダニなど虫に注意すればいいだけ。ようやく抵抗力もついてきた。冬は寒い。ロバにくっついて寝ると温かく、なんとか寒さをしのぐことができた。

一郎も少しずつ大きくなった。といってもやはり栄養不足からだろう。身長も体重も、標準並みとまではならなかった。ただ、豆腐屋で働かされたおかげで、頭のほうは良くまわるようになった。学校での勉強はしていないけれど、世間知は十分身についた。中国語の会話はまったく問題ないが、むしろ日本語のほうが使わなくなって覚束《おぼつか》ない。そして中国語もなんとか読めるようになった。

ある日、店にあった新聞に日本への帰国団のことが書かれている記事を見つけた。天津から出港するという。一郎は、そうか、それなら天津まで行こう。そう決めた。「父ちゃんに会える」。豆腐屋の店主に告げると、天津までの汽車賃だけはくれた。一郎は、もう15歳だ。着のみ着のまま、天津へ向かう。天津に着いて、日本人帰国団のいるところを歩いて探し求めた。

大勢の日本人がそこにいた。一郎はそこで、また自分の勘、直感に頼ることにした。目つきのやさしい日本人の男女が目の前にいた。男は自分のポケットを探ってアメを取り出し、一郎にくれた。久しぶりの甘いアメは、なつかしい日本の味がする。

中村師団長の自決

モグラ兵舎のなかで、久が「自分の遠い親戚に、この満州で師団長をしている偉い人がいる」と言うと、近くに座っていた立花が「ほう、そりゃあ、すごかね」と目を輝かした。「でも、敗戦したから、どうなったやら」と、久は声を落とした。敗軍の将の運命がいいはずはない。立花も、「そりゃ、そうばい」と小声で応じた。

久の兄・茂の妻牧枝の異母姉スマの夫のことだ。高良内村で育った中村次喜蔵（1889年4月18日生まれ）は、中学明善校（現在の福岡県立明善高校）から陸軍士官学校に入った。第一次大戦のとき、中村少尉はドイツ軍の青島《チンタオ》要塞の中央砲台を38人の決死隊を率いて奇襲して無血占領し、砲塁内のドイツ兵300人全員を捕虜とし、青島陥落の糸口をつくった。この功により功三級金鵄《きんし》勲章を授与された。この戦闘について、中村は大正天皇の面前で御前講演した。『久留米市史』第3巻が名前をあげて紹介している。

中村次喜蔵は1944年6月、中将に昇進し、翌7月、満州の関東軍第112師団の師団長として、朝鮮に接する満州東部の琿春《こんしゅん》を拠点とした。ここまでが久の知っていること。あとの話は、戦後に判明した。

1945年8月9日、ソ連軍が進攻してくると第112師団は第1方面軍の第3軍としてソ連第25軍に対してそれなりに応戦した。三八式歩兵銃は明治38（1905）年に制式銃として採用されたもので、軽量のため日本人向きで、命中精度は良いが、口径が6・5ミリしかなく、威力が小さい。アメリカ軍やソ連軍の威力の大きい自動小銃や機関銃の前では非力だ。迫撃砲などの重火器が圧倒的に不足していたので話にならない。

停戦命令が出たあとの8月18日、中村は師団幹部を集めた。「ソ連軍の武装解除を受けたあと、内地に帰還して新日本建設に努めよ。戦闘の責任はひとり指揮官たる小官にあり」と訓示し、そのあとピストルで自決した。享年56歳。ソ連軍から武装解除を受けた残る将兵は全員シベリアに連行された。戦前は将校たちの親睦団体であり、戦後も連絡拠点として存続している偕行社に問い合わせて中村の自決に至る詳細が判明した。

中村次喜蔵は若いころ、陸軍大将・秋山好古《よしふる》や同じく宇垣一成の副官もつとめた。秋山好古は『坂の上の雲』（司馬遼太郎）に登場する秋山兄弟の兄のほう。1904年に始まった日露戦争に

中村次喜蔵の顕彰碑

おいて東郷平八郎の率いる戦艦「三笠」をはじめとする日本軍の連合艦隊がロシアのバルチック艦隊を撃破した日本海海戦のとき、弟の秋山真之は連合艦隊作戦参謀だった。兄の秋山好古は日本軍騎兵を率いて奉天会戦などでロシア軍を撃退して、日本軍の勝利を導いた。今も、久留米市藤山町の生家敷地には中村次喜蔵を顕彰する大きな石碑が立っている。

中村次喜蔵の孫にあたる中村薫は久の兄・茂の三男の広久と東京大学に同じ年（１９６７年）に入学した。これはまったく偶然の一致だ。しかも二人とも司法試験に合格し、薫のほうは国家公務員上級職試験にも合格してキャリア官僚となり、広久は弁護士になった。

関東軍瓦解後の満州

満州にいた関東軍の精鋭の多くは南方に引き抜かれていたので、ソ連軍が怒涛のように押し寄せてくると関東軍はたちまち敗退し、瓦解した。

関東軍の戦車はノモンハン戦以前の１９３５年か１９３７年製造で、重量15トン、主砲口径47ミリと、時代遅れの軽戦車であり、ソ連軍の戦車とは比較にならない貧弱さだった。ソ連軍の戦車（Ｔ34型は32トン。ＫＶ型は46トン。いずれも85ミリ砲）に比べると、ブリキ戦車のようなものだ。自走砲はなく、野砲、迫撃砲、機関銃も少なく、近代戦を戦える装備ではなかった。1発ずつ装填《そうてん》する三八式歩兵銃に対して1943年式自動小銃（60連発銃）では戦いにならない。しかも、関東軍が歩兵戦と対ゲリラ戦の経験しかなく、近代戦争を経験していなかったのに対して、ソ連軍は独ソ戦において戦車をふくむ機械化戦争を戦い抜いている。

8月15日、日本は敗戦を受け入れ、全面降伏した。この時点では満州に八路軍はいなかった。しかし、中国共産党は日本軍が降伏し、ソ連軍が満州を全面的に支配したことを知ると、直ちに華北にいた部隊を北進させ、満州進出を目ざした。中国共産党は「千載一遇の好機」が生まれるや、迅速に全力で満州に進軍して占拠する「北進戦略」に変えた。11万の主力部隊と2万人の幹部が1分1秒を争って北に向かい、水路、陸路、汽車、馬車、徒歩を併用し、中国のこの最も豊かな黒い大地にやって来た。彼らはアメリカ軍の飛行機、軍艦が輸送する国民党軍より一歩先に満州に到着し、機先を制した。

八路軍の先頭部隊が満州でソ連軍と遭遇すると、統一した軍服がなく、将兵の階級を示す標識もない、武器もきわめて貧弱で、ソ連軍からするとガラクタ同然の兵器しかもたない部隊は匪賊としか思えず、怪しんだ。やむなく八路軍の将兵はソ連軍の面前で「インターナショナル」の歌をうたって、自分たちは赤軍兵士の同志であることを認識させた。また、八路軍の司令官が左腕に赤い星、右腕にハンマーと鎌のイレズミを示して、ソ連赤軍と同志であることを証明し、敵でないことを納得させた。

満州の入口にあたる港のある山海関の日本軍は八路軍に対して降伏することを拒否し、武器の引き渡しもしなかった。これは、重慶の蒋介石と日本軍とが手を結び、国民党軍に武器を引き渡せという指令が出ていたことによる。そこで八路軍はソ連軍と協同して攻撃することにした。ソ連軍が砲火で攻撃・支援するなか、八路軍が正面から攻めたて、ようやく日本軍は降伏して八路軍に武器・弾薬を渡した。

同じく満州の中心部に位置する瀋陽（奉天）は、八路軍が開城を迫っても9月5日の時点で日本軍は拒絶した。9月7日になって、ようやく退去し、武器・弾薬を八路軍に引き渡した。

まもなく国民党軍がやって来るのを察知した八路軍は、ソ連軍が監視している元関東軍倉庫を襲い、「奪取」することにした。倉庫を警戒しているソ連軍の歩哨は八路軍だと分かると見て見ぬふりをし、また、八路軍が武器を搬出する見張りをして手助けした。

国民党軍が山海関とは別の港である営口から上陸しようとすると、先に占領していた八路軍が妨害したため、国民党軍はあきらめて引き返していった。

11月にはいると、満州の状況が変わりはじめた。満州中央部に位置し、満州国の首都だった長春（新京）は国民党軍が警備隊を組織していたが、八路軍が周囲から攻めて警備隊を追い出し、自ら都市を警備するようになった。それを見た国民党の官僚たちが町から逃げ出した。しかし満州南端の山海関では、アメリカの支援を受けて米軍式に装備した国民党軍の2個軍団が実力で制圧し、八路軍は撤退した。11月下旬、八路軍はソ連軍との衝突回避を最優先とし、瀋陽〜長春〜ハルビンを貫く鉄道より20キロ以上離れた地域に撤退した。

1945年11月から翌46年1月ころ、国民党軍は瀋陽など満州中心部の大都市に進出した。八路軍は都市部は国民党軍にまかせ、自らは農村部に後退した。これには、八路軍は大都市を運営したことがなく、自信がなかったことにもよる。

ソ連軍は1946年春、満州から完全に撤退する前に態度を変え、元日本軍の残った装備を八路軍に引き渡した。これによって、八路軍の兵士全員が武器をもてるようになり、少数ながら重装備も持つに至った。

3月、ソ連軍は瀋陽から突如として撤退し、そのあとに国民党軍が入った。4月、長春からもソ連軍は撤退した。このときは八路軍が長春に進攻して占領した。4月下旬、ソ連軍はハルビンとチチハルからも撤退したが、ここも八路軍が占領した。

5月、ソ連軍は完全撤退の間際に、20万丁以上の日本製歩兵銃と弾薬を八路軍に引き渡した。これは、日本軍の大砲は溶かして鉄として再利用できたが、歩兵銃は回収できる鉄が少ないことにもよった。同じように日本軍の弾薬も再生産しにくいことが理由だった。あわせて、旅順と大連に八路軍が軍需生産基地を設立するのを認めた。ただし、ソ連軍はもっぱら自己の利益優先で、イデオロギー上の同志であるはずの八路軍に対し信義を守らず、勝手気ままに行動し、約束を破っても平気だった。これが、あとの中ソ対立の火種となった。

毛沢東とスターリン

1945年8月15日の日本降伏を毛沢東は事前に予期していなかった。中国における日本軍との戦争は膠着《こうちゃく》状態にあり、毛沢東は日本が降伏するまであと1年はかかると考えていた。ソ連はアメリカ・イギリスとの秘密協定を守り、延安にいる中国共産党指導部にソ連軍の動向をふくむ情報を伝達していなかった。

8月14日、モスクワで、ソ連のモロトフ外相と国民党政府の王世杰《おうせいけつ》外交部長が中ソ友好同盟条約を結んだ。スターリンは中国における毛沢東の中国共産党を信用しておらず、国民党政府を中国の唯一の正統な権力と認めた。スターリンは中国共産党について、マーガリン型の共産主義だ、本物のバターではない、「赤い皮で白い身の犬根」などと小馬鹿にしていた。そして、毛沢東に対して国民党政府との内戦を厳禁した。そこで毛沢東は渋々ながら、10月、重慶で蒋介石と6週間もの会談をもたざるをえなかった。

ソ連が中国共産党に対して資金援助をしていたのは事実だが、実は国民党に対しては、それよりはるかに大きく援助していた。１９２７年までのソ連の援助額は中国共産党へ３００万元だったのに対して、国民党側へは5千万元だった。そして、１９３７年から１９４５年までは中国共産党へは武器と物資援助はなく、財政援助も30万ドルほどでしかなかったのに対して、国民党政府へは大規模に援助したほか、30億ドルもの軍事とその他の物質に関する借款を提供した。

ソ連は満州を国民党政府に引き渡すと公言し、八路軍の進出を拒否すると表明した。そこで、中国共産党は一歩下がって名より実を取り、大量の幹部を満州に極秘に派遣し、また小規模な部隊をもって偵察を行い、ソ連軍の許容できる限界を手探りした。

ソ連軍の代表が延安を訪れ、中国共産党の軍隊の満州進出は認めたものの、ソ連は国民党政府との外交条約を守るため共産党と八路軍の旗の使用に難色を示した。そこで、中国共産党の延安指導部は直ちに満州進出のすべての部隊の名称を変え、「東北人民自治軍」と称した。

国民党政府は中ソ条約を締結するに当たって、ソ連が満州で中国共産党を支持することを恐れ、条約交換の議定書に、ソ連軍が東北四省に進出した後、「すべての中国軍民は、中国側の管轄事項とする」という内容を盛り込ませた。これは蔣介石の国民党にとって自業自得の大失策だった。中国共産党はこの条約をうまく利用してソ連政府を説得し、中国共産党の満州での活動を黙認させ、干渉させない合法的な根拠とした。のちにソ連軍は、この条約をもって国民党政府側の非難に対して弁明し通した。

蔣介石の「以徳報怨」

蔣介石は、「以徳報怨」、徳をもって怨に報いよ、を日本が敗戦を表明した直後の8月15日夜10時に対日政策として公表した。中国にいる日本人は今までは敵であり憎い奴だったが、降伏した以上は手荒なことをしないで、中国人の雅量のあることを示してやれという政策だ。これによって、蔣介石は在中国の日本人の命の恩人だともち上げられ、今日に至るまで、そのように考えている人は多い。

しかし、単純に蔣介石を手放しで評価していいというものではない。実は、その前日、蔣介石は南京にいた支那派遣軍の岡村寧次総司令官と交渉し、「中国にいる日本軍は、すべて国民党政府側の軍隊に投降し、中共の指導下にある八路軍や新四軍には、いっさいの武器を引き渡さない」ことを取り決めた。つまり、蔣介石の「以徳報怨」の真の狙いは、日本軍と手を握って、中共軍を叩くことにあった。というのも、国民党軍は奥地に逃げこんだままで、あえて日本軍と交戦しようとせず、もっぱら八路軍・新四軍をして日本軍と戦わせ、その敗れるか疲れるかを持って、隙を見て逆に中共軍に攻撃を加えることさえしていた。蒋介石は、日本軍と戦うよりも、まずは中共軍を紅匪《こうひ》と決めつけて滅亡させることを狙っていた。

蒋介石は1930年代、「安内攘外《あんないじょうがい》」政策をかかげ、中国共産党の撲滅戦（剿共戦《そうきょうせん》）を五次にわたってすすめた。安内攘外とは、先に国内を安定させてから外国を打ち払うという意味。つまり、国内の共産党の抗日根拠地を掃討・撲滅して国内を安定させたあと、抗日にあたるというのが蒋介石の政策だった。蒋介石は、「剿共」と「抗日」を対比させ、まずは「剿共」することを優先した。

日本の満州侵略に対して蒋介石は不抵抗政策をとり、蒋介石の軍隊は日本軍との直接戦闘を回避した。蒋介石にとって、重要な地域の第一は華中、第二が華北で、満州は第三であり、武力で満州を日本軍から取り戻すことは考えていなかった。ところが、1936年12月に起きた西安事件は、張学良が蒋介石の安内攘外政策に反発して起きたものであり、平和的に解決したことから、蒋介石は「国共内戦の停止、一致抗日」に同意した。これによって、中国の抗日戦争機運は一挙に高まった。そのため蒋介石は「剿共」を断念し、共産党と「一致抗日」せざるをえなくなった。

日本軍が全面降伏したとき、主戦場の華北・華中の日本軍の周囲には八路軍・新四軍しかいないから、そこにいる日本軍は八路軍・新四軍に降伏し、武器・弾薬も彼らに渡すのが当然のこと。それでも、蒋介石は、それでは困る。そうは言っても、自分は奥地にひっこんでいる。そこで、日本軍を蒋介石の味方にするためには、在中日本人の保護を宣言するのがいい。日本人を虐殺したり、掠奪などするな。そんなことは中国を国民党が支配するのを妨害するようなものだ。これが、蒋介石の「以徳報怨」声明の真相だった。

日中戦争においては、国民党軍が日本軍と近代兵器を投入した本格的な戦闘を展開する「正面戦場」と、八路軍がゲリラ戦によって日本軍の占領地を解放していく「後方戦場」という、二つの戦場が形成されていた。日本軍が正面戦場で国民党軍に勝利し、占領地を拡大しても、その占領地を八路軍が中から解放して抗日根拠地に変えてしまうことがしばしばだった。八路軍による解放区の拡大によって、日本軍は中国大陸の点（都市）と線（鉄道）のみを支配するにすぎない状況に追い込まれた。

敗戦時、中国の山西省にいた日本軍第一軍は軍閥の一人である閻錫山《えんしゃくざん》の要求にしたがって武装解除せず、1万5千人から成る特務団として国民党軍に組み込まれ、2600人もの元日本兵が八路軍と戦った。それは3年8ヶ月も続き、550人が戦死し、生き残った700人も八路軍の捕虜として長く抑留され、ようやく日本に帰国できたのは戦後10年もたった1955年だった。しかも、日本に帰国した元日本兵は「逃亡兵」扱いとなり、軍人恩給が支給されなかった（『蟻《アリ》の兵隊』）。

また、蒋介石は台湾に渡ったあと、国民党軍を教育しなおして立て直すべく元日本兵（大佐が中心）を教官（軍事顧問）とする軍官訓練団（白団）を設置した。

ちなみに現代日本の陰謀論者は、毛沢東は日本軍と手を結んでいて、日本軍が国民党軍と戦闘するように仕向けて自分の軍隊を温存し、国民党軍を弱体化するようにしていたと主張している。これは明らかに歴史的事実に反している。実は、戦前（1943年8月17日）、蔣介石の国民党政府系の新聞に毛沢東が日本軍の岡村寧次将軍と手を組んで国民党軍に対して共同して攻撃しているという記事が一斉に掲載された。もちろん、まったくのデマ。こんなデマが現代に亡霊のようによみがえっているのだから、世の中は怖い。

機械・設備をソ連に搬出

スターリンの極秘指令（1945年8月）は、日本軍捕虜のうちシベリアでの労働に肉体的に適した50万人を選び出して捕虜収容所に送るよう命じていた。これが悪名高いシベリア抑留だ。ソ連はナチス・ドイツ軍との戦争で2500万人ともいわれる膨大な犠牲者を出し、若い男性労働力が決定的に不足していた。戦後の国民経済復興のためには、どうしても新たな労働力を必要とする。57万人の日本人元将兵がシベリアなどで強制労働させられ、6万人もの日本人が生命を落とした。久は幸い、シベリア送りにはならなかった。

スターリンは北海道の半分をソ連軍が占領することをアメリカのトルーマン大統領に提案した（8月16日）が、トルーマンが拒否回答した（8月18日）ので、その代わりにシベリア抑留を8月23日に指示したという説がある。しかし、ソ連はすでにドイツ軍兵士300万人を捕虜として労働使役していたことから、トルーマンの拒否回答を受けて初めてスターリンが日本軍兵士をシベリアで使役させようと考えたとは考えられない。スターリンの極秘指令文書には、ソ連の全10

地域47収容所を列挙し、投入すべき人数から移送・収容条件が詳細に書かれているので、ソ連当局はかなり前から日本人捕虜の抑留と強制労働を決めて周到に準備していたと思われる。

スターリンは8月30日の極秘指令により、人間だけでなく、主要な「戦利品」の設備を解体・撤去してソ連に搬入することをソ連軍に命じた。「価値あるものは、すべて持っていく」がソ連軍のスローガンだった。独ソ戦に辛うじて勝利したソ連は非常な物不足に陥っていた。

関東軍には日本の本土と違って豊富な備蓄物資があり、糧秣《りょうまつ》庫や被服庫、弾薬庫などにうず高く積まれていた。満州には関東軍が3年はもちこたえられるだけの兵力と物資があると言われていた。兵力はともかく、物資のほうは、なるほどそうかもしれないと思わせるだけのものがあった。兵器、弾薬、食糧そして衣料など、関東軍の軍需品から日用品まで、ありとあらゆるものをソ連軍は満州から持ち去っていく。このとき久のような元日本兵が、「戦利品」の解体・撤去と貨車への積み込みに使役された。ソ連はシベリアに連行する日本軍捕虜に食べさせるためという名目で満州にあった大量の備蓄穀類を持ち去ったが、それは単なる口実で、シベリアで使役された元日本兵はいつも腹を空かしていた。

ソ連軍は満州を支配下におくと、関東軍の残した軍事物資だけでなく、満州各地にある大量の機械や設備を解体し、ソ連に運び去った。ソ連は、これらを全部、戦利品だとしたが、戦勝国が敗戦国から戦利品として、これらの機械・設備などを持ち去る行為が果たして許されるものなのか。あとになって中国政府はソ連に対して返還要求した。

ソ連軍は3千人もの技術者を満州の大都市と工場に配置し、機械・設備を大々的に解体した。

陸路はハルビン経由で列車を使い、水路は大連港から船で運んだ。使用した貨車は2900両に及んだ。その対象たるや、すさまじい。鉄道のレールと付属設備、機関車5万両。撫順火力発電所では発動機やボイラー。撫順炭鉱では、電力設備を撤去したのでポンプが作動しなくなり、坑道が水没した。鞍山製鉄所、松花江にある小豊満水力発電所、鴨緑江にある水豊水力発電所、飛行機や戦車の製造工場も残るのは壁だけというほど、徹底して根こそぎ運び去った。小豊満水力発電所では発電機4台と予備2台のうち4台を運び去り、満州重工業が4億円を投資した鞍山製鉄所の設備は、完成してわずか3ヶ月しかたっていないのを持ち去った。満州にあった180万キロワットの発電設備のうち、100万キロワット分をソ連軍は持ち去った。しかも、旧型の設備を残し、新型の設備を持ち出している。満州の重工業は全中国の9割を占めていたのが、ほとんど奪われ、工業都市は廃墟も同然という大打撃を受けた。

汽車の機関車をふくむ5万両の各種車両が東支鉄道でソ連軍に運び去られ、ガラクタ同然の4千両だけが残された。ただし、満州とソ連は線路のゲージが異なるため、ソ連が車両をほとんど持ち去ったというのは事実でないという研究者もいる。満州はヨーロッパ標準軌で、ソ連軌はさらに幅広だった。ソ連は戦利品と日本兵捕虜を自国に移送したあと、中国のために標準軌に戻したという。ソ連は日本軍捕虜を使役して線路の改軌作業（ソ連領内と同一ゲージに拡大）にあたらせた。旧満鉄の車両は走行できなくなり、「赤い星」を掲げた赤茶色の機関車や貨車が走った。

さらにソ連は満州にある銀行の金庫から300万ドル相当の純金ののべ棒を運び去った。満州中央銀行奉天分行に保管されていた金塊2トンも持ち去られた。満州中央銀行、横浜正金銀行、満州興業銀行にあった資金類もほとんど持ち去られた。

ソ連軍は赤軍票という赤い印刷インクの軍票を発行した。アートペーパーのように光沢があり、厚さもあったが、紙質が悪くて、すぐに汚損したので市民の評判は良くない。そして、ソ連軍の撤退にともなって無価値となり、市民の経済生活に大きな損失をもたらした。

軍紀の乱れも目に余るものがあった。満州に進出してきた174万のソ連軍の将兵のなかには略奪と婦女暴行を働く者が少なくなかった。ソ連兵が一番ほしがったのは、時計と万年筆。日本軍の兵士は、ほぼ全員が腕時計を持っていたが、これは戦闘するとき時間をあわせる必要があったからで、一般社会以上に普及していた。腕に時計を何個も身につけて「戦果」を誇るソ連兵の姿があふれた。多くのソ連兵は腕時計を身につけたことがなく、時計のネジの巻き方も知らなかった。そして、白昼堂々と倉庫にあるものを盗み出し、売って着服する。それを発見して注意した八路軍旅団長が路上でソ連兵から射殺されるという事件まで発生した。

泥酔したあげく「マダム」を捜し回る将兵がいた。ソ連兵の日本人女性への暴行（強姦）はすさまじかった。12歳の少女であろうと、70歳近い老婆であろうと、そして人前でも白昼でも、雪の上でも、まったく頓着しなかった。女性たちは丸坊主になり、顔に墨を塗り、男装して難を逃れようとしたが、ソ連兵は、胸をさわって女性だとわかると、引きたてていった。ソ連軍は、これらの犯罪者を事実上野放しにした。日本人による「維持会」は日本人慰安婦を組織してソ連兵に提供した。

満州に進攻したソ連軍はシベリアの凶悪な無期徒刑囚から成る「囚人部隊」だったという説が

あるが、否定されている。たしかに、兵員総数の10％を元囚人が占めていたが、その「囚人」の圧倒的多数は軽微な経済犯であり、「凶悪犯」ではなかった。また、独ソ戦を戦って、すぐに満州に送られてきたので疲れ切っていたというのも事実ではなく、リフレッシュもし、新兵も補充されていた。実のところ、ドイツに進攻したソ連軍にも同種の「前科」がある。ドイツ国内の家屋から目ぼしい家財道具を略奪してソ連の貧しい自宅へ送っていたし、ドイツ人女性に対する大々的な強姦事件をひき起こした。ベルリンで10万人、ドイツ全土で２００万人が犠牲になったという。ところが敗戦国ドイツは泣き寝入りせざるをえなかった。

当初はソ連軍を日本軍からの「解放者」として感謝の気持ちをもっていた満州の民衆は、たちまち期待が失望・反発へ変わった。ソ連軍を日本軍と「同じ穴のムジナ」とみなすようになった。ソ連軍の将兵を中国の人々は「ターピーズ」（大鼻子）と呼び、好意的ではなかった。ソ連兵のほうも中国人を「キタイスキー、ニイハラショ」として、あまり好意をもたなかった。ただ、個人としてのソ連兵は素朴で、例外なく子ども好きだった。

さらにソ連軍は、マルクス・レーニン主義を中国の民衆に押しつけようとした。その内容はスターリン時代の硬直的、教条主義的な傾向が強かった。たとえば、ソ連軍の将兵は、「貧乏人による金持ち打倒」という革命を支持する思想に満たされていた。ブルジョワの家とみれば、略奪してもよいと短絡的に考えてしまう。人力車を見ると、客として乗っていた「太っ腹の金持ち」を引きずりおろす。すると、人力車の車夫は仕事にならない。

スターリンの著作『レーニン主義の諸問題について』などをテキストとして政治教育をはじめ

たが、その内容は中国の現実とはかけ離れたものだったので、かえって政治嫌いの中国人を生みだした。ソ連軍による政治教育は中国革命にとって逆効果をもたらした。

満州の人々は、ソ連共産党の軍隊に対する反発から同じ共産党として中国共産党に対しても警戒・反発するようになり、そうでない中央政府、つまり国民党軍の到来を首を長くして待つ気分になっていった。

国民党と共産党の違い

中国共産党が満州進出を重点とする「北進戦略」を確定したのは1945年9月中旬。9月17日、延安の劉少奇は重慶の毛沢東に電報を打ち、「南は防御し、北に推進する」という戦略方針を正式に提案し、毛沢東は直ちに賛同した。9月19日、劉少奇は党中央を代表して、「目下の任務と南守北進の戦略方針・措置に関する指示」を起草し、「我々は東北及び熱河、察哈爾両省さえ支配でき、また全国各解放軍と全国人民の闘争協力があれば、必ず中国人民の勝利を確保できよう」と強調した。

毛沢東は、かねてより「満州を押さえる者は中国全土を押さえる」と公言していた。1945年4月の共産党の第7回代表大会において、「東北4省（黒龍江、吉林、遼寧、熱河の4省）は極めて重要だ。我々の党、中国革命の現下と将来の道を考えると、仮に我々が現在のすべての根拠地を失っても、東北さえ確保していれば、中国革命に強固な基盤ができることになろう」と強調した。

中国共産党は、揚子江以南の部隊を揚子江以北に撤退し、揚子江以北にすでにあった部隊を山東に撤退し、さらに山東部隊の主力と華北部隊の一部を満州に回した。満州に進軍する過程で、ソ連軍を法律的に困らせないために延安指導部は、満州に進出したあとの部隊は、八路軍の名義を一切使わず、ソ連軍とは無理に接触せず、ソ連軍に手伝いを求めないことを厳命した。また、山東から船で満州に向かう幹部たちには軍服を脱ぎ、私服で行くように指示した。

のちに東北野戦軍総司令官になった林彪《りんぴょう》は、このとき山東軍司令官に任命され、肖勁光らとともに8月24日、延安を離れ山東解放区に向かっていたが、山東に行く予定の幹部は直ちに方向を変え、満州に転進せよという「大至急」電報を延安から受け取った。11月末までに満州に進出した八路軍は全部で11万人に達した。

冀熱遼《きねつりょう》軍区第16分区から1万人近くが8月中旬に出動し、9月上旬、陸路で遼西と瀋陽に進出した。山東軍区から1・2・3・6・7師団全員と第5師団の一部、あわせて6万人が9月から11月まで数回に分かれて海を渡って遼西と南満に進出し、一部は引き続き北上して北満に到着した。冀中《きちゅう》（河北省中部）から3個連隊5千人が9月に出発し、10月に陸路で遼西に進出した。豫北（河南省北部）から359旅団と第1警備旅団の6千人が9月に出発し、10月、瀋陽付近に到着し、続いて北満に進出した。新四軍第3師団3万人が9月下旬、江蘇省北部から出発し、1500キロ近くを徒歩行軍して11月下旬、錦州付近に到着した。

それ以外にも、延安と各解放区から引き抜かれた2万人の党・政・軍の幹部そして専門技術者が同時に満州に入った。それらの幹部は100個連隊で幹部を編成できる規模の実力を有し、さらに党中央委員、中央委員候補20人（全委員と候補の4分の1）が加わり、政治局委員も4人いた。

国民党は共産党より先にソ連軍の満州出兵を予知し、準備もいくぶんか早かったにもかかわらず、二本足で前進する共産党の軍隊に大幅に遅れをとって満州に入ることになった。ソ連軍が満州を占領した後、蔣介石の国民党政府は接収するため飛行機で長春（新京）に行政官を派遣し、続いて軍隊を派遣することをいち早く決定した。8月31日、蔣介石はまず満州接収に当たる人選をし、熊式輝《ゆうしきき》大将を「軍事委員会委員長東北行営」の主任に任命した。ソ連軍は表面上、国民党政府の東北行営の到来に歓迎の姿勢を見せたが、その活動と影響力は制限した。

11月下旬までに、八路軍はソ連軍の押さえた元関東軍倉庫から10万丁の銃と300門の大砲を受け取った。秘密裏に八路軍を支援すると同時に、ソ連軍は国民党に対しては、とぼけた態度をとった。

八路軍の多くの新兵は元「満州国」軍の兵士で、局面の急展開でただ二股をかけて八路軍に入隊したに過ぎなかった。間もなく国民党軍が進攻を開始すると、彼らは武器を携帯したまま、すぐに国民党軍に寝返った。遼西で国民党軍に対する阻塞作戦が命じられた新編成の部隊は、あっという間に崩壊し、戦闘力をなくした。なので、せっかく八路軍が入手した武器の多くは国民党軍側に流れてしまった。

八路軍と新四軍の主力部隊は満州に進出した初期、ソ連軍の食言《しょくげん》（空約束）と新編成部隊が入手した大半の装備を持ち去ったことにより、わずかなガラクタ同然の武器で戦闘に参加せざるを得なかった。これが国民党軍の満州中心地への進撃を八路軍が阻止できなかった主要な原因になった。

11月から翌年初めにかけて、蒋介石は軍閥の軍隊ではなく、自分の子飼いの将軍が率いる中央直系軍を満州に送り込んだ。インドで訓練し、ビルマで戦い、昆明で編成した、米軍式装備の最精鋭の新一軍と新六軍から成る国民党軍は八路軍の設置した幾重の包囲網を突破して、瀋陽など満州の中心部を制圧した。

1946年春、ソ連軍は満州から完全撤廃する段になって、再び態度を変え、残っていた日本軍の装備を八路軍に渡した。国民党軍との戦闘で鹵獲《ろかく》（相手方の軍備品を奪うこと）したものに加え、八路軍は、これでようやく全員が武器を携帯し、また火砲など少数ながらも重装備を擁するようになった。

当時、満州の民衆はソ連赤軍のあまりに野蛮な行為への反発から、中国共産党に対しても警戒し、反感をもっていたため、八路軍は満州に進軍した当初、大きな困難な局面に直面した。しかし、月日がたち、国民党政府の接収官僚が進めた「五子登科」（お金、車、家、女子、証券という五つの物の強奪）という腐敗した政策は満州の人々に深い失望感を与えた。国民党軍の高級将官は、我先に日本人女性を妾に迎えた。ある軍団長は3人もの日本人妾をもった。これに対して、共産党は殺人・放火し、妻を共有し、財産を没収する、凶悪で恐ろしい悪党たちの集団だと信じられていた。それでも、共産党が辛抱強く大衆の生活を邪魔しない政策を進めた結果、満州地域の民心は次第に共産党に傾いていった。

II

八路軍とともに

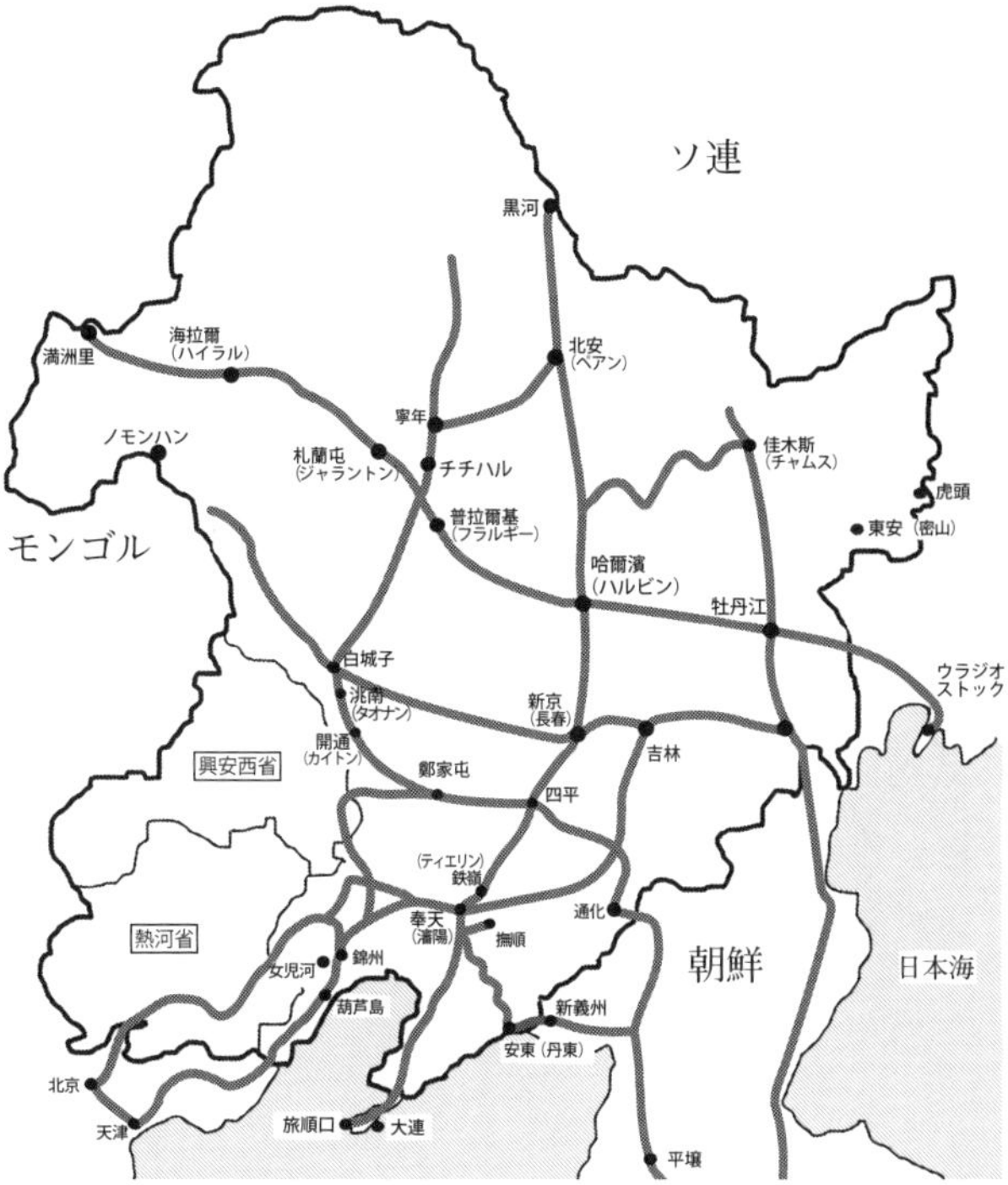
ソ連
黒河
満洲里
海拉爾
(ハイラル)
北安
(ペアン)
寧年
ノモンハン
札蘭屯
(ジャラントン)
チチハル
佳木斯
(チャムス)
虎頭
東安（密山）
普拉爾基
(フラルギー)
モンゴル
哈爾濱
(ハルビン)
牡丹江
白城子
洮南
(タオナン)
新京
(長春)
ウラジオ
ストック
開通
(カイトン)
吉林
興安西省
鄭家屯
四平
(ティエリン)
鉄嶺
奉天
(瀋陽)
撫順
通化
熱河省
錦州
女児河
朝鮮
日本海
葫芦島
新義州
安東（丹東）
北京
天津
旅順口
大連
平壌

八路軍に

久たちは鉄嶺郊外のモグラ兵舎で、相変わらずまったく希望のない、どうしようもない時間の毎日を過ごすしかない。そんな状況のなか、1946年2月、左腕に「八路軍」と印刷された牌《パイ》布《プウ》（ワッペン）をつけた八路軍の兵士が3人やってきた。みな腰にピストルを差した格好で、工兵隊の兵士を6人出せと要求する。入らないと銃殺されかねないような脅しの言葉もあった。明朝6時に迎えに来ると言って八路軍の兵士は帰っていった。

これは大変なことだ。参加しないと生命《いのち》が危ないのなら仕方ない。木曽一等兵が真っ先に手を上げ、続いて久も思い切って手をあげた。ソ連兵の目を盗んで自動車のタイヤをはずした仲間でもある立花が久に続いた。「何もしない退屈さには、もう、あきあきしたからな。それに兵舎の生活には先の望みがない」と言った。上條も、「貴様が行くなら俺も行く」と久を信頼して行動をともにすると続き、なんとか6人そろった。その晩、モグラ兵舎にいると、夜遅く三八式歩兵銃を持った朝鮮人の若者5人組がやってきた。強盗だ。久は初めから何も抵抗しなかった。覆面した強盗は部屋に何もないのを見てとると、久の毛布だけを持ち去った。久の履いていた靴は泥だらけだったので、盗られなかった。もとから何もない部屋は、きれいすっかりガランドウになった。隣の部屋の福岡市川端《かわばた》出身の真鍋は、前の日に手入れしてきれいにしたばかりの靴を持ち去られた。それを知って久は自分の靴を真鍋に与えた。八路軍から替りの靴をもらうつもりだった。八路軍に参加したら日本に帰るのが遅れるのかもしれない、下手すると危ないかも……。これで良かったかなと反問し、悶々としながら久は朝を迎えた。

朝早く、まだ暗いうちに八路軍から2人の兵士が迎えにやってきた。ぴりぴりするような寒さの朝だ。風のないのだけが助かる。兵士は防寒帽に手袋をしているのに、まだ久のほうは夏服で、シャツが下着の2枚きり、雑嚢《ざつのう》(カバン)、それに手拭いと雑誌一部、レンズ、はさみ、木綿糸を取るための靴下だけ。久が八路軍の兵士にジェスチャーで自分は靴をもたないと言ったら、すぐに布靴《プーシェ》(中国靴)を持ってきてくれた。それで生まれて初めて布靴をはいた。お互い心細いから、久は立花・上條とずっと三人一緒になって行動することを誓いあった。

久たち6人の元日本兵は、2人の八路軍兵士に引率され、奉天街道を南の方に向かって歩きはじめた。周囲は雪で真っ白で、道路はひどい状況だ。氷が落ち窪み、河底を歩いているみたい。馬車が通ったあともあって余計に歩きにくい。そして初めての布靴は久の足になじまず、苦労する。吐く息は白く、声もあげず緊張して歩いていく。一見すると、八路軍から処刑場に連行される元日本兵と思われただろう。ただ黙って、ともかく歩いていく。行先を知らない旅が始まった。

満州残留日本人

当時の満州における日本人は国民党統治区(主に南満州地域)に80万人、八路軍の直接支配した解放区に20万人、ソ連軍が占領し行政権は中国共産党の支配下にある旅順・大連地区に27万人いた。

130万人近い日本人のうち女性が70%を占め、徴兵されずに残っていた男性はほとんど老人と子どもだった。日本人女性の多くは終戦後、生計を立てられなくなったので、「突撃」方式で中国人と結婚した。そんなカップルが10万組以上できた。

１９４６年5月、国民党政府の東北保安司令官はアメリカ軍代表とのあいだで、日本人の本国送還に関する協定を結んだ。8月、日本人の送還協定が成立し、日本人の送還が始まった。この前期の引き揚げによって、１９４８年8月までの2年間に１０５万人が日本に帰国した。満州南端の山海関近くの葫蘆《ころ》（フルタオ）島からアメリカ軍が調達した貨物船などに乗って博多港へ帰還した。葫蘆とは、ひょうたんのこと。中国は、日本が租借している大連港に対抗するため、この葫蘆島に港を築き、また満鉄線に並行する線路を開設して満州奥地の物資を南満から送り出していた。遼東半島はソ連軍が支配していたが、米ソ協定にもとづき１９４６年12月から１９４９年10月までに22万人が帰国した。中国側は、これを「日僑遣送《にちきょうけんそう》」とか「遣返《けんへん》」と呼んだ（『葫蘆島大遣返』というドキュメンタリー映画がある）。

この帰還について日本政府は終始受け身でしかなく、積極的に動くことがなかった。満州に敗戦後も形ばかり残っていた日本大使館は、１９４５年8月末、「現在、全満難民約50万、越冬困難、満州国幣は発行停止され、預金引出極限、生活資金涸渇し、このまま放置すれば流民化す。ソ連軍首脳部の内意は、東京に於てとりきめるべきことなりとして、中ソ当局とも、何ら措置を講ぜず」なので救援を求めると東京へ打電した。これに対する東京からの返電は、翌9月７日、「救済のための必要経費は現地において調達するように」という冷たいもので、取りつく島がなかった。敗戦直後とはいえ、日本政府は国民保護の使命をまったく忘れているとしか思えない。

難民となって日本に引き揚げてきた人々は、三度、国に捨てられた。一度目は、戦場で日本の軍隊に捨てられ、二度目は日本への引揚対策が十分でなく、それが中断したりして捨てられ、三度目は、帰国者を受け入れても、日本での生活保障はなく総合的対策もなく捨てられた。

実は、日本政府の当初の方針は、中国にいる日本人は現地に定着することを原則とし、やむをえない場合に限って引揚を認めるというものだった。それは、国内外の輸送能力の低下と農作物の不作、そして食料供給源であった朝鮮や台湾を喪《うしな》ったことから国内の食糧事情が極度に悪化していること、また戦災による都市部の住宅不足が深刻化したことにもとづいている。いや、それだけではなく、米ソ対立抗争が予測される中で、将来の大日本帝国の復興再建を考え、なるべく多くの日本人を大陸の一角に残置させようという考えもあったという。大日本帝国の海外への拡張は「居留民保護」を名目とする軍事行動によってすすめられたが、その終末において本当に必要とされた「居留民保護」が真剣に考慮されなかったということになる。つまり、日本政府は成り行きまかせの「棄民」政策をとったということができる。

ところで、このときアメリカ側は軍人を第一、民間人はその次という順番で日本に帰還させる方針だった。これは、凶器としての日本軍を一刻も早く中国大陸から引き離そうという軍事的必要からの方針だ。日本政府が婦女子や病人そして居留民を先に帰してほしいと要望したのをアメリカ側は一笑に付した。この時点で、アメリカ側は日本軍の将兵を無力な敗残兵とはとらえていなかった。アメリカは、中国に大量の日本軍兵士と民間人が残留することで、日本の影響力が維持され、国共内戦という不安定な中国情勢のなかでキャスティングボートを握ることを恐れた。また、中国に残った右翼的な日本人が中国で勢力をたくわえ、帝国の復活を目ざすのではないかと疑っていた。そうならないためには２００万人をこす元日本兵と民間人を速やかに日本へ送還する必要があると考えた。大量のアメリカ軍戦艦が日本人の送還に活用されたのは人道的配慮というだけでなく、このような政治的思惑があった。

引き揚げた日本人が博多港や佐世保港に身一つで着いたとき、日本政府は「証明書」のほか、1人あたり一律に千円の「見舞金」を交付したが、それだけ。日本への引き揚げ船に乗船するとき、持ち出せるのは1人千円までという制限があった。あとで、「引揚者給付金」などを10年償還の記名国債で支給はしたものの、額面はごくわずかで、実質的な補償はなされなかったに等しい。ドイツ政府がヨーロッパ各地から本国に引き揚げたドイツ人に対して緊急援助法や負担平衡法を定めて個別に補償したのとは大変な違いだ。

１９４６年末までに、満州に残留していた大多数の日本人は葫蘆島から引揚船に乗って、本国に帰還した。葫蘆島から60キロ地点の錦州が残留日本人の最終集結地になった。ただ、このとき、一部の日本人は本国での生活と就職難を考え、また中国側も引き留めたため、中国に留まる道を選んだ。そして国共内戦に巻き込まれることになった。

八路軍は満州に進出するや、科学や医療のレベルの低さを補うのと戦争遂行上の需要に迫られ、ソ連軍のようにまず科学者を捜し求めるのではなく、当面の戦闘にすぐ役立つ医師や軍需産業の機械を使える技師を探し求めた。当時、多くの日本人は失業しており、生計の見通しが立たない状態だったから、給料が保証され、人格も尊重される仕事の勧誘に少なくない日本人が喜んで応募した。八路軍は日本に帰国しようとしていた日本人技術者を留用することに成功し、これによって力を大いに蓄えた。

1945年夏の日本敗戦当時、中国全土に375万人の日本人がいた。もちろん、その多くは日本へ引き揚げた。しかし国共内戦が始まるなか、日本人技師・専門家が数万人規模で八路軍と行動を共にした。久もその一人になる。満州にある八路軍の病院では、医師の半数と看護婦の多くが日本人だった。八路軍の別名と言うべき東北民主連軍には8千人もの元日本人兵士が参加していた。

八路軍の満州解放戦争

八路軍はソ連軍の撤退につれ、当初は都市や重要拠点・交通路を固守する戦術をとって国民党軍と戦ったが、アメリカから供給される優秀な最新式兵器を活用する国民党軍との戦いに敗北を重ねた。国民党軍の将官は、現代の近代化戦争で田舎パールー（八路軍）にどれだけの戦闘力があるものかと八路軍を小馬鹿にした。自分たちはアメリカ式の装備で、アメリカ軍による訓練を受けている。それに対して八路軍は小銃があるだけ、日本鬼子相手に遊撃戦をやっただけ、大砲も飛行機もなく、戦車もない。これに対して国民党軍は主として雲南・四川両省出身の強者《つわもの》からなる30万人以上の最精鋭部隊をくり出した。アメリカ軍は、空軍の輸送機で国民党軍3個師団を満州へ空輸し、また、船舶を使って海上輸送もした。

八路軍は1946年末ころから、東満・北満・南満に分かれて、各地でゲリラ戦を展開するようになった。そして、そのためにも大衆と結合して土地改革を進め、基盤を固めていった。抗日根拠地には、日本軍との戦闘作戦に従事する八路軍と、八路軍の作戦に協力する遊撃隊という、二種類の武装部隊があった。

ひたすら歩く

久たちを迎えいれた八路軍は国民党軍から追われ、1946年2月から1948年11月まで2年以上ものあいだ満州各地を転々と漂流した。

久たちは鉄嶺を出て歩いているうちに、一軒家の馬宿に着き、コーリャン飯と白菜にありつけた。味はまずいが、それでも腹一杯になり、また歩き出した。

日暮れ前に城門だけは大きい土色の小さな街に着いた。門の外には裸の死体がいくつも転がっている。5、6体はあったが、久たちは見て見ない振りをするだけで、3人とも無言のまま通り過ぎる。街の名前が知りたいが、3人とも中国語が話せない。上條だけが少し話せたので、身振り手振りをふくめて、やっと法庫という名の街であることが分かった。鉄嶺より南下したわけだ。

宿は農家。法庫は今は瀋陽市の一部となっていて、戦中から八路軍が抗日拠点としていたが、国共内戦のときは八路軍と国民党軍の支配がめまぐるしく入れ替わる時期が続いた。

久たちは水を飲みたくて、部落の中をウロウロして井戸を見つけた。柳の枝で編んだザルをつるべで落として水を汲み上げるが、水漏れはあまりない。口に入れると水が違う。強いアルカリ性の水だ。水質が悪いので、やはり沸かした湯しか飲まない。

久たち3人は木曽たちとここで別れ、その後、会うことはなかった。

歩きながら上條が振り返って久に問いかけた。

「八路軍は、いったい俺たちに何を期待しているのかな。兵隊を増やしたいということじゃなさそうだけど……」

立花が歩みを緩めた。

「日本兵だった俺たちを八路軍に組み込んでも、扱いに困るだけで、うまく使える自信がないんじゃなのかな」

上條がさらに続けた。

「最前線に俺たちみたいな元日本兵を並べ立てて、その後ろから八路軍が攻撃するなんて戦法を考えてないのかな」

久の目が一瞬、輝いた。

「そんな話を聞いたことがあるな、たしかに。昔、チンギス汗の軍隊がそれをやったらしいな。先に降参した敵軍を次の戦闘のときには前面に押したてて、危険な戦闘をやらせて、チンギス汗の本隊はそのうしろに控えているというやり方を取ったらしいぜ」

立花が右手を大きく振った。

「ダメダメ。八路軍のお得意はゲリラ戦なんだから、音をたてずにこっそり忍び寄って戦うというのに、そんな他人《ひと》まかせにはできっこないだろ」

そうか、そういうことか。すると、やっぱり工作隊か技術者だよな。久は少し納得できた。

八路軍の兵士

八路軍の大部隊がやってきた。かなりくたびれた様子だが、見るからに士気は高い。その部隊のなかに、どう見ても日本人の少年にしか見えない兵士がいる。大休止しているとき、久はその兵士に近寄って話しかけた。徳川と名乗る元日本軍少年兵は話し好きのようだ。国民党軍と違い、八路軍は日本人を直接に戦闘には従事させないことになっているらしく、輸送や兵器修理などの非戦闘部門にまわされる。徳川は衛生兵だという。中国では、日本軍と違って衛生兵はみんなから敬意をもって接せられる。

八路軍に加わった16歳の徳川にとっての第一印象は、八路軍とは、すごく貧しい軍隊だというもの。草色の帽子にだぶだぶの綿服、脚にゲートルという姿。布製の靴を履き、肩には日本軍の三八式小銃をかついだ数十人の隊伍。腰には長い柄の手榴弾をぶら下げ、左右の肩には百発入りの弾帯を交互にひっかけ、背中には梱包した布団を背負っている。一見すると、そこらにいる百姓の若者に軍服を着せ、鉄砲を持たせたような姿。こんな貧弱な軍隊に戦争ができるのか心配になる。持っている武器は、日本軍から奪った三八式歩兵銃か、せいぜい日本製の軽機関銃くらい。軽機関銃は、銃床が曲がっているもの。将兵のうち腕時計をはめているような者は、中隊規模ですら何人もいない。

それが、蒋介石の率いる国民党政府軍と一戦を交えるごとに確実に目に見えて装備が良くなっていく。たとえば、八路軍の排長（小隊長）が持っていた武器は日本製の軽くて小さい騎兵銃だったのが、１９４７年春にはアメリカ製の自動小銃を持っていた。これは25発入りで、すごく重たい。そのあと、軽くて持ちやすいカナダ製の自動小銃、これは弾がモーゼル銃と同じ大きさのもの。やがてモーゼル拳銃も使うようになった。すべては、国民党軍から奪いとった貴重な戦利品だ。手榴弾も八路軍自家製のものが多く、鋳物の鉄に火薬を填《つ》めたもので、破裂してもボコッと大きな破片に分かれて、打撲傷を負う場合さえあった。鉄がなくて石製の手榴弾や地雷を使っていたこともある。だから八路軍は敵の武器を奪うことに熱心だった。八路軍は、日本軍が優勢と見れば退避し、日本軍が劣勢だったり待ち伏せの罠にかかったときは、これを全滅させて武器を根こそぎ奪った。そして日本兵の死体からも武器や装備はすべてもち去った。八路軍が日本軍や国民党軍と戦う目的は、武器を奪うことにもあった。日本軍と八路軍の戦闘は、武器の争奪戦の様相を呈していた。

ここで八路軍という名称について、その由来を紹介すると、1937（昭和12）年7月、日本軍が盧溝橋《ろこうきょう》で中国に対して全面攻撃を開始したことから、中国内部では、国共内戦を直ちに停止せよという声が圧倒的となり、ついに国共内戦は停止され、2回目の国共合作が実現した。それにしたがって、中国共産党は、次のような声明を発した。

「赤軍名義の番号を取り消して、国民革命軍に改編し、国民政府軍事委員会の指揮を受け、その出動命令を守って、抗敵前線の責任を分担する」

当時、この中国共産党の呼びかけは圧倒的支持を得た。8月、赤軍（工農紅軍）の主力4万5千が国民革命軍第八路軍として編成されて、発足した。八路軍の総指揮（司令官）は朱徳、副総指揮は彭徳懐、参謀長は葉剣英であり、政治部副主任は鄧小平。第115師（師長は林彪）、第

120師（同、賀龍）、第129師（同、劉伯承）という三つの師団で構成された。

八路軍の少年兵

8月15日を16歳になったばかりで迎えた北川光伸は横浜の下町に生まれ育った。父親は町工場で働いていたが、職人としての腕前は良かったらしいものの、酒好き、賭け事好きのため、借金をかかえて首がまわらなくなって、いつのまにか姿を消した。母親が女手ひとつで兄と妹と自分の3人の子を育てた。いくつもの仕事をこなして働きづめの母親の姿を見て育った兄は、早く自立したいと東京に出て住み込みで働きはじめた。光伸も13歳のときから、近くの店で丁稚奉公をはじめた。辛い毎日だが、ともかく食べていくことはできたので、辛抱した。すっかり軍国少年になり、お国のために死のう、海外へ行ってひとあばれしようという夢をもつようになった。国中が「一億総火の玉」となって「鬼畜米兵」を倒せというスローガンにつき動かされていた。店の主人に話すと、軍隊は危ないからやめとけと言い、それより満州で働いたらどうかとすすめられた。満蒙開拓青少年義勇軍というのがあるという。光伸は14歳になってすぐ青少年義勇軍へ申し込んだ。

茨城の訓練所に入ったら、先輩たちから理不尽なイジメも受けた。ちょっとでも目立つと、たちまちリンチの対象となる。軍隊と同じひどさだ。ひたすら歯をくいしばって耐える。柔道や剣道も鍛えられ、いっぱしの兵士になった。

満州に渡ると、開拓団の生活は予想した以上の厳しさだった。日本で「愛国勇士」としてもてはやされたのなんか、たちまち幻となり、寒さに震え、粗食の毎日、ひもじい思いの毎日、そして朝から夕方まで働きづめで、何の楽しみもない生活が続く。いやはや、とんだところに来てしまった。でも、帰るところなんてない。

夜、眠ろうとすると、シラミやノミ、そして南京虫に襲われて安眠できない。それでも疲労から眠りに落ち込む。眠る前に下着を脱いでペーチカの上で暖めながら振りまわすと、シラミが鉄板の上に落ち、まるでゴマがパチパチはぜる音を出して焼け、血が焦げるような臭いがたち込める。それでも耐えるしかない。

8月9日、いきなりソ連軍が攻めてきた。光伸は戦いたかったが、まるで武器が足りない。開拓団から逃げ出すことにして、光伸は仲の良い仲間とハルビンの町を目ざした。ハルビンの町に着くと、各地から逃げてきた避難民であふれている。光伸たちは小学校の講堂にもぐり込んだ。8月17日に日本の敗戦を知らされると、まもなくソ連軍兵士で市内はあふれた。収容所内の食糧不足はますます深刻となり、腹が減ってたまらない。生きるため、仲間としめしあわせて民家に押し入って泥棒稼業。強盗まではしたくない。倉庫からコーリャン袋を持ち出したところで、巡回パトロール隊に発見された。逃げ出そうとしたが、走る元気すらなく、たちまち御用となって袋を没収され、収容所に逆戻り。

やがてソ連軍に代わって八路軍が入ってきた。下手な中国語で兵士に訴えた。ともかく腹が減っていて、どうしようもない。働かせてくれ、仕事が欲しい……。兵士は上級の兵士を連れてきた。その兵士は上手な日本語で話しかけてきた。

「分かりました。日本に帰るまで、八路軍に入りませんか。腹いっぱいご飯が食べられるし、時期が来たら、必ず帰国させます」

光伸は否応なしに承諾した。しばらく辛抱したら、日本に戻れるだろう。ここは生きのびることが先決。1年か2年の辛抱だろう。

八路軍に入るとき、本名のままではまずいと思った。誰に迷惑かけるとも思わないが、共産党の軍隊に入ったなんて素直に受けとめられない奴がきっといるだろう。なので、光伸は徳川光安と名乗ることにした。もちろん、徳川将軍とは何の関係もない。急に思いついただけ。

そして、このとき、もう一人、朝鮮人の松井秀三も一緒だった。同じ横浜下町の育ちで、幼いころからの遊び友だちだ。松井は学校では日本語だけど、自分の家では朝鮮語を話している。だから、朝鮮語のほうもペラペラだ。満州に来たら、中国語もすぐに話せるようになった。

行軍再開

徳川たちの部隊は、大休止したあと立ち去った。逃げるように足が速い。

久たちはオンドルにいれた枯れ草を燃やし、その上にごろ寝。夏服だから、上が寒くて下は暖かい。外は零下20度でも、室内で眠ることができる。3人で寄り添って寝る。内側の者が暖かいので交替するという中国の習慣を久たちは知らなかった。鉄嶺のモグラ兵舎には毛布があったから、持ってきたらよかったと反省する。中国人は旅をするときには寝具持ちだ。布団は、背負うために小さくて薄っぺらなもので、軽く、折り畳んだもの。寝るときは、両端を封筒の形になるように折り畳み、その中に体を入れて寝る。行軍のときは、下着と身の回り品を、この布団の中に包み込んで歩く。

問題は南京虫。足首を南京虫に喰われて久の右足は太くはれ、歩きづらくなっている。中国の民家は南京虫の巣だ。中国人は免疫ができているようだが、久はずっと悩まされた。そして石や草にはサソリが隠れている。

やがて、法庫を出発した。また歩くばかりで、そのうちに砂漠に出る。西側のモンゴルに近づいている。雪はあっても、積もってはいない。風がないと暖かくさえ感じる。久たちは3人で、「どこに行くんじゃろうか」と口癖のように言いあった。

小休止のとき、三人だけになると、立花がつぶやいた。

「なんで、俺たちって、こうやって中国をウロウロしてるのかな、おい貴様、どう思う……」

久は小さく「だって、赤紙一枚で引っぱられてきたわけで、好きでやってきたんじゃなかばい」と応じた。上條も「そうだよな」と同調する。

「やっぱり戦争だよな。戦争が始まって、兵隊が足りないっていうんで、俺たちみたいな丙種合格の人間まで引っぱって、こんなところに連れてこられたんだもんな」

立花の声には怒りがこもっている。上條が大きく頭を上下させた。

「戦争だよ、戦争。いったい誰が始めたんだよ、戦争なんか……」

久は手に持った棒で所在なげに地面に円を描きながら、「上のほうで決めたつばい、戦争するって……」。

「いったい、誰なんだよ、その上って……」

立花がいらついた感じで久に問いかけた。

「やっぱ政府だよ。うんにゃ、大本営かな」

「それで、中国を日本のものにするってか」

立花は自分で言いながら苦笑いした。

「でもよ、そんなに深く考えなくたって、こんな広い中国に攻め込んで、日本が勝てるわけないよな」

久もまったく同感だ。「万一勝てたとしても、ずっと支配しておくなんて、絶対に無理ばい」

「そうそう」、上條が首を左右に大きく振り、「絶対に無理」と言い切った。

小さく合図の笛が鳴ったので、三人は立ち上がった。

久たちと一緒に行動する八路軍の兵士は携帯口糧の粟を炊いて食べ、久たちには、小麦粉でつくった饅頭《マントウ》やうどんを食べさせる。たまには白米を久たちにだけ食べさせることもあった。久が「なぜか」とたずねると、ちびで痩せた兵士は「優待《ユウダイ》、優待」とけろりとして答えた。日本人を優遇しろと指示されているのだ……。

韮《にら》がたくさん生えているところを見つけると、小休止にして八路軍の兵士たちは嬉々として韮を採った。中国人は活力源として韮をよく食べる。とった韮は、ゆでたり、油で炒めたり、花は塩漬けにして食べる。コリコリして美味《うま》い。

山道を歩き、谷を下ることもある。久も騾馬《らば》に乗ったことがあるが、騾馬は危ない。乗った人を落として、自分だけさっさと先に行ってしまう。頭から落ちでもしたら、大変なことになる。本当に要注意な生き物だ。

一晩中、雪の中を歩き続け、夜が明けると、雪に覆われた白い平原に見渡すかぎり尾長キジの大群がひしめているのが見えた。餌《えさ》を求めて、ちょこちょこ歩きまわっている。雪の白い草原が黒くなるほどの大群だ。何千羽、いや何万羽もいるのだろう。息を呑むばかりの光景だ。満州、いや中国は本当に広い。

八路軍の食事

元少年兵の徳川は立ち去る前に、自分は育ち盛りだから食事は何より重大関心事だと言い切った。久の目からみて八路軍の将兵の食事は貧しいが、量だけは十分確保されている。八路軍にとって、食事時間はすべてに優先する。食べられるときにしっかり食べておく。いつ食べられなくなるか分からないからだ。主食は粟《アワ》かコーリャン、副食は白菜を炒めた汁物が多い。

満州は砂地の多い風土で、場所によっては水の便がまったくなく、春先になると、野菜らしきものは何ひとつとれない。そこで、部隊ごとに大豆のもやしをつくる。大豆のもやしを油で炒めた菜がよく出てきた。副食は、いつも白菜に水をたっぷり入れて煮たものに、少量の塩と植物油をふりかけたもの。春夏秋冬、ずっと、これぱかり。ごくたまに、メリケン粉でつくった饅頭や少量の豚肉が出てくることがある。白菜は、畑のなかに3メートルほど掘り下げて、その穴蔵に貯蔵しておく。

八路軍の規定では、兵士1人あたり粟《アワ》30キロが毎月配給されることになっている。さすがに全部は食べきれないので、一部は換金して副食、燃料、灯油などに充てる。ちなみに、連隊長には粟150キロが支給される。このほか、手当（小遣い）として、兵士に1元5角、小隊長2元、中隊長3元、大隊長と連隊長に4元、師団長に5元が支給される。技術兵として働く元日本兵に対しては中隊長と同じ3元が支給され、優遇された。

八路軍の兵士は、朝食前に駈け足をし、競歩の訓練をして、脚を鍛える。

朝6時、当番の排長が鳴らす呼び笛で一斉に起床し、直ちに服装をととのえ、担架をかついで集合地点に集まって点呼を受けたあと、行軍の訓練をする。天気が良ければ毎朝1時間半から2時間、5～10キロほど歩く。これを早操と呼ぶ。午前8時ころに早操が終わると、部屋に戻り、当番の兵士が炊事場から豆乳と油炸糕《ユーザーゴウ》（うどん粉をねって発酵させ、棒状に伸ばして油で揚げたもの）を運んできて食べる。すきっ腹なので腹わたにしみるほど美味い。

昼食はなしで、夕食は午後4時。一日2食だ。食事は班ごとに、おかずの入ったバケツを真中にして車座になって食べる。兵士には取っ手のついた琺瑯《ホーロー》引きの大きなコップが支給されていて、これを茶碗の代わりにする。洗面やお茶を飲むときにも使う。コップに飯を入れ、それに野菜汁をぶっかけて竹箸《たけばし》で食べる。行軍中はコップを腰に下げて歩き、箸はゲートルに差しておく。

八路軍の将兵は「平等」待遇だといっても、食事には実は大中小という3つのランクがある。大鍋（大伙）は一般兵用で、一汁一菜。中鍋（中伙）は営長（大隊長）以上で、特別料理に準じる良い食事。小鍋（小伙《シャオフオ》）は、団長（連隊長）以上の将官用で、いわば特別料理。

夕食後にも政治学習があり、それが終わると自由時間になる。大隊には各種の楽器があり、それを使って演奏したり、歌をうたう人もいる。

「日本鬼子」

八路軍の兵士が馬車で徒歩の久たちを振り返り見ながら先行していく。地面が白っぽい、砂漠ならぬ土漠のようなところを歩く。表面は小麦粉を敷きつめたようで、そこを歩くと、靴の半分ほどが土にぬめり込み、埃《ほこり》が舞い上がって身体じゅう埃にまみれる。久たちの案内役の八路軍の兵士がいつのまにか交替し、口の達者な、目の赤い兵士になった。これが噂の色目人《しきもくじん》（トルコ・イラン・アラビアなどの西方系諸民族の総称）なのか。きっとウィグル人だろう。馬車の通った跡を歩くばかりだ。白い砂だらけの砂漠を歩き、ぽつんとある馬宿に寝る。赤目の兵士が馬宿の老婆に「日本鬼子《リーベンクイズ》だ」と久たちを紹介した。

「俺の連れているのがそうだ」

「はじめて見た」と、老婆は眼を大きく見開いた。

上條が中国語を一番よく聞きとれるので、久たちにこんな会話だと教えてくれた。久はまだ聴きとれない。

それからも、毎日、歩くことばかり。朝歩き始めると、横殴りに雪が降る。下向きに歩いていても耳や手が痛い。雪は服には着かないが、顔や髭《ヒゲ》に着いて、立花の顔が真っ白になった。民家は見あたらず、腹はすくし、吹雪の夜に暗いなか、凍りきった川を渡り、やっと街にたどり着いた。三江口《サンジャンコウ》という街で、竜宮城のような城門のある城壁に囲まれている。もう、何日歩いたのか、久たちは3人とも分からなくなっていた。

翌朝、目をしょぼつかせた30歳ほどの八路軍の兵士が指さし、この方角に行けという。北も南も分からず、3人だけの歩け歩けで、今度は1メートルほどの小川にぶつかった。岸に少し氷があるけれど、水は流れている。ズボンを脱いでパンツだけになって渡る。これを繰りかえす。小さな柳の芽が少し緑を出している。春は近い。歩く地面がぶよぶよの所もあり、枯れた草がある湿地帯なので、夏には通れないところかもしれない。遠くに大型の鳥たちが見えるなかを、歩きどおし。途中で、明らかに前は開拓団が住んでいたところを通った。家が泥壁と落ちた煉瓦だけの廃墟になっている。ここに住んでいた人たちは、いったいどうなったのだろうか、苦労しただろうな、無事に日本に帰れたかな。久は同情した。

歩きながら上條が隣の立花に話しかけた。「狭い日本に住みあきた、なんて人間も満州にやって来たらしいな。どう思う?」

立花は首を横に振った。「いやあ、俺は別に狭い日本に住みあいたなんてことはないぜ。それこそ、狭いながらも楽しい我が家だったし……。貧乏してても、まあ、なんとか食べていけてたから、満州へ行こうなんて考えたこともなかった」

「うん、うん」、久も同じ思いだ。「ここらみたいに電気も来てないなんて、信じられんばい。それに、毎晩、やっぱり風呂にゆっくり入れたし……」

「そうだよなあ」と上條がつぶやく。「灯火管制になってからは家の明かりが外に漏れないようにはしたけど、家の中はそこそこ明るいし……」

立花が「こっちじゃ、田舎の夜は、まるでまっ暗。こんなところを攻めたてて、手に入れたあと、どうするつもりだったんじゃろ」と、溜《た》め息をもらした。

昼メシ抜きで歩くとさすがに疲れる。河の氷の上を歩いていく。ようやく柳や白樺、楡《ニレ》の木の多い部落に着いた。便衣を着た多くの八路軍兵士に迎えられ、民家に案内される。部落中が灰色の土造り。久たちの泊まる家は、毎度のことながら大きな民家で、地主の家だったのだろう。家の人は出てこない。久たちは家の人には招かれざる客。土地解放が進んでいるようだ。この部落には八路軍の兵士が大勢いた。みな便衣。つまり、そろいの軍服ではなく、服装はてんでんばらばらの普段着だ。晩ご飯を招待所なるところで食べるので、地元の人でないのが久たちにも分かった。コーリャン飯のおかずは白菜の塩漬けだけ。

時間がありあまっている久は、暇つぶしに隣の家をのぞいてみた。入口から入ると5平方メートルほどの土間があり、そこには水を入れる大きな甕《かめ》と、煮炊きをする竈《かまど》がある。煮炊きするときには、竈の下に小さくした薪をくべるが、その竈の奥は隣の寝室のオンドルに通じていて、煮炊きをするとオンドルも温かくなる。オンドルは床下に通した煙道に、台所で煮炊きしたときに出る温かい排気を通すことで室内を暖めるという暖房システムのこと。中国では炕《カン》と呼び、朝鮮半島の家庭では広く使用されている。

朝鮮人の家屋にあるオンドルが床に煙が通る床暖房であるのに対して、中国式のオンドル（炕）はベッド式の暖房装置。炕は表面は煉瓦がはってあるが、なかは日干し煉瓦を粘土でつないでつくる。日干し煉瓦は固いので、この上に人が上っても崩れることはない。炕の上は女性の居場所。主婦が子どもたちと食事をし、近所の女性がやってきて、縫い物などをしながら、噂話に興じる場となる。炕に上がるときは必ず靴を脱ぐ。男たちは炕の反対側にテーブルと椅子がある。ここは父と息子など、男たちのいる場所だ。

土間は家の真ん中にあって、土間をはさんで2つの部屋が左右にあり、入口を背にして右側は10平方メートルほどの寝室、左側も同じくらいの広さの納屋になっている。寝室には、壁側に粗末なタンスがあり、窓側がオンドルになっていて、炕の上に一家全員で寝る。このような家のつくりは、どの家もほとんど同じだ。ただし、豊かな者は瓦ぶきで壁に煉瓦をつかった家に住み、中産の者は石造りの家、貧しい者は土でつくった家か草ぶきの家に住む。山中に穴居生活している者も少なくない。

久たち3人ともお金を持たず、煙草もないので、もらいに行った。煙草の葉をもらって刻《きざ》んで粉にし、雑誌の紙で巻く。柳の葉を乾燥させた代用品のこともあった。もう、このころには慣れたものだ。いつものとおり家に電気はなく、疲れてはいるし、早く寝る。夜、走る音や銃剣の音がしても、久たちは息を殺し、寝たふりをする。夜が明けると、あたりは何事もなかったが、八路軍もいない。柳の芽が少しふくらんでいる。河や沼の凍土の上を歩いていくが、心なしか柔らかく、足元がふわっとして、歩きにくい。近くのどこかで、国民党軍との戦闘があったようだ。見渡す限りコーリャン畑が続いているところを歩く。だんだん夕陽が沈んでいく。その夕陽の大きいこと。ぐるぐる回るように真っ赤に燃えながら沈んでいく。

上條が「何日歩いたかなあ」とつぶやいた。毎日歩くことばかりで、どこを歩いているのやら、さっぱり分からない。どこかで戦闘があったのかもしれない。恐らくソ連軍の占領地区だったのだろう。久たちにとって、このような部落は一つの通過点にしかすぎない。

久は手製のカバンに洗面用具などを入れて肩にかけ、反対の肩に携帯口糧の粟が入った細長い袋をかけ、腰のベルトにホーロー製の取っ手付きコップ（茶缸子《ツァガンズ》）と古布で編んだわらじ（草《ツァ》鞋《オシェ》）をつけ、足の巻脚絆の裏に箸をさしこむ行軍スタイルだ。

山のなかを進んでいると、2、3軒の家があったので、ここで宿泊することになった。久たちに割りあてられた家の隣に、家というより壁土の残骸がある。屋根も窓もないので、人はいないだろうと思うと、隅に男がうずくまっていた。立花が、「こんなところで何をしているのか」と、たどたどしい中国語で問いかけると、男は、「ここは俺の家だ。ここで暮らしている」と答えた。

上條が「家族はどうしたんですか」と横から尋ねた。すると、男は青天井の空を仰ぎながら言った。

「みんな日本鬼子に殺されてしまった。家もこのとおり滅茶苦茶にされた。でも、ここは俺の家。俺にはここしか住むところはない」

さらに、悲しそうな顔で続けた。

「俺は日本人にひとつも悪いことしていないのに、なんでこんなことをされるのか。もし、日本人を見つけたら、そいつののど首にかみついて殺してやる」

怒りと悲しみにみちみちた顔だった。立花と上條は顔を見合わせた。久は二人のうしろに立って、黙っていた。男は目の前にいる三人が日本人だと気がついていないようで、それが幸いだった。八路軍には各地からいろんな人が来ていて、言葉もいろいろなので、二人が下手な中国語で話しても、どこか遠いところから来ている八路軍兵士だろうと勘違いしたらしい。久は、日本軍が満州で本当にひどいことをしたんだと実感させられた。黙って三人とも引き上げる。歩きながら立花が振り返った。

「俺たちも騙されたみたいにして、来たくもない中国に引っぱってこられたんだから、被害者だよな」

上條が、首を横に振った。「うんにゃ、被害者とばかりは言えんだろ」

立花が反発した。「えっ、なぜだよ、別に俺たち、そんな悪いことなんかしてないぜ」

上條は、「いやいや」と首をまた横に振った。「でもよ、中国人からしたら、勝手に満州国だなんて国をデッチ上げて、関東軍がそれを支えていたんだろ。俺たち、その関東軍の兵隊だったんだから、さんざん悪いことをした仲間なんだから、中国人からしたら、俺たちも加害者と見るのが当然だろ」

「そっかなあ、俺たちみたいな下っ端《ぱ》でも加害者になるんかな……」

久が元気のない声でつぶやいた。上條は空《カラ》元気を出した。

「だって、軍隊っていうのは兵隊で成り立っていて、その軍隊が悪いことしたら、やっぱり、ほら連帯責任というやつだろ」

「うーん」、立花は空を見上げて、うなった。「いったいぜんたい、何のために戦争なんか始めたのかな。俺たち、下っ端は、いつだって貧乏籤《くじ》引かされるんだよな」

「そうそう」、久もそれには、まったく同感だった。そして、前から気になっていたことを上條に問いかけた。

「その従軍手帳にずっと書いてるんか」

「おう」と返事が返ってきた。几帳面な上條は従軍手帳を肌身離さず、暇を見つけては細かい字で書き込んでいる。少なくない日本兵が日記をつけた。死んだ日本兵が身につけていた従軍手帳や日記を押収したアメリカ軍は、日本兵の精神状態や作戦の動向を探る手がかりとした。

三又村下青木

お昼にコーリャン飯を食べたあとは大休止だ。三人で座って「お国自慢」をはじめた。久は故郷の三又村下青木の良さをとうとうと語る。立花と上條は途中で茶々《チャチャ》を入れながらも、じっと最後まで聞く。なにしろ、他にすることはないのだから、時間をかけて、たっぷり故郷自慢をしあう。これが、今の最大の楽しみだ。

悠久に流れる筑後川に抱かれて豊かに実る筑後平野、その真中に三潴《みずま》郡三又村はある。暴れ川の筑後川から運んで来る豊沃《ほうよく》な土壌のおかげで、昔からこの地に人々は住みつき、田を耕してきた。三又村の地名は、筑後川に由来するもので、筑後川が下流近くで二つに分かれ、大中島を抱いた格好で川が三又になっていることによる。三又村の田圃《たんぼ》は、昔も今も整然としているが、これは律令制国家の下での条理制の遺構。筑後川とそれにつながる縦横に走るクリーク（堀）のお

永尾さん山（1993年3月26日）

かげで肥沃な土壌に恵まれ、米作中心の農業が先祖代々営まれてきた。見渡す限り田圃の広がる平野は途中に遮《さえぎ》るものもなく、筑後川をはさんで遠く背振《せぶり》山の麓まで続く、まことにのどかな大平原の田園地帯。久は遠くまで広がる三又村の緑したたる田圃を思い出し、涙があふれてくるのを抑えきれない。それでも涙声のまま話し続けた。

三又村は、江戸時代に柳川の立花藩から久留米の有馬藩に移されたので、その風習には両方の影響が残っている。１８８４（明治17）年の戸口調査によると、三又村の下青木地区には、１１６戸、６５２人が居住していた。三又村になったのは１８８８（明治21）年のこと。

下青木地区には永尾姓の家が多い。永尾家の由来は、戦国時代に、越後の上杉謙信（別名を長尾影虎という）の一党の落武者たちが流れ流れてこの地にたどり着き定着したことによる。長尾という姓を追手への配慮から、永尾に変えた。長野県出身の上條が、「じゃあ、俺の遠縁にあたるかもな」と、感きわまる声をあげた。

父久平家の屋敷裏の田圃に接して、直径7メートル、高さ3メートルの円形の塚がある。永尾さん山とも呼ばれる、この小さな塚には十数本の低木のツツジのほか、大人の手で二かかえほどもある大きな榎《えのき》がそびえ立っている。ここは、落武者の一人、永尾六郎為影の居館跡で、塚の下には武具などが埋められている。その頂上には石造りの武神が祀られ、掘れば先祖の祟《たた》りがあるという言い伝えがあるため、誰も手をつけない。祀られているのは、「昭和15年12月建立」と彫られている、いかにも凛凛《りり》しい若者の武者像だ。

久平の父の久蔵は、ただひたすら百姓仕事に打ち込み、がむしゃらに働いた。田圃で精一杯仕事をして、くたくたになって家に帰りついても、草鞋《わらじ》をつくったり、縄ないや筵《むしろ》編みなどの仕事に夜遅くまで頑張った。そんなわけで、村の人たちは久蔵のことを「三五日さん」と呼んだ。「三五日さん」とは、1ヶ月が三五日もあるくらいに他人よりも余計に働いている、という意味。

若武者像

久蔵の目覚ましい働きによって、屋敷内に土蔵を2つも建てることができた。

久蔵の土蔵の道端に大きな楠《くすのき》があり、遠くからもよく見え、「あれが三五日さんのところの大楠《おおぐす》だ」と近隣の人々は目印とする。

永尾さん山では、永尾さん祭りが毎年3月9日に行われる。永尾さん山にモッコでかついだ土を奉納したあと、着物を着替え、みなで集まり飲食する。この永尾さん祭りのときに出る食事は品数から献立まで、百年前から同じという定法がある。かつては鯨肉を使った蓋物だったが、近頃はイリコを使い、からし菜の油いため料理だ。黒塗りのお膳に黒塗りのお椀に盛って出される。今では菜っ葉のおひたしでも十分に御馳走だ。

この日は、永尾さん山の入り口から頂上まで両側に提灯がぶら下がり、その側には手洗い場も設けられ、それぞれの永尾家から、そろっておまいりに集まってくる。これは、永尾という名のつく家全部のお祭りなのだ。この祭りは令和の現在も続いている。永尾さん山にあった榎は切られてしまったが、若武者像は今日《こんにち》も健在だ。

ところで、永尾さん祭りで土を奉納できるのは男だけ。女は不浄の存在と見られ、神聖な塚を汚すという、女人禁制の塚だ。女の子ですら山に登るのを禁じられる。親は女の子に対して、永尾さん山に登ると怪我をするから登ってはいけないときつく申し渡す。ところが、久の姉妹たちはそんな親の注意などどこ吹く風と聞き流し、かえってスリルを楽しみ面白がって塚に登る。うちの妹たちは、とんでもない、お転婆娘《てんばむすめ》たちなんだから……。久は姉妹たちを思い出し、はるか遠くを見る目になっている。真向かいで聞いていた立花は自分にも妹がいるらしく、両眼に涙があふれんばかりだし、上條は「ううっ」と息を詰まらせたあと、黙って下を向いている。

次は立花の番だ。立花は耶馬渓《やばけい》がいかに絶景なところか、熱弁を振るった。なにしろ、日本三大奇勝の一つなのだ。そして禅海和尚《おしょう》がノミ一本で掘り抜いたトンネル、青の洞門がある。菊池寛が『恩讐《おんしゅう》の彼方に』を発表して、日本全国に有名になった。

上條のほうは、なんといっても松本城を自慢する。戦国時代からの風雪に耐えた五重六層の大天守閣の壮厳さはたとえようもない。そして日本アルプスを望み、美しい高原が広がっている。ああ、温泉もたくさんあるし……。

立花が、温泉なら大分にだってたくさんあるぜとまぜっかえした。いやあ、ゆっくり温泉に浸かりたいものだなあ……、三人とも、思いは共通し、声が出なくなった。

「けえりてえなあ」と上條がつぶやいた。「それ信州弁か」と久が声をかけると、上條は「信州はズラ言葉といって、ズラをよく使うんだわ」と応じた。そして、急にしんみりした表情になった。

「妹のやつが満州に行きたい、開拓団で働きたい、お国のために役に立ちたいって言い出したのには驚いたよ。もちろん、家族みんなで必死で止めた」

久は驚いた。「ええっ、どうしてそんなこと言い出したのか？」

「妹は出戻りなんだ。それで家の中で肩身の狭い思いをしていたらしい。家族はそうでもなかったんだけど……。自分の食い扶持《ぶち》くらいは自分で何とかしようと考えたようなんだ」

立花が身を乗り出してきた。「でも、よりによって満州の開拓団なんかに、よく行こうって気になったたな、信じられない……」

上條は、うんうんと頭を軽く上下させた。「なんかこう、新天地っていう言葉に憧れたんじゃないかな。軍国少女だったから、御国《おくに》のために役に立ちたいと言ってた。ともかく妹は世間知らずで、村でも肩身が狭く感じていて、そこから必死で抜け出そうと考えたみたいだ」

なーるほど、と久は思った。「やめさせて良かったな。こっちに来ていたら、あの避難民の一人になって、とても生きて帰れる保証なんてないし……」

「若い女だと、とくにいろいろ狙われて大変だからな」、立花も身をぶるっと震わせた。

招待所

やがて、どこからともなく八路軍の兵士が2人やって来て、久たちと一緒に行くと言い、赤目の兵士たちは姿を消して総勢5人となった。もちろん、兵士たちは小銃や拳銃を持っている。丘を越え小川を渡り、日本軍流に言えば強行軍。昼ご飯なし、小休止なし、歩くばかり。彼らは遠くの高い丘を指さして進む。地平線まで原野。そこを、夕方すぎて暗くなっても歩く。暗闇の草地は歩きづらい。仲間同士で話すこともない。とてもそんな心の余裕はない。

真夜中と思われるころ、ぼんやりと街のような煙や水蒸気らしきものが上がっているのが見えるようになった。小休止するだけで歩き続ける。夜明け前、招待所にやっと到着した。五右衛門風呂のような直径1メートルもある竈《カマド》で肉を煮ていて、そこへ吸い寄せられた。「食べろ、食べろ」と言ってすすめてくれたので、久たちは遠慮せず、存分に食べた。初めての大食い。喉まであがって来るほど食い溜めをした。ここで、久しぶりに顔を洗い、髭《ひげ》をそった。人心地を取り戻して、周囲を見まわす。ここは一体どこだろう……。

「1ヶ月ぐらい歩いたもんな、双遼か通遼だろう。街が大きい」（中国では、町ではなく、街と言う）。兵士に訊くと、四平《スーピン》の西の鄭家屯《ていかとん》だった。鉄嶺よりは北に位置する。ここには日本の領事館があった。満州国時代は匪賊が出没していて、そのため交通が途絶えがちだった。

「すぐに停車場へ行け」と言われて行くと、着いたところで無蓋貨車が荷物を積み込んでいる。久たち三人は急いで最後尾の貨車に乗り、ホームにいた人みんなが乗り込むのを待った。天気は良いし、快い疲れ。緊張はしていて、眠るなよとお互い目配せした。やっと昼前に出発。のろのろと走り、北方へ向かう。貨車の八路軍は機関銃を据えて構え、ときどき空に向けて連射していた。見まわしても、どこにも敵がいる気配はない。いったい何してるんだろう。

久が真向かいの立花に話しかけた。

「いま、中国人同士で戦争してるんだけど、戦争って、やっぱりどっちかが悪いってことで始まるものなんかな……」

立花はためらうことなく答えた。

「そりゃあ、俺たち、こうやって八路軍と一緒になって歩いていて、実際お世話になってるんだから、八路軍のほうを正しいって身びいきしなきゃあな」

「でも」と久は続けた。「戦争する以外に話し合いで決めるとか、誰かが仲裁に入るとか、ないんかな。あくまで、殺し合いをしないと解決できないものなんかなあ……」

上條は、「戦争なんか、もうしてほしくなんかないよ、まったく。ホント、コリゴリだぜ」と吐き捨てるように言った。

久は何かを思い出したようだ。

「ほら、死体がころがっているのを見ても何も感じなくなっちまったよな。これって、まともじゃないと思うんだけど……」

「そうそう」、上條も同調した。「いやあ、ホントだ。なんだか、こう、人間らしいっていうのがなくなっちまって、とてもお天道様《てんと》をきちんと拝めない気がするよ」

立花がガハハと笑いとばした。「いやあ、それはいくらなんでも考えすぎだろ、まったく」

久は「そうかな……、そういうもんかなあ」と頭をかかえた。

「それにしても、軍隊ってところは、一般社会の考え方っていうか、常識っていうもんが通用しないのに驚いた、っていうか呆れたずら」

上條がつぶやくと、立花が「そうだな」と、大きくうなずいた。「命令一下、文句も言わずに突っ込め。これに体が慣らされちまったからな」

久も同感だ。「なんか、人間をつくり変えられてしまった気がする。何も考えない人間に……」

「俺たち、みんな考えない人間になったずら」、上條のつぶやきに立花も久も同感だった。でも、と久は思い直した。上條は従軍手帳をずっと持ってまわっていて、第三者にはとても読めない細字で毎日ひまさえあれば書きつけている。久も書くのは苦にならないが、上條は久をはるかに上回っている。いったい何を書いているのだろうか……。

八路軍の軍事原則

駅で降りて、駅前の招待所で久たちが休んでいると、八路軍の部隊から一人の大柄な兵士がニコニコ顔でやって来た。そして、なんと日本語で話しかけてくる。政治委員だと自己紹介し、趙と名乗った。日本には行ったことはないが、延安で日本語を勉強したという。「日本語の勉強のつもりで少し話したいが、いいか」と問いかける。もちろん、暇だし、知的刺激に飢えている久たちは大歓迎だ。

趙は八路軍について、いろいろ基本的なことを教えてくれた。1937年8月に発足した八路軍という名称は、その後、変わっている。1947年3月、林彪の115師団と新四軍の一部、それに反満抗日遊撃隊を統合して東北民主連軍と称した。そして、同年11月に東北人民解放軍となり、翌48年11月、東北野戦軍となった。しかし、あれこれ名前が変わると読み手が混乱するので、すべて八路軍として話をすすめる。いわば愛称だ。

八路軍の軍事作戦は、途中から毛沢東のかかげる軍事原則が貫かれるようになった。それは、まず先に分散し孤立した敵を攻撃し、あとで集中した強大な敵を攻撃する。先に広大な農村と小都市・中都市を手に入れ、そのあと大都市を手に入れる。敵の兵員の殲滅《せんめつ》を主要な目標とし、都市や地域の保持や奪取は、敵の兵員を殲滅することによって得られる結果で、これを何回も繰り返さないと、最終的に大都市の保持も奪取もできないことが多い。

八路軍の遊撃戦、ゲリラ戦のモットーは、敵が来れば、われ退く（敵進我退）、敵が止まれば、われ乱す（敵拠我擾）、敵が疲れたら、われ撃つ（敵疲我打）、敵が逃げれば、われ追う（敵退我追）だ。強力な敵が攻めてくれば、逃げの一手。弱小の敵には大勢で攻めて、これを叩く。敵が進攻してくれば逃げ、止まればこれを攪乱《かくらん》し、逃げれば追って殲滅する。ひたすら、これだけ、これを文字どおり忠実に実行する。遊撃戦において、適切なときに命令が届くと思ってはいけない。前に出るのか退くのか、撃つのか耐えるのか、各自で判断しなければいけない。そのためには、身体が反射的に、かつ正しく動くようになるまで何度も繰り返し訓練しておく。

八路軍は勝てる見込みのない戦闘はしない、してはいけない。「負けて逃げる」のではなく、「勝つために遠まわりする」だけ。なので、悲壮感ただよう雰囲気はない。八路軍の兵士は「戦えば必ず勝つ」という確信をもち、底抜けに明るく、楽天的だ。一人ひとりの顔は明るく輝き、その足取りはまるでピクニックにでも行くかのように軽い。連戦連決で戦う殲滅戦をしていると自負する。味方の犠牲は一人でも少なくしながら、敵の指を一本ずつ、短い時間に根元から断ち切る。趙はまだ30代の若さなのに、老成した雰囲気で、戦闘芸術なんだよと涼しい顔で言い切った。「やりばえのある戦闘をしよう」というのが、自分たちのスローガンなんだ。趙の顔は自信に満ち満ちている。

趙は、日本軍との戦いをどう進めたのかについても久たちに教えてくれた。部落で待ち伏せしていたときのこと。自転車隊として先行していた古年次兵の分隊はやり過ごし、後に続く初年兵中心の本隊が部落前面50メートルにさしかかったところで、三方から一斉射撃する。こうやって中隊長以下の全員を倒した。これは百団大戦のあとの戦闘らしい。華北では解放区に長大な地下坑道を構築し、日本軍が侵攻してきたら坑道を使って退避して背後にまわり日本軍を奇襲攻撃する。スズメ戦という散発的な射撃をして日本軍を挑発し、日本軍が部落に侵攻してきたら包囲して全滅させる。なるほど、こうやって八路軍は頭脳戦をすすめたんだな、久は納得した。趙は、さらに話を続けた。

作戦にあたっては、武器・弾薬がそろっていること、兵士の士気が高いことがもちろん必要だが、それとあわせて情報も大切。たとえば、日本軍の兵士の出身地域はどこか、現役兵中心か、予備役中心か、指揮官は誰か、実戦経験が豊富かどうかを調べあげる。指揮官に実戦経験が乏しいと、士官学校で習った戦術をそのまま適用して兵士に戦死者が続出する。状況判断能力に欠けていたり、火砲の使い方に習熟していない指揮官だと見抜いて攻撃する。そして、日本軍の拠点を攻撃するときは、あらかじめ歩兵部隊を肉薄させておいて、迫撃砲の集中攻撃によって日本軍の機関銃陣地を制圧したうえで、待機していた大勢の歩兵が一挙に拠点に突入していく。日本軍の拠点は、どこも兵力不足なので防衛線は全滅の憂き目にあうことになる。

そうか、戦闘は情報戦でもあるのか、久はよくよく納得できた。

趙は日本軍の強さもよく理解していた。八路軍と違って日本軍は兵士の9割以上が教育を受けているから、陣地の設営方法、火薬量の計算、地図上の距離の算出方法、救急処置の仕方、山砲の使い方とその手入れなど、兵士の一人ひとりが理解している。こんな兵士をかかえる軍隊は強いに決まっている。そこが八路軍とまったく違う。趙は久にニッコリ笑いかけた。

久たちは再び貨車に乗る。

開通の紡績工場

日増しに春めいて、柳の木々が少し緑がかってきた。1946年3月のこと。日暮れころ、開《カイ》通《トン》駅に停車し、街まで歩く。駅には駅舎があるだけで、周囲は何もない。開通は蒙古の入口で、八路軍による解放区になっている。八路軍の招待所で粟飯を食べる。慣れたら粟飯もうまいもので、たきたては香ばしく、味もある。量はたっぷりあり、腹一杯になった。

八路軍の幹部に、「働きたい」と3人で毎日のように意見を代わる代わる出した。お金も煙草もなく、不自由なことばかり。毎日毎日、何もしないのはどうしようもなく退屈だ。ここに近い都会は洮南《タオナン》市だが、50キロ以上も離れていて、そんな遠いところまで行けるはずもない。

「やっぱり残ったのは間違いだったのかな」

久も、そう思わないでもなかったが、口から出た言葉は違った。

「だけど、あのまんまいたら、俺たちだってシベリア送りになってたかもしれんだろ」

立花が首をかしげた。「うーん、だけど、もうシベリア送りは終わってたんじゃないのか」

「いやいや」、上條が「でも、日本に早く帰れることになったのかな、どうなんだろうか……」

と、心のモヤモヤを吐き出した。久はまたまた同じ思いだったけど、今度も思いとは別のことが言葉になった。

「今さら、あのときの決断をくよくよ後悔したって、もう、はじまらんだろ、きっと……」

立花がガハハと豪快に笑った。「そりゃあ、そうだ。ともかく、こうやって三人ともそろって無事なことを喜ぶべきなんじゃないのか」

それもそうだと久は思った。一寸先は闇というのは三又村でも感じてきたことだし……。上條が「それにしても」と話を引きとった。

「仕事をしないというのは実に辛いことなんだと、つくづく分かったよ。八路軍は、いったい俺たちをどうしようっていうんだろ」

立花が胸をそらした。「蒋介石との戦争がケリのつくまで、少なくとも満州全部を八路軍がおさえなければ、工場どころじゃない、ということだろ、きっと……」

久も同感で、「まあ、仕方ないよな」と言った。

上條は最近、なんだか、いやに力の抜けていく思いに駆られている。「モグラ兵舎で一日中、何もしないのに耐えられないから、八路軍の要求に応じたのに、ここでも、こうやって仕事がないなんて、まったくついてないね、俺たち……」

野菜不足を補うため、久たちは近くの小山で芥子菜《カラシナ》や野生ネギ、スベリヒユなどの野草を摘んできて、芥子菜を炒め、スベリヒユを湯にくぐらせて冷菜にし、またネギを漬物にしたり、いろいろ3人で工夫して食べてみた。料理は久もできるが、上條が断然うまい。久は野菜づくりには自信があった。これは九大農学部の聴講生として3ヶ月間だけだが通ったのが役立った。やはり、その道の専門家に学ぶと違ってくる。

立花がタンポポが新芽を出しているのを見つけて久に指さした。

「新芽をさっと茹《ゆ》でて水にさらし、アクを抜くと美味しく食べられるんだ。豚肉の細切りと一緒に油で炒めると、春を味わえるぞ」、立花はゴクンと喉《のど》を鳴らした。

ある日、ものすごい烈風が吹き荒れた。恐ろしいほどの強風だ。これが噂のモンクーホン（蒙古風）。そばにいた八路軍の兵士が親切に教えてくれた。久の中国語も、かなり話せるようになった。3月から4月にかけて吹く強風だ。路上にあった馬糞が乾燥していると、舞い上がって埃《ホコリ》となり、先が見えなくなるほどだ。

八路軍の幹部が来て、働く所があると言って、そこへ連れていかれた。ここには数多くの日本人がいるという。八路軍に参加してから日本人を見るのは初めてだった。うしろ姿が中国人とは違う。この街にも電気が来ていず夜は暗闇のなかで寝る。1953年4月の時点でも、電灯のあるのは、満州でいうと、奉天、瀋陽、鉄嶺くらいだった。1949（昭和24）年、中国全土の発電総量は43億キロワットにすぎない。このとき日本は420億キロワットで、中部電力だけでも30億キロワットだった。

日本人は、男が3人、その連れらしい若い娘たちが5、6人ほどいて、みな男の服を着ている。恐らく少女が5、6人、それに少年が2、3人いた。満蒙開拓団の青少年義勇軍にいた少年たちだろう。娘といっても頭は男のように刈り上げている。このなかに、後に久の妻になるつる子もいたらしい。日本人の男女同士で話すことは厳禁なので、話していない。中国共産党は男女の風紀にことのほか厳格だ。上條は娘たちの会話のなかに長野出身者らしい言葉を聞きつけたが、あえて無関心を装った。

民家を改造して紡績工場にするという。行ってみると、元は地主の家だったのだろう。広い庭のある大邸宅で、内部の仕切りを取り払ったら、それなりの広さがある。元からの紡績工場が別にあるが、新しく増設するということらしい。立花と上條の2人は大工として部屋を広くするために働く。久は雑役で、彼らの手伝いやら清掃やら、のんきなもの。

なにやら白いふわふわしたものが空中を漂っている。なんだろう。久が両手で、そのふわふわを捕まえてみると、白い綿毛だ。ちょうど家の中から出てきた立花に見せると、「ああ、それは柳絮《りゅうじょ》だ。揚柳の種子を包んだものだ」と教えてくれた。満州の晩春を彩る風物詩。

馬車《マーチョ》で駅から布を織る機械を運んできた。20台も運んできただろうか。天井にシャフトを取り付け、機械を据え付ける。この街には電気が来てないのにどうやって回すのか、久は不思議に思った。

何日かあとの朝早く、八路軍の兵士が来て、一緒に行こうと誘う。馬車の御者は老百姓、つまり普通の農民で、久たち3人は隣の街まで行く。草も緑を増し、とても良い気分だ。鍛冶屋のような小さな鉄工所に着いた。そこにソ連軍の徴発を免れたクボタ製の低速10馬力の石油発動機があり、これを持って帰るという。ガソリンをもらって回してみるとドドドと元気に派手な音をたてて調子よくまわった。隣に100ボルトの発電機もあり、こちらも試運転してみると立派に動いたので、いったん全部分解して帰途についた。分解するのに手間がかかり、馬車に積み込むときには暗くなっていた。小さな馬車では荷が重すぎて積みかえして夜中の道を行く。護衛の八路軍兵士はピストルを持っているので、怖くはない。

工場に戻ると、久は中国人の助手をつけてもらって組み立てる。まずは磨いたり、油で洗ったりして、それだけで一日かかった。それでも部品は完全だし、良好だった。なんとか組み立て、回転数を合わせると電気がついた。糸はビームに巻板のがあった。織機のほうも運転してみると、上々だ。何日かして、別の発電機が到着する。1600回転で40ワット、20燈が点燈したので、これで紡績工場として稼働できる。八路軍の拝長たちは大喜びだ。たちまち評価の上がった久は100人もの労働者を指導することになった。モーターがきちんとまわるようにするには、それなりの計算が必要になるので、一定の知識水準が必要だ。その点、中国人は意欲があっても、学力に乏しく、まかせることがまだ出来ない。久は工兵隊で働いた経験も生かしつつ働きはじめ、紡績工場で大いに役に立つ技術者として重宝がられた。

5月、凍っていた川が一夜にして溶け出し、川面はたちまち茶色に濁った。柳の芽が元気よく出はじめたころ、紡績工場で働く冨川《ふかわ》つる子は同僚の万藤むつ子たちと連れだって、自分たちとは別の小さな工場で働いている日本人の男性を見に行った。まったくの若い女の子らしい好奇心からだ。嫁さんをもらったけれど、一晩一緒に寝ただけで中国へ渡ってきた男がいるという噂話を聞いていた。その男は自分でメリケン袋をあわせてつくったTシャツを着ていて、そのシャツのうしろには赤い字がマークのようについていた。自分でつくったという日本でよく見かけるゲタもはいている。それが久だった。でも、このとき二人が話したことはない。遠くから眺めるように見ただけ。

紡績工場がなんとか軌道に乗りかけたなと思っていると、八路軍の排長が来て、いきなり移動すると言う。国共内戦は依然として続いているのは知っていたが、まだ八路軍が圧倒しているのではないようだ。馬車がたくさん来て、機械を分解して運び出す。その日、列車で北方へ行った。夜も少し暖かくなっていた。下車したところは再び洮南駅。街で一番高い洋風の二階建家屋の二階が住まい。仕事しろと言われないので、10日も遊んだだか。部屋にものすごいノミがいて困った。久たちと一緒に行動している青少年義勇軍にいたという森部はいかにも小柄な身体つきで、幅30

センチ、長さ2メートルの寝床から落下しても、そのまま眠りこけていた。さすがに少年はよく眠るものだと、久は呆《あき》れた。しかし、そこもやがてさようなら。

また汽車に乗り、北へ行く。今度は白城子に到着した。このまま泊まると言う。早速、白城子街の見学に出かけた。白城子には八路軍に加わった6人ほどの元日本兵も来ていて、蔣介石の国民党軍に追われて逃げてきたと言った。八路軍は四平を攻めたが、攻略できずに敗退した。1946年5月半ばのことだ。ここ白城子は八路軍がおさえているため、治安は良い。もとは関東軍のものだった建物が全部壊されていた。帰り道に、朝鮮人が田植えしたばかりの稲田があり、手を水につけたら冷たかった。あまりに水が冷たいと稲の生育は遅れる。

朝、顔を洗い、指で歯を磨く。洗濯には困った。石鹸がない。マッチもなく、煙草はレンズで火をつける。夜はマッチがなく、レンズも駄目なので煙草を吸うことはできない。お金もないけれど、モノがまったくない世界だ。移動のときは洗濯も洗顔もできない。神経質で気の短い上條は、いつも一人ぶつぶつと文句を言っている。もう1人の立花のほうは何日も顔を洗わなくても平気。そんなことで死にはしないとウソぶいている。久は、その中間だが、やはり顔くらい朝に洗って、さっぱりしたい。

立花が座ったまま、両手を大きく伸ばした。

「なんか、甘い物、食べたいよな」

久も、まったく同感だ。もう何年も甘い物を口にしていない気がしている。

「うん、うん。ほら、ぜんざい。甘い、甘いやつ。たっぷり小豆《あずき》を入れて、小さな丸餅《まるもち》も焼いてすぐに入れておいて、アツアツ、アッチッチと言いながら……」

久が落語家よろしく身ぶり手ぶりで再現する。上條が目を細める。「村のお祭りの日は大変なごちそうだった。子どものころは酒が飲めなくて、飲んで踊り出す大人たちがうらやましくて仕方なかった」

「いやあ」、立花が頭を大きく上下させる。「思い出すぜ、村のお祭りを……」

だけど、ここは広い広い大平原、見渡す限り畑と荒地……。

急に上條が話題を変えた。

「日本も中国・満州に何か良いことをしてやったんかな……」

立花が、「荒地を農地に変えてやったとか、少しはあるんじゃないか……」と言ったのを久が聞きとがめた。

「でも、戦争になったら、畑を耕すどころじゃなくなったし……。やっぱり、ダメにしたほうが大きいんじゃないのか」

「でも」と立花が少しムキになった。「工場なんかは日本人がつくってやったのがいっぱいあるんじゃないの……」

「だけどな」と久は、納得しない。「中国人がそれをきちんと利用できているのか、それで生活が楽になったと言えるか、よくよく考え直したほうがいいんじゃないのか」

立花は、黙り込んでしまった。

元日本兵たちは八路軍とともに立ち去り、久たち3人だけが取り残された。白城子は灰色の街で、表通りは広い道路でも、一歩横に入ると、人がやっと通れるほどの小道が縦に横に曲がりくねっていて、あるはずの出口がなかなか見つからない。立花が、「ここにあった満鉄社宅がどうなっているか見に行こう」と言い出した。そこで、三人そろって街を探し歩いた。ようやく探し当てた社宅の建物はそのまま残っていたが、中には中国人家族が住んでいて、「日本人全部帰国完了」と繰り返して取りつく島もない。三人が帰ろうとしていると、民家の前に人だかりがしていて、なかの人が大声で叫んでいる様子が見えた。何だろうかと思って久が近づくと、中国人の中年女性二人が路上で大声で叫びながら口ゲンカしているのを近所の人が集まってきて見物している。うしろにいた立花が、「ケンカの見物はひまつぶしにもってこいだな」と、つぶやいた。

久と井上哲彦

またまた、八路軍に従って移動することになった。「いやあ、今度はどこへいくんだろう……」。立花がのんびりした口調で久に問いかけてきた。行った先は前にいた開通だった。久たちが開通に戻ってみると、紡績工場は無事で、前にいた日本人たち男女も同じ顔ぶれがそろっていた。久たちに遅れて避難したが、一足早く戻ってきていた。そこに元日本兵が2人新しく加わっている。1人は、鹿児島の人で、もう1人は福岡県糸島出身の井上哲彦といった。井上は久原村の村長の息子だというが、久たち補充兵と違って、現役入隊で、とても元気がいい。

つる子

つる子は1923（大正12）年4月16日に静岡県（今の駿東郡小山町）に生まれ、沼津の紡績工場でタイピストとして働いていたが、中国大陸にあこがれて満州に渡った。「王道楽土」の夢を見る乙女として……。実のところ、日本の給料の3倍もらえるという話に惹《ひ》かれたのだ。1944（昭和19）年9月、つる子が21歳のときのこと。6ヶ月の契約だったが、つる子はそのまま満州に居ついた。来てみると、読んだり聞いたりしていた憧れの大陸生活との落差はひどかった。内地での生活も楽ではなかったが、ここはまた一段と生活レベルが低い。かといって日本に戻っても、仕事も住居もあるか分からないので、そのまま中国で暮らすことにした。貧しい実家に戻るという選択肢は、つる子にはなかった。日本にいたときと同じく紡績工場に雇ってもらった。今度は事務員ではなく、現場の女工として働いた。

終戦の少し前から、中国人の工員から「お前たちは負けたぞ。死ぬことになるぞ」とつる子は脅されていた。8月9日、ソ連軍が満州北部に進攻してきたことは、すぐに噂で知った。敗戦の4、5日前から、ご飯をまともに食べる人もいなくなり、みんな帰国の用意をはじめた。8月15日の日本敗戦を告げる天皇の放送は、龍という名前の満州人事務員が「やっぱり日本は負けたよ」と教えてくれた。それを聞いて、つる子は、へなへなと力が抜けてしまい、とても立ってはいられなかった。

敗戦後まもなくソ連軍が入ってきた。ソ連軍の巨大な戦車が朝から晩まで、目の前を同じ50メートル間隔で行進していく。つる子はその様子を見て「日本は本当にバカだ」と思った。こんなに大量の武器をもっている国と戦争して勝てるはずがないとつくづく実感した。

何日かして、日本人の元将校が紡績工場に2人やってきて「女を出せ。女を貸してくれ」と要求した。「日本軍は負けたのに何しに来た。貸すような女はいない。みんな工場に欠かせない人間だ」と工場の幹部が拒絶した。将校は怒って日本刀をつきつけたが、幹部も引き下がらなかった。ようやく将校を追い返したあと、「あんな将校のような人間がいるから、日本は負けたんだ」と皆でののしった。

つる子

すぐに、ソ連軍の兵士たちが工場に女性がいると知って押しかけてきた。女性たちは知らせを聞いて天井裏に隠れたが、2人が逃げ遅れてつかまってしまった。あとで助けに行ったら、1人の女性はレンガ塀の奥に押し込まれてひどく出血していた。立ち上がれない状態だった。つる子はその大出血を見て、「なぜ、あんなに血が出ているのか?」と周囲の人にたずねたが、誰も答えてくれなかった。つる子にはまだ強姦という意味が分かっていなかった。それでも、ともかく戦争とはむごいものだとつる子はつくづく思った。強姦された女性は、どちらもおとなしい、やさしい女性で、きれいな字を書いていた。2人ともすっかり気落ちしてしまい、それからまもなく腸チフスにかかって

2人は次々に亡くなった。

紡績工場の機械設備をソ連軍が全部はずして持っていこうとするのには、みんなで抵抗した。責任者のソ連軍の将校に誰かが仕入れてきたウォッカを何本か渡すと、「ハラショー」と言いながら、古い機械だけは残してくれた。

やがてソ連軍がいなくなると、今度は八路軍が工場にやってきた。若い将校が、つる子の胸にピストルをつきつけて、「八路軍に忠か不忠か?」と質問した。つる子は血の気がスーッと下がった。

残った古い機械をなんとか修理して、元通りとまではいかないが、ぼちぼち紡績工場らしく操業を再開した。

モンゴル自治区

久たちは開通《カイトン》からまたもや立ち去ることになった。工場は設備をみんな残して人間だけ移動する。今度は、北側のチチハル方面でなく、白城子から西の蒙古方面行きの白温線で行き、王爺廟《ワンヤメヨウ》駅で降りる。小さな駅前に、馬車が集まっている。列車にはものすごい荷物を積んでいて、護衛なのか八路軍の兵士も大勢乗っていた。駅前に多数の馬車《マーチョ》が集まってきた。馬1頭立て、2頭立て、3頭立て、4頭立てと、いろいろだ。馬の鞍にヨモギ縄を下げて煙を出している。砂漠は蚊が多いところなのだ。久たちは、それぞれ馬の強そうなマーチョを選んで乗り込む。すでに先頭の馬車は出発していた。馬は、日本と違ってロバと馬の混血だ。老百姓(一般人)の馬には、いろいろな馬がいる。ロバと馬はラバ。4、5種類はいる。背が低い、背が高い、耳が長い、耳が短い馬。馬車を選ぶのにも、大きさがいろいろあった。純粋の蒙古馬は立派だが、ほとんどが混血馬だ。蒙古人は顔も、皮膚や髪の色も日本人によく似ているので、親近感がある。

砂漠といっても、決して砂ばかりではなく、ススキのような草が生えている。ただ、高さは30センチほどしか伸びていない。立花が勝手に名付けた満州蘭は株になって、ひとかたまりで咲く。丘になっていて、そこそこの起伏があり、土ではなく、小さな砂のようなものからできた原野。丘の裾野は広々としていて一段となったお花畑。紅い百合の花が咲いていると一面、赤ばかり。そうかと思うと、白いヒヤシンスは白一面。種の繁殖と維持によるのだろうか、不思議な光景だ。丘はなだらかなので、それほど高さを感じない。花の好きな立花は先ほどから故郷を思い出して大喜びしている。大分に咲いているのと同じ花だという。

先頭の馬車と後からの馬車が、ときには見えなくなるくらい。道はなく、馬車の通る所が道となる。名前を知らない花が久の心を癒してくれた。さすがの立花も名前を知らないという。大分にはない花だということだ。小高い丘には、一面に芝生のように短い草が登りつめたところにあって、向こうの低地は池になっていた。鳥たちが近くに遠くに、数多く見える。白色レグホンそっくりの鳥は、あまり人を怖がらない。遠くには首の長い、そして足も長い鳥が水辺で人々を見ている。鳥たちは人間から痛い目に遭《あ》ったことがないのだろう。冬や乾季になると、この池の水はなくなるはずだ。少し休んで、先頭は出発した。泊まる家らしきものは見えない。

朝晩は、少し冷えるくらいで、とても良い気候だ。砂漠もまた変化のある旅で、久たちは蒙古人の少女たちから手真似や口真似で中国語を学んだ。5日も6日も過ぎて、ようやく蒙古人の自治政府の役所につく。漢字が5、6字と最後に旗という字が読めた。つまるところ、県の役所だ。近くに漢人の家が2、3軒あった。昼休み、珍しいことばかりなので、漢人の家に寄ってみる。久たちも中国語でなんとか会話できる。お湯も少し飲みたい。すると、お婆さんが2、3歳の女の子を抱いて出てきて、「リーベンレン（日本人）、女、ハイズ（女の子）だ」と言って、差し出した。でも、本人が嫌がった。人見知りが激しい年頃のようだ。幼い子どもに何もしてやれない。久は何もしてやれない自分が悲しくなった。手拭いすら持っていない。兵隊の三角巾一枚が頼り。お婆さんの話では、避難する途中で日本人が多数死んで、その親を亡くした子どものようだ。あとの日本人残留孤児がここにもいた。

「俺たちも早く日本に帰りたいよな」

上條が久に向かって声をかけた。久ももちろん気持ちは同じだ。八路軍への協力が終わったら日本へ帰る。中国に定着するなんて、考えられもしない。

「今ごろ日本はどうなってるのかな」

立花が「すっかり焼け野が原になったって聞いたけど、今はどうなってるんだろうか。アメリカの空襲は徹底してたというけど……」と、立花がいつになく力のない声でボソボソと言った。

「大型の新型爆弾って、すごい威力があったらしいな」

上條が立花に向かって言うと、立花が目を閉じた。

「ゲンバクとかいう奴だな。なんだか町が丸ごと蒸発してなくなったというけど、本当かな。

100年間はペンペン草も生えんげな……」

久も、その話は聞いていた。一つの町が消えてしまうなんて、想像もできない。

「アメリカってすごい国なんだな。そんな国と戦争するなんて、間違いもいいところだったな」

立花がひとり「うん、うん」とうなずいた。

「まあ、真珠湾のときは、勝った、勝ったと言って、みんなで浮かれていたけどな」

上條の言葉に、久が「それもいっときだったばい」と付け加えた。

空に飛行機が一機飛んできた。双胴で、ものすごく速い戦闘機だ。あっという間に見えなくなった。

急に気温が高くなり、揚柳の若芽とネコヤナギがふくらみ、山も野も緑の新芽で覆われはじめ、一面の緑で華やいだ雰囲気になる。枯草のなかから早咲きの花、スズランや雪割草が顔を出してきた。ワラビも一面に見える。タンポポ、スミレと、春と初夏の花が同時に一斉に咲き出し、見渡すかぎりの花園に一変した。このあたりはオアシスらしく、楡《ニレ》の木が点々とあり、砂地。そして、芍薬《しゃくやく》の白い花盛りだ。2、3メートルほど離れていても、白く咲く姿は見事。次の丘は真紅そして純白の百合の花で一杯、そして真黄色の山百合も、さらに次の丘は紫色のヒヤシンス、また次の丘はアンズの実が色づく前の青い実が鈴なり。久が一粒だけ口に入れてみると、酸っぱく苦かった。いっとき楽園にいるかと錯覚した。

髭が伸び放題で、そのうえ、いかにもごつい顔つきの立花は本当に見かけによらず、花が大好きで、花の名前を実によく知っている。きれいな花をながめて立ち去りがたい様子だ。でも、そうはいかない。砂地なので車輪がのめりこんで、馬車は進むのに苦労している。

八路軍の構成

久たちが蒙古人の集落で大休止していると、八路軍の大部隊が合流した。すると、またまた政治委員の趙がニコニコ顔でやってきた。ありがたいことに、よほど日本に留学したときの印象が良かったようだ。もちろん中国人に対する差別も経験しているらしいが、そのことは、あまり言いたくないようなのが、久には救いだ。前に続いて、八路軍とはどんな組織なのかを解説してくれる。いつのまにか徳川もそばに来ていた。

八路軍の戦闘行動の基本単位は団、これは日本でいう連隊。一つの団には、3つの戦闘営（大隊）がある。ほかに、団直属の警備中隊、歩兵砲、対戦車砲、八二式迫撃砲を装備した1個中隊、そして通信隊、便衣隊、供衛処、これは供給と衛生部門がある。一つの営（大隊）には、3個連と重機関銃、60式迫撃砲を装備した1個中隊をともなっている。一つの連（中隊）には、3個排と軽機関銃、バズーカ砲をもつ1個排がある。一つの排（小隊）には、3つの班と軽機関銃か自動小銃をもつ班がある。3人で1組、3組で1班、3班で1排、3排で1連という仕組みだ。団（連隊）を3つあわせて師（旅団）とし、7千から8千人が所属する。師の上を縦隊（師団）と呼び、満州には12縦隊がいる。

連には正副連長のほか必ず政治委員が1人いる。この政治委員は、共産党の支部の書記であり、連長（中隊長）と同等に扱われ、連に起きたことの政治的責任をとらされる。八路軍の兵士の2

割から3割が共産党員か党員候補で、週に1回ほど幹部党員と一緒に細胞会議を開く。

対比させて日本陸軍の構成を紹介すると、師団は平時に9千人で、戦時は1万3千人。その内訳は3千人の連隊が3個、そのほか砲兵連隊と混成旅団がいる。指揮官は、小隊が少尉、中隊が中尉、大隊は大尉または少佐、連隊は大佐、旅団は少将、師団は中将。軍司令官も中将で、関東軍総司令官は大将。

元日本軍少年兵の徳川も話に加わった。八路軍に参加して感じたのは、八路軍が貧しいだけでなく、階級差のほとんどない、平等《フラット》な組織だということ。これには腰を抜かすほど驚いたという。久に向かって、「日本軍ではとても考えられない状況ですよね。たとえば、ほら見てください。八路軍の将兵の服装は、階級章がついていない、肩にも襟にもないでしょ。そもそも八路軍には階級がないんです。みんな国民の『子弟兵《ヅティピン》』なんです。日本軍は、肩か襟に必ず階級を明示してましたよね」。久は大きくうなずいた。ソ連兵のほうは将校のなかには金モールの階級章をつけ、胸にいくつもの勲章をぶら下げ誇らしげだった。同じ共産党の軍隊でも大きく違っているのを久は不思議に思った。

それでも、服装は、よく見ると将校と一般兵士では、布地が違うだけでなく、作り方まで違う。一般兵士の服は、織り方が少なく、少し粗い粗布（地織りの布）を使っている。小隊長、中隊長、大隊長クラスは機械織りの細布を用い、縫い方が少しこみいっている。連隊長や旅団長クラスとなると、服装からして、かなり目立つ。冬は毛皮製品をたくさん使い、布地も毛織物が多く、遠くにいても、一見して位が上のほうの将校だと分かる。また、連隊長以上の幹部には、そのそばに20歳前後の護衛員（ボディガード）が両肩からモーゼル拳銃を2挺さげて立っている。

道ですれ違っても、日本軍のように立ちとどまって敬礼しなければいけないということはなく、固くなる必要もない。実際、徳川は馬に乗って行軍中の団長（連隊長）とすれ違ったとき、遠慮なく声をかけてからかったところ、団長のほうも気安く対応したという。

三大規律と八項注意

八路軍の兵士は「三大規律《サンターチーリー》、八項注意《パシャンチュウイ》」をよく守る。その規律の良いことに、元日本兵の久は驚くばかりだ。徳川が「三大規律、八項注意」の歌をうたいはじめた。中国共産党の軍隊がまだ江西省にいて「紅兵」と呼ばれ、国民党軍の包囲攻撃を受けていたときに、兵士の一人ひとりが遵守《じゅんしゅ》すべき注意事項を列挙したものに曲符をつけて、行軍中にも歌えるようにした歌だ。各項目とも、身近なことばかり、いずれも人民の生活に密着したもので、人民に奉仕すべき兵士が人民に迷惑をかけることは絶対にしてはならないと戒《いまし》めている。学問のない兵士にもよく理解できるように日常会話の言葉による歌詞だ。革命軍人は心得よ、三大規律、八項注意。第一に、行動は一切指揮に従え、一糸乱れぬ行動が勝利を生む。第二に、民衆の物を盗むな、民衆は我らを援護し歓喜で迎えるのだから……。徳川は声変わり前の甲高い声で最後までうたい通した。

規律の第一、「一切行動聴指揮」。いっさいの行動は上部の指揮にしたがうこと。第二、「不拿群衆一針一線」。大衆のものは針一本、糸一筋も盗まないこと。第三、「一切繳獲要帰公」。いっさいの戦利品は公のものとすること。

つぎに、八項注意とは、第一、下品なコトバづかいをしてはいけない。第二、ものを買いあげるときは、相場でお金を払う、ただで取りあげてはいけない。第三、借りたものは、返す。第四、ものを壊したら、弁償する。第五、殴ったり、罵《ののし》ったりしてはいけない。第六、農作物があるところは避けて戦う、行軍するときも同じ。第七、女性にちょっかいを出したら銃殺。第八、捕虜を殴ったり、侮辱してはいけない。いやあ、さすがだ。よく考えられている。久は驚嘆するばかり。

八路軍の部隊内では男女交際は厳しく律せられ、仮に男女間で恋愛感情が生まれても、勝手な行動は許されなかった。適齢期になって条件のそろった男性（30歳、連隊長級以上）は、選び出された女性隊員と結婚した。

民主的作風

趙は、日本軍の上命下服、上官の命令に絶対服従しなくてはいけないというやり方は八路軍では通用しないと自信たっぷりに強調した。

八路軍は作戦行動の前に各部隊で討議する。作戦自体について兵士が自分の意見を述べるのだ。たとえば、「まず火力を集中してクリークのこちら側の敵を全部殲滅し、それから渡河したほうがいい」というように。意見が出尽くしたところで責任者が意見をまとめる。「一番いい方法はこれだと思うが、どうか」と、一同の賛成を求め、誰からも異議が出なければ、「では、上級とよく相談して、異議がなければこの方法で攻撃しよう」となる。

日本軍にある『軍人勅諭』とか『歩兵操典』といった難しいものは八路軍には一切なく、すべて実戦・実即だ。というのも、八路軍の兵士のなかには、学校に行ったことがなく、農耕だけで暮らしていた人がたくさんいるから、そんな文書は、あっても意味がない。兵士としての訓練も簡単にはのみこめない人が多い。

少しでもいい経験や意見は、その場でみんなが出しあい、みんなで試しながら会得《えとく》していく。きわめて合理的で現実的な戦闘訓練が行われる。大は作戦計画から、小は日常茶飯事まで、すべて事前に十分な話し合いをかさね、それから決定し、行動を起こす。兵士の一人ひとりにいたるまで戦争の目的や意義が明らかにされ、将兵が一致して自覚したことを前提に戦闘任務を遂行するという軍隊内の民主的作風をとても重視している。だから、いったん戦闘の火蓋《ぶた》が切られると、いくつもの奇跡を生む英雄的な行動が大衆的に展開される。趙はここで目をつぶった。どこかの戦闘光景を思い出しているのだろう。

八路軍は、政治思想をもっとも重視し、戦闘行動を律する基準にしている。連隊で趙のような政治委員の講話を聞いたあと中隊に戻り、2日も3日もかけて討論する。このように兵士の民主主義が十分に保証されている部隊は戦時に強い。毛沢東の人民戦争理論では、軍の三大民主、すなわち政治上、経済上、軍事上の民主、とりわけ軍事上の民主を重視する。兵士たちは命令のままに作戦の意義や目的を知らないままに動かされる将棋の駒ではなく、戦闘・作戦が始まる前に、その目的と意義を十分に説明され、兵士たちの意見も十分に出し尽くしてこそ、水火も辞せず、作戦目的の完遂に突進する勇気が生まれるというのが、人民戦争の考え方だ。このためには秘密の保持がある程度困難になっても、しかたがないとする。

蒙古の竜宮城

「今は、おそらく、6月の後半か」と上條が立花に話しかけた。1946年6月だったろう。カレンダーは久しく見ていない。久たちは、やっと蒙古人の部落に着いた。小川のある、柳の木が多い部落で3日ほど休む。そのあいだ、魚釣りをしたり、近くの農家に遊びに行ったりする。梅雨のない満州では、6月が一番過ごしやすい。日中は陽射しが強く、もう夏がきたかと思わせる。何もしないでいると、故郷に帰ることしか考えない。ここでは、あまりにも暇がありすぎる。朝から晩まで、何もすることがない。久は人に知られないように泊っている家の裏手にある畑に出て、大声で、「帰ろごたる」と筑後弁丸出しで叫んだ。大声を出して叫んだら、なぜか急に脱力して、うずくまった……。すると、久平の「生きて帰ってこなんばい。みんな待っとるけんね」というささやきが耳元によみがえった。帰国するには、あまりにも遠くに来ている。忘れよう、忘れよう、生きて食べるために、自分を、自分自身を……。久は、思わず涙ぐんだ。ふと畑の手前を見ると、白いヒヤシンスの花そっくりの花ばかり、まさしく白いお花畑になっている。こんな花は三又村では見かけないな。気を取り戻して久は立ち上がった。

元気のなさそうな様子の久を見て心配したのか、立花が立ったまま話しかけた。

「日本に帰ったら、貴様、何をするつもりか?」

久は即答した。まったく迷いはない。

「俺は百姓に戻るばい。ただ、田圃《たんぼ》が残ってるか、百姓で食べていけるか、家族を養っていけるかだけが心配だ。まあ、田圃がなければ、借りてでも百姓をやる、小作人からでも再出発するつもりばい」

迷いのない久の話を聞いて、立花も自分のことを語った。

「やっぱり俺は大工だな。家を建てる仕事は絶対になくならない、なくなるはずがない。焼け野が原になった日本なんだから、仕事はいくらでもあるはずだ……」

久は立花の元気な声に、自分も少し気分がすっきりしてきた。上條が話に加わった。

「俺は町に出るか、村に残るか、まだ決めてない。帰ってから、様子をみてみるつもりなんだ。大工として果たして食っていけるのか、しばらく考えてみようと思ってる」

上條は、意外なほど慎重だ。久は、それで少し自分の考えを補足する必要があると考えた。

「百姓をやるにしても、米づくり一本でいくのか、そこはじっくり考えてみようと思っている。というのは、米づくりだけだと現金収入が年に1回しかないことになるので、それでいいのか、思案中なんだ」

久も上條ほどではないが、慎重な性格だった。「これからは現金収入の方策も考えておかないといけない気がするんだ……」

立花が「いやあ、ホント、そうかもしれんぞ」と大きな声で言いながら、手の平で背中をどんと叩いて久を励ました。

朝早くから馬車が来て、こんな野原に、どこから来たのかと思うほど集まっている。適当な馬車に乗り込んですすむ。意外にも、ときどき部落が見える。そして、お寺もある。まるで竜宮城のようなお寺。赤青緑で彩色して絵も描いてある。広い外壁に大きく、遠目にもはっきりと分かる歓喜仏だ。生まれてはじめてみる絵。男女の性器があまりに大きく描かれているので、初め久は何の絵か分からないほどだった。極彩色で、人体の2、3倍に描かれていて、分かってみると、久は久しぶりに興奮した。立花も上條も同じで、圧倒されて言葉が出ない。寺のつくりは日本と同じ。山門が絵本に描かれている竜宮城のそれのよう。蒙古人の家は小さく低い、それに土でできていて、灰色。それとは対照的に、お寺だけが高く浮かび、はっきり見える。仏教との関係は分からないけれど、隣の馬車から、蒙古人の女性が笑いながら、不走《ブチー》といって横で手を振ってきた。久たち3人は女性が300メートルも走るのを見ていた。何をしているのだろうか……。まだ疲れを知らない若さだったから、馬車は進んでいるが、久は降りて後続の馬車に乗り移った。

それからも原野ばかり、赤、白、ピンクの野バラが咲いている。ときに兎が前方の草むらから飛び出して逃げていく。

遠くに小高い山が見えてきた。上條が前方の馬車から降りて近寄って来て、「どうも日本人が死んだようだ。移動中でどうしようもできなかったらしい。姿も見ていないけれど、俺と同じ長野県人げな」と言う。同じ日本人でも、どうすることもできない。まだ16歳くらいの若い日本人女性で、肺結核だったらしい。肺病は日本でも恐ろしい病気で有名だ。ましてや、こんなところで助かるはずもない。八路軍は男女間のことには神経質なので、結局、3人とも何もしないことにした。何もしてやれない自分たちが哀れだ。

暗くなる前にお寺に到着した。久たち3人は、お寺の前の小さな土塀で囲まれた家に泊まる。いつのまにか、元日本兵が増えている。日本人は元の軍服姿なので、一目見てすぐに分かる。まだ子どもとしか思えない少年兵もいて、久たちを見て日本語で話しかけてきた。青少年義勇軍出身の森部を思い出した。真田と名乗る元少年兵は16歳で、八路軍の兵士だという。真田は衛生兵ではなく、伝令をしていると誇らしそうに胸を張った。森部は本名だったが、真田も徳川も恐らく偽名だ。中国共産党の軍隊に加わったことを日本の家族に知られないようにするためだろう。

夜は少し冷えるので、牛糞の乾燥したのを燃やして暖めて寝る。すると、南京虫が猛烈に出てきて襲われた。マッチを八路軍の兵士からもらって、モービル油を燃やす。煙が上がって明るいと、南京虫の攻撃が少なくなる。久は右足を南京虫に食べられ、またもや右足が太く、はれあがった。南京虫の免疫はまだ出来ていないのだ。

ラマ教

数少ない休みとして、日曜日以外の日もあった。祝日といっても、何の祭日か分からない。お寺を回っていると、広場でお寺のお祝いがあっていた。雛壇《ひなだん》の上段に子どもの僧、いろいろの供物があり、大人の僧が低頭している。蒙古人のお婆さんもいて、最上の礼らしく、頭を地につけて供え物を捧げている。子どもの僧は活仏とのこと。肺病で死んだ日本人女性のお葬式をするというので、久たち3人もそろって参列した。まだ10代にしか見えない日本人の女性が何人も涙を流して泣いているが、それを見ても声のかけようもない。ラマ教のお葬式は日本の葬式に似ていて、茶色の袈裟《けさ》を着た僧がお経を読み、大きな銅鑼《どら》を叩き、長いラッパを物悲しそうに吹き鳴らす。

そのあと、久たちは蒙古相撲を初めて見た。相撲は若鷹の踊りで始まる。それは両手を広げて力強さを表し、足は大地を蹴り、勇気を示す。それから相手との相撲となる。背の両肩が着地した方が負け。勝ったものは両手を伸ばしながら円を描き、足を高く上げて、次の相撲へと移る。

ここらあたりでは、共産党に反対する人たちが必死で抵抗しているらしい。八路軍の支配はまだ徹底していないようだ。「奉天は占領されたみたい」。そんな会話が聞こえてきた。治安が悪いせいか若い娘は少なく、お婆さんやお爺さんばっかりだ。お婆さんは髪に造花を刺している。はじめは異様だったが、見ているうち、お婆さんの赤い造花も似合うように思われた。実のところ、案外、若いのかもしれない。生活の苦労が年齢《とし》以上に老けて見せることがある。

10歳ほどの幼い活仏が目の前の供え物をねだると、仏僧はうやうやしく供え物を両手で差し出す。お参りに来ていた蒙古人は身を前に投げ、頭を大地につけ、額に泥をつけるという最高の礼（五体投地）をする。蒙古人のラマ教仏事の祭りをはじめて見る。久たちは遠くから来ているし、食事の時間に間にあわないといけないので帰ることにした。お寺は古いようで、榎《えのき》によく似た大きな木があり、緑豊かに茂っている。久は三叉村の自宅脇の大きな楠を思い出した。

久はラマ教としたが、正しくは大乗仏教であるチベット仏教のこと。チベットだけでなくモンゴル文化圏でも支配的な宗教だ。阿弥陀如来や文殊菩薩、十一面観音が信仰されている。

朝夕は冷え込むものの、昼は暖かく、過ごし良い日が何日か続く。少し歩くだけでも全身が汗ばんでしまう。土手に本カンゾウの花が一面に咲いているのを見て、立花が料理の仕方を解説した。「花を乾かして、水に戻し、さっと茹《ゆ》でて、油揚げを入れてから油で炒め、湯を足して薄味で煮込むんだ。美味しいぞ」と。

夜、たまに銃声がすることがあった。八路軍の騎馬隊が通り過ぎていく。徳川と真田をふくむ元日本兵たちも一緒に立ち去った。また、どこかで会うかもしれない。匪賊《ひぞく》と国民党軍が各地に出没しているという。そして、久たちのいる黒太廟にも襲撃しに来ているという。八路軍の騎馬部隊の通る回数が多くなった。３００人以上の人馬が走って通り過ぎ、蹄《ひづめ》の音でびっくりするほどだ。

翌朝、騎馬部隊の足音で目が覚めた。立花や上條とともに宿舎から飛び出してみると、人も馬もあまりの大勢で、びっくりする。

久は下青木の自宅でサラブレッドを飼っていたことがある。農耕用の馬ではなく、ホンモノの競争馬だ。仔馬を仕入れて成馬にまで育てあげる。三又村の警防団の先輩がもうかるぞと誘ったので、その誘いに乗った。「馬があんなに賢い生き物だとは知らんかったばい」。久がつぶやくと、長野県出身の上條も身近に馬がいたらしく、「そうなんだよ」と応じた。気を良くした久が続ける。「暗闇のなかでも足音を聞き分けて、自分の飼い主だと分かると、すぐに反応して小さく声を上げるんだよ。ホント、信じられなかったばい。馬の世話は大変だけど、慣れてしまえば馬は可愛い生き物だし、農作業と矛盾もしない。十分に両立できる。それに、何より育てあげたときにもらう報酬の割が良い」。久の育てた馬が日本競馬会から表彰され、１５００円をもらったと書かれた写真がある。１５００円とは大金だ。なので、三又村の若者たちに競走馬の育成が流行《はや》った。しかし、それも戦局の悪化のなかで、競馬のためのサラブレッド育成なんてとんでもないということになってすたれ、久は残念だった。八路軍の騎馬隊の馬はもちろんサラブレッド

久が育て、表彰されたサラブレッド

ではない。でも、見るからに頑丈そうだし、よく手入れされていて、元気がいい。

住宅の門に、騎馬隊の兵士が人間の首と心臓を置いて去っていった。大型犬が人間の頭をくわえて通りをウロウロしているのも見かける。戦死した敵兵の遺体を犬たちが喰いものにしているのだ。昼は納屋を改造したところに機械を据え付ける仕事をする。夜になって戻ると、首つまり頭は少し小さくなっていて、なぜか残った心臓は色が変わって黒く固そうに見えた。ある夜、ものすごい暴風雨があった。翌朝は嘘のように晴れて冷たく、軒下に氷が見えた。

久たちが地主の邸宅だった工場で仕事をしていると、馬車で死んだ牛を運んできた。蒙古人の放牧していた牛が夜に凍死したとのこと。炊事係の兵士が、さっそく牛を解体し、直径1メートルもある大鍋で煮はじめる。久は機械が動いていれば、10分や20分くらい遊ぶのは心配ない。いつもコーリャン飯に塩漬けの白菜ばかりなので、大変なご馳走だ。お昼に腹二杯分、喉まであふれんばかりに牛肉を食べた。食べ過ぎて腹をこわさないか心配したが、大丈夫だった。

ここは天候が激変し、住み辛いところだ。かなりの高度があるのかもしれない。久に与えられた仕事は単調で、すぐに終わった。あとは何もやることがない。すると突然、またまた移動するという。どこから集めたのか、朝早くから馬車が多く来て、搬家《パンヂャー》という、荷物を積む馬車に積み込んでいる。大急ぎで機械を解体し積み込む。中国語では荷物を積む馬車を大車《ターチョ》、人の乗るのを馬車《マーチョ》と言って使い分ける。大車に荷物を積み込む。

前に通った道をまた引き返していく。小川のある、柳の木が多い街、部落、幅20メートルはある大通りが100メートルはあり、植えたばかりの柳の街路樹もある。ようやく農家に一泊した。朝飯を終えても、出発する気配がない。八路軍の兵士に尋ねても、「不知道（知らない）」というだけ。久たち3人は兵士に声をかけて、遠くに見える農家へ遊びに行くことにした。このころには手ぶり足ぶりを加えると、中国語も十分に意味が通じるようになっていた。農家はまだ取り入れ前なので、のんびりしている。サイダー瓶を持って白酒を買いに行くと、蒙古人の主人は喜んで迎え、40歳くらいの上品で教養もありそうな奥さんがお茶を出してくれる。

「あなた方は日本人か」

「そうです。あなたは一人で働いているのか。息子さんは?」

「いない。娘がいる。それも1人だ。一家3人だけ。ところで、あなたたちは何をしているのか?」

「工場、つまり紡績工場で働こうとしている。昨日、来たばかりだ」

などの話のあと、「誰か養子にきてくれ」ということになった。なるほど、娘がそこにいる。前髪を垂らした、わりに綺麗な着物をきて、恥ずかしそうにしている20歳前の娘が次の部屋に見えた。久たちは目で合図して、逃げるようにして帰った。「日本人の俺たちを信用しているんだな」と、立花が久に話しかけた。そうはいっても、こんなところに長居はしたくない。ましてや土着するなんて考えられもしない。

蒙古の家で包《パオ》に住めるのは金持ち。貧乏人は、隙間《すきま》だらけのひどいあばら家に住んでいる。17歳くらいの女の子がボロギレ同然の格好をしているのを見かけ、あまりにも可哀想だった。久たちは何も持っていないので、何もしてやることができない。部落の奥のほうは知らない土地で、危険でもあるので、早々に引き上げた。

行軍

久たち3人が大休止をしていると政治委員の趙が顔を見せた。どうやら久たちは趙の部隊に尾いて動いているようだ。趙の話を聞くのが大きな楽しみになっている。日本語の勉強と暇つぶしにもなるという趙は、今日は八路軍の強さをとうとうと自慢しはじめた。今日、徳川は顔を見せなかった。

八路軍が強い秘密は行軍の速さにもある。行軍速度は、日本軍が平均して毎時4キロに対して、毎時5キロが平均であり、ゲリラ作戦行動のときは毎時6キロにもなる。早く歩ける秘訣の一つは布靴にある。それに、日本軍は兵士が30キロを超える重装備で行軍していたのに対して、八路軍の兵士は銃と弾薬のみ持って行軍する。部隊の必需品は農民が馬車や天秤棒でかついで運ぶ。八路軍は各地の拠点に武器を隠しておき、現地で武装する。逃げるときには、武器を隠して身ひとつで逃げる。八路軍の兵士は武器をもちろん所持しているが、危険なときは捨ててもよい。日本軍のように、武器が兵士の命よりも重いなんてことはない。軍紀に違反したときは、もちろん罰される。それでも、このとき銃殺されることは滅多にない。

ゲリラ戦の勝敗は兵士が速く、長く、歩けるか、走れるかにかかっている。だから八路軍は、持久走の訓練に大きな比重を置いている。朝の早操は欠かせない重要行事だ。兵士は、着ているものは地織りの布地で、食べているのはとうもろこしと大豆の粉をまぜあわせたもの。鉄のように強い足で、夜に走り、戦う。ちなみに、八路軍では脱走兵が出ても捜索しないし、そのことで誰かの責任が問われることもない。

八路軍の行軍は夜が多い。夜の行軍は実に眠たい。ほとんどの兵士は半分眠りながら歩いていく。ときには、立ったままイビキをかく兵士もいる。

厳冬になると、零下40度にまでなる。行軍中にうっかりすると凍傷にかかる。銃の鉄製部分に素手で触れると手がくっつき、無理してひっぱがすと、手の皮がはがれてしまう。銃が凍って使えないときには、兵士は自分の小便をかける。小便は貴重な解凍液になるんだよ。趙はテレかくしに笑いを見せた。

零下40度は肌をつき刺す寒さだ。そんな寒さのなか雪野原を行軍する。防寒靴は、靴の中に乾燥させて木槌で叩いて柔らかくした烏魯《うろ》草を敷きつめる。この草は叩くと綿のようになって吸水性がいい。草の敷きかたがまずいと靴の中で片寄ってしまい、凍傷になる。だから、どんなに疲れていても、この草の敷き直しは欠かせない。まず、足を布で包み、烏魯草を敷いた靴をはく。そして靴ヒモを結んで、その上にゲートルを巻く。

雪中に腰までつかって山中で待機させられるとき、うっかり眠ってしまうと大変なことになる。小休止のときは、雪を積み上げ、囲いをつくって水をかける。すると、たちまちコンクリートのような壁ができあがる。そのなかで、仮眠をとろうとしても、あまりに寒いので眠れない。足踏みをしたりして、身体をともかく動かしておかないと、たちまち冷凍人間になってしまう。宿営地に着くと、衣服を全部脱いで素裸となり、外から雪を運び込んでお互いの体を雪でこすりあう。こうすると、体がぽかぽかと暖かくなり、風邪の予防になる。次に火を焚いて下着を乾かしながら、鍋に雪を入れてお湯を沸かす。そして別の桶に雪を入れて両足を漬け、足に痛みを感じるまで、お湯を少しずつ足していく。いくらお湯を足しても痛みを感じないときには凍傷になっている。

雨の中の行軍も大変。布靴が水を含んで重くなるだけでなく、マメができやすくなる。大雨のときは、兵士たちは布靴を脱いで裸足で行軍する。規則には反するが、実情を知っているから、指揮官は目をつぶる。マメができては潰《つぶ》れ、また歩くので皮がはがれる。宿営地で布靴を脱ごうにも、皮膚に付着していて、痛くてなかなか脱げない。マメができた足は、少量の塩を入れたお湯にしばらくつけてから、ていねいに洗う。そのあと、水ぶくれになったマメに針を刺して水を抜き、消毒したうえで針を刺した穴に髪の毛を差し込んでおく。すると水はたまらない。さすが遊撃戦で鍛えられた軍隊だ。兵士たちの知恵と工夫に久は圧倒されて声も出ない。日本軍は、そこまでの対策はとらなかった。

兵士が呼びに来て、趙は立ち去った。満州は黄色っぽい土に砂のまじった平野が果てしなく広がっている。また、蒙古嵐の吹きさすぶ乾燥地帯もある。そんなところでは、隣の部落まで最低10キロはあったりする。楊柳や楡の木並がはるか彼方に霞んで見える。

電気はまったく通じていない。農家に泊めてもらうとき、たまに石油ランプを見かけることがあるが、それすら珍しいこと。油も貴重なもの。

夏の昼間は暑かったが、夕方、急に雷雨となり、雹《ひょう》がパラパラと音を立てて屋根に当たった。八路軍の兵士たちが子どものようにはしゃいで親指大の雹を拾い集めてまわる。そして、久たちにも分けてくれた。アイスクリームの代用だ。甘味はないけれど、冷たくて口中がさっぱりする。

メリケン袋のシャツ

次の日、出発した。名も知らない、どこを通っているのか、地図はないし、田舎の部落から部落へ、雨が降れば幾日も止められ、泊まり続けるしかない。いくあてのない旅のように、名も知らない部落から部落へと渡り歩く。地元の老百姓（普通の人たちのこと）とはまったく会話することもなかった。もう久の中国語も日常会話には不自由しない。

雨の日が続くと川があふれて洪水になる。黒死病（ペスト）やコレラが部落で流行《はや》っているらしい。同行している八路軍の兵士が、川の水に手をつけたらいけない、なるべく川を見ないようにと注意する。川に死体でも流れているのだろうか……。

9月に入ると、草木が色づき、朝夕は風のない時でも寒くなった。あっという間に、野も山も枯葉だらけだ。季節の変わり目には大雨が降ったり、横殴り風で砂塵が飛び、黄色になる。目も開けられない日があるかと思えば、雨にまじって雹《ひょう》が降ったりした。そして冬に入り、急に寒くなる。

部落の名も知らず、白城子に近い田舎を泊まり歩いて、マーチョで移動していく。一日一日を先延ばしているようにしか思えない。八路軍は国民党軍との戦闘で逃げたり、同じところに舞い戻ったりしているようだ。晴れて空気の澄んだ日には遠くの興安嶺の山並が地平線の彼方に見える。

日を重ねるうちに寒さが増して、風のない朝など、葉の落ちた柳は真っ白な霧氷をつけ、太陽がのぼりはじめると、氷が散る。それはそれは見事な景色だ。でも、それを楽しむゆとりが久にはない。その点、立花のほうは余裕がある。しばし立ち停まって感嘆の声をあげている。久と同じく上條も停まらず、すたすた歩いていく。

シャツを洗うにしても石鹸がないので、いつのまにか薄黒くなり、背中あたりは破れてしまった。カバンの中に途中で手に入れた二枚のメリケン袋があったので、久は久しぶりにシャツを作ることにした。糸は靴下のゴム編みの糸。着ているシャツを参考に、ときには裸になってシャツを見たりして、三日かけてなんとか出来あがった。ただし、メリケン袋の青い字は消えなかった。

寒さが厳しくなったからか、八路軍から綿のはいった上着とズボンが配給された。すぐに日本軍の夏服は煙草代に変わった。久たち3人は、さっそく街に出てみたもの、迷ってしまい、郊外の広場に出てしまった。見渡すと、なんと元日本軍の飛行場跡だということに気が付いた。遠くに見える崩れたコンクリートの壁に久は見覚えがあった。見てはならないものを見た気分になった。寒いし、風も強く、上條を先頭にして、無言のまますぐに帰った。白城子は灰色の街だ。土でできた家、緑のない木々、人通りはまったくなく、まさしく死の街。すべては戦争のせい。いつ終わるのだろうか……。

歩きながら立花が久に話しかけた。

「中国人にも偉い人がいるんだってことが、近ごろになってようやく分かってきたぜ、俺も……」

そばにいた上條が話に加わった。「そうなんだよな。兵隊のときは、中国人のことをみんなで馬鹿にしてたよな。なんだか人間じゃないみたいに……」久は、「そう思わされていたんだよ」と返した。上條が、「なんでそういうことになったのかなあ」と首をかしげた。

立花が口を開いた。「そりゃあ、やっぱり、戦争だよ、戦争のせいだ。殺す相手が立派な人間で、妻や子どももいて、家庭があるだなんて考えたら、鉄砲を構えて相手を狙えないだろ。だから、目の前にいるのは人間じゃないと思うんだぜ」

「そげんこつかー」と、久が大きく首を振った。

「でもよ」と上條が首をかしげた。「昔から中国人を日本人が馬鹿にしてたはずはないぜ。ほら、学校で先生から遣唐使って習っただろ」

「なんだっけ、そのケントーシって」と、立花がわけ分からないと顔を顰《しか》める。久が上條に代わって答えた。

「昔々は、中国のすすんだ文明を取り入れようと思って船を仕立てて日本から中国に勉強に行ってたっていうやつだろ」

「いや、知らんな、そんなこと」と立花は困った顔をしたまま。

「大宰府天満宮の菅原道真公は遣唐使じゃなかったかな。ともかく、そのころのことばい」

「なるほどね」と、立花もようやく納得した。

「日清戦争で日本が中国に勝ってからだぜ、きっと」

上條の話に久も、そうだろなと思った。「なるほどね。眠れる獅子って、恐れられていた中国が、本当のところはそれほどじゃなかったということだな」

「まあ」と上條はつけ加えた。「それにしても、中国人を馬鹿にしてたのは、とんだ間違いだったよな」。久もまったく同感だ。

三人は、また歩きだした。

チチハル

久たちは、八路軍にせきたてられるようにして、白城子から汽車に乗った。それが実におんぼろ客車。日本敗戦のドサクサにソ連軍が何もかも略奪してしまったせいだろう、板を釘づけした椅子、窓のガラスは割れたまま。久たち3人は北へ行くのか、南へ行くのかに関心があったが、どっちが南か北かも分からない。日没のころ、発車した。スチームはとおっているようだが、客車のなかにまで強い風が吹いていて、とてもじっと座ってはいられない。凍ってしまいそうで足踏み運動を始めた。顔や足が冷たさを通り越し、痛いほど。駅に停車しても、電灯が消えていて駅名が見えない。久だけでなく、三人そろって不安だった。ただ言葉にならないだけ。真夜中と思われるころ、電灯のある駅に停車した。齋齋哈爾《チチハル》と書いてあるのが読めた。懐かしい街だ。関東軍の兵隊のとき久は行軍して来たことがある。ずい分と北へ来たことになる。でも、まだ先がありそうで、降りろとは言われない。

列車はチチハル駅を発ち、北へゆっくりと進んで行く。途中の駅は暗く、うしろに過ぎていく。もの凄く冷えて寒い。顔も足も痛いくらいで、凍ってしまいそう。綿入れの工人服を着て、靴下のかわりに厚手の布で足を巻いておく。ともかく、一晩中、足踏みして身体を動かし、体を揺すって暖を取る。これが凍傷を防ぐ一番の方法だ。立花が率先して掛け声をかけつつ、三人そろって声をあわせて足踏みする。

上條がふと足踏みを止めた。

「いったい軍隊って何のためにあるのかな……」

立花が「そりゃあ、決まってるだろ。横暴な敵と戦うためだぜ」と即答した。すると、上條は、「そりゃあ、それは分かる。でも、満州で関東軍がしたことは、開拓団を盾にして、自分たちはさっさと避難したっていうことだろ……」と、自信なさそうにボソボソと言った。久も同じ疑問を抱いていた。

「俺たち鉄嶺でたくさんの避難民が死んでいくのを見ただろ。なんで関東軍は守ってやらなかったんだろう……」

立花も、「そう言えば、そうだな。なんでだろう」と今度は首を傾《かし》げた。久が、「どぎゃん言うたっちゃ、開拓団が関東軍に見捨てられたっちゅうのは間違いなかもんな」と筑後弁丸出しで言うと、上條が「そう、そう。それなんだ。俺が軍隊って何のためにあるのか、何のために戦うのか分からなくなったのは……」と応じた。

三人とも答えが見つからないまま、足踏みに精を出した。

ペアン

列車の窓にガラスがない。座席は板だし、零下30度はあろうというのに、北の方に進んでいる。眠ればたちまち体が冷えて凍え、次は確実に死が待っている。風当たりの少ない場所に6人ほど固まり、夜のあいだ、ずっと足踏み運動しどうしだった。顔も足も凍りそう。綿入れの工人服を着て、靴下の代わりに厚手の布で足を巻いているのに、顔も足も痛くてたまらない。一晩中、眠るどころではない。まだ暗い駅に停車し、降りる。ひろーく、ながーいプラットホーム。立花が走って駅名を見に行くと、ペアン（北安）とあった。ペアンは満州北部の要衝で、省都。チチハル、ハルビンから北の黒河に向かう鉄道の駅の所在地でもある。ひどい地吹雪《じふぶき》のため前を向いて歩けない。風の強さは、まさに台風並みだ。眉毛、マツ毛、髭、鼻がみな凍り、真っ白になった。

まるで顔に霜がついたよう。眉毛は重く長く、視界が狭くなった。駅の近くの寺の境内に入ると、スズメが何羽も地面に落ちて死んでいる。満州ではスズメが天候の激変に対応できずに凍死するのか……。久は驚いた。

うしろ向きに歩いて前に進んでいく。広くて暗い、そして白い闇から薄明りの白になって、巨大な城壁が見えてきた。何人かの八路軍の兵士がまず先に走っていった。久たちも城門前に立ち、真っ白な広い広場で大きな門が開くのを待つ。

異様なものが目に映った。銃殺された国民党軍の兵士が、見せしめのため路上に放置されている。立花が近づいて頭を動かして教えはじめた。上條は先に知っていたようで、うなづき、見て見ないふり。その近くにも裸の死体が雪をかぶっていくつも見える。久は冷たいものを背筋に感じ、心中、大いに緊張した。共産党はいま思想闘争して、住民に見せつけている。反動分子として、また、ブルジョワ思想の危険分子として放置しておく。それにあわせて家族も一顧だにしない。下手すると、自分の身が危ない。久たちも八路軍の兵士がいるところでは用心して、死体の話はしなかった。3日もしないうちに、犬か狼の餌となり、どこかに持って行って跡形もなくなる。そのあとには八路軍のすさまじい威圧だけが残る仕掛けだ。

城内と連絡がとれたのか、ようやく城門の大きな扉がきしみながら開いた。久たち3人は料理屋のようなつくりのとても暖かい部屋に通された。久たちも八路軍の兵士とまったく同じ服装で、着ている木綿の綿入れの服はこちこち、防寒帽は真っ白だ。それでも湯気の立つコーリャン飯はとても美味い。久たち3人は寝ころがって、日本語で、それも小声で死体の話をしていたが、やがてそのまま寝てしまい、目覚めたのは昼。大変な寒さ続きで、2、3日は外へ出れなかった。三寒四温を規則的に繰り返すが、吹雪のときは零下40度が普通で、零下30度の毎日。なので、零下25度だと、「おっ、今日は少し暖かいぞ」と感じる。八路軍の兵士によると、北安は水飴《みずあめ》の産地だという。悲しいかな、久たちには銭がない。煙草を買う銭もない。なので外出もできない。

暖かい天気の日、人民裁判があるという。立花に誘われて久も見に行った。上條は「俺はよしとくよ」と言って、行くのを断った。街の中央の広場に着くと、言葉はよく聴きとれないが、群衆のなかから、スーと声がして通り道が開き、縛られた男が1人連れて来られた。スーとは死のこと。そして広場に立てられた大きな柱に縛りつける。周囲の人々が盛んに「シャー（殺せ）、シャー」と叫んでいるのが久にも分かった。司会のような平服の男が異議ないかを人々に問いかけて確認する。ああ、これが大衆裁判というものなのか、久は理解した。立花の話では、誰か弁護してやる人がいて、それに何人かが同調したら無罪放免になることもあるという。怒号と号泣のうち、男の後頭部を兵士が小銃1発で銃殺した。

帰りに、歩きながら立花が久に話しかけた。

「日本は神の国であり、日本民族は選ばれた民だと教えられてきたけど、どうも違うみたいだな……」

久も天皇は神様だ、直接その姿を見たら目がつぶれてしまうと聞かされたとき、ええっ、それ本当なのかなと疑問に思っていた。でも、今までそんなことを口にしたことはない。誰が聞いているか分からないからだ。

「戦争に負けたわけだし、やっぱり神の国じゃあ、ないんじゃないかな……」
久は自信がなかった。戦争に負けて、こうやって自分たちが中国の満州でウロウロしてるってことは、日本民族もただフツーの人間の集まりじゃないのかな……、久はそう思ったが、それをうまく言葉にできないもどかしさを胸のうちに感じて、何も言えなかった。立花も久が元気なくした感じで黙りこくってしまったので、その次の言葉をかけることができなかった。二人は無言で宿舎となっている建物に戻った。

日本語を学ぶ八路軍

暇を持て余していると、またまた政治委員の趙が顔を見せた。よほど日本語を話せるのがうれしいのだろう。今日は国共内戦の現状を教えてくれた。久が趙にいったいどこで、どうやって日本語を勉強したのか、とたずねた。すると、日本に行ったことがないというのは嘘で、本当は大学生のとき、北京を脱出して日本に渡って東京に留学し、法政大学に通っていたという。道理で日本語がうまいわけだ。久の兄・茂も同じ法政大学に通っていた。茂は、まず逓信《ていしん》省の簡易保険局で働きながら夜間部に入り、それから昼間の法学部に転入した。

趙によると、八路軍の幹部には日本に留学して日本語を話せる人が何人もいる。彼らは日本の一高や東京・京都の帝大、早稲田大学などで学び、高い学力と知識を生かして八路軍のなかで活躍している。久は聞いて驚いた。

そのうえ八路軍は１９３８年11月、延安に敵軍工作訓練隊を設立し、日本語のできる人材育成を始めた。その後、訓練隊は幹部学校として、同様の教育をすすめている。

戦闘中に日本兵へ呼びかける言葉もよく考えられ、広められていた。たとえば、「君たちは包囲された。抵抗するのはムダだ」、「手をあげろ」と日本兵に向かって叫んでも、効果がないばかりか、逆に日本兵は最後の一兵になるまで戦おうとするから、かえって危険。そうではなく、穏やかに「おーい、日本の兵隊さん、八路軍は捕虜を殺さない、兄弟として取り扱うよ」と言ったほうが日本兵はおとなしくなる。このように日本兵を刺激せず、おとなしくさせるような言い方を工夫していたとのこと。久は感心した。日本軍も、このような八路軍の行動を認識し、大本営陸軍研究班は研究成果をまとめたが、それを活用することはなかった。

趙は呼びに来た兵士に、「分かった。すぐ行く」と返事して立ち上がった。戦争の真最中なので、いつまでも久たち相手に油を売っているわけにいかないのも当然だ。

満州人の生活

八路軍の兵士もいろいろいる。久たちの世話をする今度の胡という小隊長（排長）はとても話し好きで、久たち三人が暇そうにしていると、やって来て村人の生活の実際を教えてくれた。久も、まだ難しいことはうまく話せないが、聞くほうは支障のないレベルだ。

食事

胡排長の話は、本人自身が農民出身だけにさすがに詳しい。村では朝夕2回、食事をとるが、主食はトウモロコシ(玉蜀黍)。トウモロコシを石臼《いしうす》でゴロゴロ挽《ひ》いて粉にしたものに、木の葉を混ぜて蒸《む》したのを常食とする。粘り気がなくパラパラしているうえ塩気がないので、すぐにはのどを通らない。一口ほうり込んでは、ゆっくりかみしめて、唾液《だえき》を誘い出してから呑み込む。そのため一食を食べ終わるのに小一時間もかかるので、男たちは茶碗をもったまま戸外に出てきて、隣人と立ち話をしながら食事をすることも多い。

冬閑期の仕事のないときには、死なない程度に食べる量を減らし、端境《はざかい》期をもちこたえる。塩を水で溶いてトウガラシの粉を入れただけのものを食べることもある。油は日頃の食事には使わない。メリケン粉をつかった、うどん、ギョーザ、包子を食べることなんて、めったにない。トウモロコシの粉をふかして団子《オウトウ》をつくるときには草を混ぜこみ、同じようにお粥《かゆ》をつくるときにも、そこらの野草を入れて増量する。白菜のしなびた外葉が捨ててあるのも拾い集め、湯を鍋いっぱい煮立て、もみくだいた葉っぱを入れる。そこへ水どきした小麦粉を入れてかきまぜると、とてもおいしく食べられる。これも生活の知恵だと、胡排長は胸を軽く叩いた。

正月のほか、肉を食べることはない。旧正月になると、豚を殺す家がある。殺した家の人が全部を食べることはない。胴体の肉は町の料理屋に売り、臓物と豚の頭だけを自分たちの正月用とする。豚の頭を大きな鍋に入れて、一日ほどグツグツ煮る。そして、豚の頭を軒先にぶら下げて凍らせる。凍った肉を少しずつ切りとって旧正月のご馳走として食べる。

豚小屋は簡単な柵で囲うくらいで、屋根はわざとつくらない。冬に寒さが厳しくなると、豚は厳寒に耐え抜くために全身に脂肪をたくわえ、まるまる肥り、旧正月ころが一番の食べごろになる。

主食に混ぜる木の葉は、一年中あるわけではない。春先に若葉をとっておいて、秋そして冬まで貯えておく。4月に入って柳や楡《にれ》の若葉が芽ばえてくると、女たちの若葉とりが始まる。若い娘が高い木の枝にのぼって若葉のついた小枝を折って下に投げ落とす。下に母親が待っていて、枝から葉をむしりとって壺《つぼ》にしまいこむ。これが、秋から冬にかけての野菜の代用になる。楡の若葉は高級品で、新芽は薄紅色をしてやわらかく、煮ると納豆のような糸が出て、舌ざわり良く、栄養価も高いので、高級野菜として副食になる。

楡の幹の皮を剥いで石臼で挽くと、麻のように強い繊維と、白い色をした澱粉《デンプン》に分かれる。この澱粉をメリケン粉にまぜると美味い。楡のデンプンはメリケン粉より高価なので、他の穀物の粉に混ぜ、粘着力をもたせる。

村人は木の皮も食べる。山の多い長野県出身の上條が、「木の皮なんて、日本じゃあ、飢饉《ききん》のときしか食べないよな」と、つぶやいた。見渡すかぎり田圃ばかりで、森もない大平原の筑後平野で育った久には木の皮を食べるなんて想像もできない。

塩は高価で、量も少ない。食生活に岩塩は欠かせない。野菜を岩塩に漬けて保存食とし、春に備える。糖分はナツメからとる。ナツメの実から種《タネ》をくり抜いて天日に乾かしておくと、せんべいに似た、甘くておいしい菓子になる。くり抜いた種にも多少の果肉がついて残っているので、これも乾燥させて、二流品の菓子として食べる。

たまに水田を見かけても、日本のような水田ではない。苗代をつくって、田植えをするということはなく、籾《もみ》をそのままきちらす散播方法をとっているので、雑草とりは難しい。なので、稲の株は弱く、米の収穫量は日本に比べてずっと少ない。油は菜種油で、自分で植えた菜種から取るから、自家用の油がやっとだ。

農閑期の冬は朝夕2回しか食べない。朝食はゆっくり起きて午前9時か10時ころに食べる。夕食は暗くなる前の午後4時ころ。夜はやることはないし、明かりもないから早く寝る。春に農作業が始まると、きついから1日3回食べる。麦の収穫期など重労働が続くと1日4回は食べないと身がもたない。

衣類

村人の多くは、夏用と冬用のを一着ずつ持っているくらい。夏の上衣をそのまま冬の肌着として使う。洗濯してすり切れても、つくろう布切れはなく、替わりの肌着もない。若い村娘が、穴のあいた肌着のまま正月を過ごしている姿を見かけるのは普通のこと。たしかに移動の途中で久はそんな娘を何回か見かけた。久が気の毒に思っても、自分も何ももっていないのだから何もしてやれない。

また、零下30度にもなる冬、路上に久は女性を見かけたことを思い出した。綿入れ服ではなく、裾がペラペラしている単衣《ひとえ》物だ。戸口から小走りで外に出て、小走りで目ざす家の中に飛び込む。村人の多くは、綿入れ服をもたないので、一日中、家の中でじっとしているしかない。

中国古来の纏足《てんそく》をしている女性は満州の農村ではまったく見かけない。労働しない女性を養っておく余裕なんか村人にはないからだろう。

中国の農村における女性の地位は低い。夫は妻を自分が雇用する労働者、そして子どもを産んで食事と衣服をつくる道具としかみていない。妻のほうは、夫を暮らしで頼る人だとみている。八路軍は、それぞれの解放区ごとの自給自足を原則としているので、その衣服類は村の幹部を通じて農家に注文する。代金は粟で支払う。

布靴も手づくりだ。布を何枚も張りあわせて縫いあげる。一家の主婦が家族全員分の靴をつくる。

冬

5人家族がひとつの部屋に生活する。布団は1枚しかない。5人がオンドル（炕）の上に頭をならべ、その上に1枚の布団をかけて暖をとる。炕《かん》の上にはアンペラが1枚敷いてあるだけで、敷布団はない。

夜、寝る前に、炕の一方の隅にひと握りの落ち葉か枯草をくべる。燃やすのではなく、ブスブスと煙の出る程度にして、できるだけ長時間もたせる。煙は炕の内部にジグザグにならべた日干し煉瓦を温め、寝ている人の背中をほんのりと温める。零下20度もの冬の夜も、この煙のほかに暖をとるすべはない。なので、村人にとって、落ち葉や枯草は欠かせないもの。冬が近づいて、寒風が木の葉を吹き散らすころになると、女性たちは、朝早くから畑に出て、落ち葉をかき集める。足りない分は山の枯草を刈りとって貯えておく。

たいていの村人は、マッチをもっていない。村のどこかの家に火があれば、遠くにあっても火《ひ》種《だね》をもらいに行く。麻稈を束ねて、それに火をつけ、松明《たいまつ》のようにかざしながら、自分の家まで運ぶ。

便所

久は、これまで泊まった民家に便所がなかったのを思い出し、話し好きの胡排長に思い切って訊いてみた。農家に男性用の便所はなく、女性用が物置小屋か家畜小屋の奥まった隅にあるだけ。これには自分たち男は近づけない。夜は、おまるのような壷を部屋の中に持ち込んでおくが、これは女性専用で、男は使えない。男は、すべて家の外で用便する。

小川沿いの小道の側に、各家の便所がずらりと並んでいる。男は昼も夜もここで用便する。この便所は自分の家から何十メートルも離れていることが普通で、屋根つきの深さ2メートルもあって、その上に丸太が並んでいて、丸太にまたがって用便する。通行人にもここで用便してもらう。この便所で用を足すときには紙ではなく、山から柔らかい土を運んできて砕いた土塊を置いておき、それでお尻を拭き、その土は穴の中に投げ捨てる。人糞は主要な肥料なので、犬や豚に横取りされないように守る。中国の犬は普通に人糞を食べる。豚はもちろん人糞を食べる。

肥料は豚糞と人糞が主。豚は小屋の中で糞と土を自然にこねまわすが、人糞は便所に行ったとき必ずかまどの灰や土をかぶせて糞土にする。こうすると便所も臭わないし、糞土も固まっているから、運ぶときは目の細かい篭にいれて一輪車に乗せて押していける。

用便のあとに紙で尻を拭く習慣はない。中国人は石ころや板切れ、ときに指先ですましてしまう。でも、日本人は長年の習慣でそれが出来ない、どうしても便紙を使いたい。殺された鐘崎三郎は、それで日本人だとバレた。久たちは、それぞれ自分用の小さな布を用意して土塊でこすったあと、布きれで尻をぬぐう。汚れた布は捨てず、近くの小川で洗ってポケットにしまっておく。空気が乾いているので、すぐに乾く。上條は軍服の裏地を少しずつ千切って使っていた。だけど、もう裏地はほとんどなくなっている。

ちなみに、小便のほうは肥料として使われることがない。また、ロバの糞も役に立つものとして、みんなが拾っている。

雨

満州に雨は少ない。それでも、夏になると、突然、土砂降りの雨が降ることがある。わずか1時間ほどで土砂降りの雨が降ると、小川がたちまちものすごい濁流と化す。というのも、周囲の山に樹木がないから。これは日本軍の三光政策で、根こそぎ樹木を切り倒したせいでもある。

村人たちは、夕立が降ると、何はともあれ夕立が終わるのを待たず川辺に走っていく。そして、ときに上流から流されてくる家具やニワトリなどを捕まえて我が物にしようと気長に待ちかまえる。

病気

久は、首筋のあたりに大きな瘤《コブ》をぶらさげている人を見かけたことがある。それを話題にすると、胡排長が甲状腺腫患者だと教えてくれた。海から遠く離れて、海藻類を口にしないため、ヨード分が不足しているせいだ。夫婦そろって握り拳大《こぶし》のコブをつけ、その息子も同じように小型のコブをつけている一家を久は見かけた。

甲状腺腫は、ヨウ素の欠乏のため甲状腺が肥大化する疾患で、満州の熱河省など、飲料水中にヨウ素含有量の低い地域に多い。この予防には、海藻類やヨード入り塩の摂取が有効なのだが、貧乏人にはそれが難しい。病院もないし……。原因は明らかなのにもかかわらず、周辺の村からは、何かのたたりではないかという悪評が立ち、寄りつかれない。

胡排長は、「病気といえば」と久の顔を見つめながら話をかえた。「ハルビンの郊外には日本軍の特別な部隊があって、そこで病原菌を培養していたらしい。敗戦後に爆破していったが、どうやらそこからペストが流行しているみたいだ。瀋陽とか白城子で病人が出て、死者も出ているという」。久は、怖い話だと思った。日本軍って、本当に中国でひどいことをしたんだな……。

土地改革

このころの中国では農村人口が80％以上を占め、その90％が貧農と雇農だった。農村人口の10％にみたない地主と富農が全耕地面積９５００万ヘクタール（１９４９年当時）の80％を占めている。農村人口の90％を占める貧農・雇農・中農その他は、合計しても20％の土地しかもっていない。

農村の社会階層は、地主、富農、中農、貧農、雇農と区分され、中農は上下の階層に分けられる。この区分は、革命後30年間、中国農民の社会的な地位を決定しつづけた。地主や富農とされた人々は土地改革運動のなかで、運が悪いと殴り殺され、その子や孫は1978年末に共産党が政策を変えるまで、長いあいだ虐《しいた》げられた。

貧雇農といっても一律ではない。祖父の代は富裕だったが、真面目に働かなくなったり、賭博など遊興で財産をなくした者は破落戸《ポールオフ》と呼ばれた。先祖代々、土地を持っておらず、借金に縛られて極貧状態におかれ、娘を泣く泣く売るはめになるような者は赤貧農《チーピンフン》と呼び、両者は区別された。

大地主のなかには、機関銃が4丁、小銃も13丁あり、そのうえ30人もの用心棒をかかえているという家もあった。貧富の格差はよく見え、あからさまで、隠しようもない。貧農を苛《いじ》め抜いてきた大地主を摘発し、闘争大会に引き出したとき、その大地主の豪邸の二重の壁の中に大きな瓷《かめ》がいくつも見つかった。その一つには、大量の宝飾品やシルクの衣類、銀貨、満州貨幣が詰まっていた。また、庭の土中に埋められた瓷の中からは大量の食糧も発見されたが、すでに古くなって粉末化していた。この地方では3年前に自然災害のために食糧がなくなって餓死者が多数出ていたので、これを見た貧農たちの怒りが爆発した。

農村の飢餓の問題は深刻だ。農民は高利貸から借金して生活していた。収穫しても、それをすぐに売って借金返済にあて、それからまた数ヶ月分の食糧を買うために新たに借金する。苛酷な重税と盗賊・匪賊の横行が農村の悲惨な状況に拍車をかけた。

中国の農民の多くは、地主に圧迫され搾取されるのは、生まれついて以来の運命であり、諦《あきら》めるべきもので、地主に歯向かうなど、天に唾《つば》するに等しいと考えていた。そこで中国共産党の工作隊は農村に入って、憶苦会《イークーホイ》といって、昔の苦しい生活を思い起こす集会を繰り返し開催し、地主との闘争に貧雇農は団結する必要があることを訴えた。

農民を八路軍に参加させるのには大きな困難があった。「まともな人間は兵隊にはならない」(好人不当兵)という伝統的な観念が根強く、また、強力な日本軍との苛烈な戦闘への恐怖心もあった。さらに、農村青年は一般に郷土観念が強く、自分の生まれた土地を離れたがらず、自分が兵隊になったあとの労働力不足も心配した。

そこで、中国共産党は、国民党軍との内戦と同時に、徹底した土地改革を押しすすめた。これは八路軍が直接手を出すのではなく、政治工作隊の仕事だ。土地改革について、八路軍は口出ししなかったし、できなかった。軍人の任務は、人民の生活を守ることであり、それに干渉することではない、こういう考え方からだ。

「耕者有美田」、「打土豪分田地」というスローガンが、八路軍の宣伝隊により、部落の壁に白い大きな字でくっきりと書き出された。土地改革の取り組みによって中国の農民たちを大きく励まし、2千年も続いた封建的大地所有制度が崩れていった。農民は、この土地分配を熱烈に支持した。

1947年10月、中国共産党は「中国土地法大綱」を発表して土地改革の基準を示した。この土地改革が進行する過程では人道に反する行き過ぎも少なくなかった。多くの村で人民裁判が開かれ、元地主たちが糾弾され、裁判の結果、大勢の群衆の面前で処刑された。ただし、地主の勢力が強いところでは逆に工作隊員がなぶり殺されたところもあり、政治工作員は命がけだった。土地改革を妨害しようとする大地主たちは国民党の敗残兵やごろつきを雇い、工作隊員や土地改革に積極的な貧農のリーダーを襲うなど、各地で多くの流血をともなった。

毛沢東は1948年11月8日に出した指示で、土地改革の行き過ぎをいましめた。「ごく少数の、真に悪逆無道なものは人民法廷によって厳粛に裁判し、政府機関によって銃殺する。これは革命の秩序としてどうしても必要なことである。しかし、殺すのはあくまでも少数にとどめ、むやみに殺すのはまったくの誤りである。そんなことをすれば共産党は同情を失い、大衆から離れ、孤立におちいるだけだ。われわれの任務は封建制度を一掃することであり、階級としての地主を一掃することであって、地主個人を一掃するのではない」

八路軍の司令の一人である聶栄臻《じょうえいしん》は地主の土地を没収して敵対するのではなく、小作料の減免など比較的漸新的な政策をとって徐々に支持を拡大させた。晋察冀《しんさつき》が「模範解放区」とされるのは、地主層を含めた民主的な統一戦線政府を築くことに取り組み、民衆を主人公とした村政を築くための参議会を設置し、その委員の選挙は非識字者を考慮して豆の数で投票させるなどの工夫もして投票率8割を確保したことによる。

土地改革をすすめたあと、もし国民党軍の反撃が成功し、蔣介石の国民党政府の支配下に入れば、せっかく地主から取り上げて自分のものにした土地そして家具類を奪いとられるだけでなく、自分と家族の生命さえ危険にさらされることになる。だから、国民党軍の反撃に対して妥協は許されず、死を賭して戦わなければならない。この戦いにおいて力になってくれるのは中国共産党の八路軍をおいてほかにない。こうして貧小農と中国共産党とのあいだに、生死を共にする固い団結が生まれた。中国共産党にとっても、国民党政府・軍と正面から戦える強固な基盤ができたことになる。

農民たちは、せっかく勝ちとった土地改革の成果を守るには、積極的に八路軍を支援しなければダメだと自覚し、解放された村々から、若者たちが大挙して八路軍に入った。これを「翻身農民、参軍熱潮」（生まれ変わった農民たちが潮のように八路軍に参加）という。1946、47年の2年間だけで、土地分配を受けた農民の子弟160万人が志願して八路軍に入隊した。

民衆と八路軍

解放前の中国では大地主と悪徳ボスが軍閥と結びつき、民衆を徹底的にしばりつけ、踏みにじっていた。字も知らず、着るものもろくになく、農民でありながら、食べるものさえ満足に口に入れられないほどの貧しさだった。兵士の多くが字を知らず、元日本軍少年兵の徳川が漢字をたくさん知っていることに驚くほどだ。師団幹部でも報告書を作成できないのが4人のうち3人の割合でいて、字を知らない兵士が1割いるのに対して、幹部は3割をこえていた。幹部も兵士も文書の作成は難しく、識字能力はとても低い。

中国の農民は、それまでの長年月の苦しい経験から、軍隊に対して本能的に強い警戒心と疑いの念をいだいてきた。これは理屈抜きのもの。そこで八路軍はどうしたか……。部落に駐屯するとき、兵士たちは家にある桶を手にして井戸へ水汲みに行く。それだけでも農民は助かる。そして、鍋や敷ワラを借りるときは、話をして了解を得て、さらに借用証と引き換えにする。そして翌朝、出発するときは、借りたものを返し、借用証を戻してもらう。これを確実に履行する。農民はびっくりし、ただ茫然と八路軍を眺める。しかも、万一、物を壊したときには時価で弁償する。

「八路軍は心底から貧乏人のために戦う軍隊だ」ということが、日常の小さな具体的な行動を通して、大衆に理解されはじめた。八路軍は規律正しい、まじめな軍隊だと知れ渡っていった。

「八路軍　是老百姓的隊伍、全心全意為窮人的解放而奮闘」。八路軍は百姓の部隊で、誠心誠意、貧乏人を解放するために奮闘します。こうしたすぐれた作風、大衆路線は一朝一夕に出来あがったものではない。

運動戦

満州での国共内戦は1948年の終わりまで3年のあいだ続いた。八路軍のほうが日本軍敗戦後いち早く満州へ進出したが、蒋介石の国民党軍も遅れてやってきて、アメリカ製の近代兵器をもっていたこともあり、八路軍を撃退するなどして、両軍とも一進一退の状況が続いた。これを八路軍は運動戦と呼んだ。八路軍が支配権を確立しているか影響力をもつ地域を内線、国民党軍が支配または影響を及ぼしている地域を外線と呼んで、この内線と外線の接点で八路軍は運動戦を展開した。つまり、満州全域において全戦局で八路軍が主導権を握って戦闘をすすめようというもの。

したがって、運動戦とは、きわめて広い範囲の戦線を駆けまわりながら、敵の国民党軍の意表をついて攻撃を加え、弱い敵を見つけると、これに数倍する兵力を充てて殲滅し、作戦の目的達成後は迅速に安全な場所へ移動する。このような戦闘方法をとる。この運動戦によって、1946年だけで1ヶ月半に平均8個旅団の国民党軍を殲滅するという成果をあげた。

やがて、国民党軍は長春と大連を結ぶ長大鉄道の点と線に押し込められ、重点防御に転じていった。八路軍は、長大線のレールをひきはがし、輸送を妨害した。

捕虜

毛沢東は、「わが軍の人力と物力の供給源は主として前線にある」と宣言した。国民党軍の兵士が八路軍の捕虜になると、その多くが八路軍の兵士として加わった。それは決して無理矢理に強制した結果というものではない。

毛沢東は紅軍の政治工作の基本原則の三つ目に捕虜を寛大に取り扱う原則をあげた。第一は将兵一致、第二に軍民一致。そして、第三は敵軍を瓦解させ、捕虜を寛大に取り扱う原則だ。我々の勝利は、単に我が軍の作戦によるばかりでなく、敵軍の瓦解による。敵軍の捕虜に対しては、大衆がひどく憎悪していて殺す必要があり、しかも上級の許可を得ている者以外は、一律に釈放する政策をとる。侮辱したり、物をとりあげたり、転向を強要したりせず、一律に心のこもった穏やかな態度で接する。どんなに反動的な捕虜でも変わらない。これは、反動陣営を孤立させるうえで非常に有効だ。

八路軍は、次のように決議して徹底を図った。敵の捕虜兵を優遇することは、敵軍に対する宣伝のきわめて効果的な方法である。その優遇の方法としては、第一に、彼らが身につけている金銭その他一切を捜索・押収しない。第二に、大きな熱情をこめて捕虜を歓迎し、彼らに精神的な喜びを感じさせる。捕虜に対して言葉でも行動でも決して侮辱してはならない。第三に、捕虜に対しては、老兵と同様に物質上の平等な待遇を与える。第四に、紅軍に残留を希望しない者に対しては、宣伝したうえで旅費を支給して放免し、敵の原隊に帰還したあとで、彼らが自軍のあいだで紅軍の影響をふりまくようにする。いたずらに紅軍の兵士を多くしようとして、残留を希望しないものを無理に引き止めようとしてはならない。もし、帰還した者が敵軍兵士として再び来たとしても、再び捕え、再び釈放する。多くの捕虜を捕まえたら、公開の場で彼らの意見を聞き、紅軍に加わりたいという者はすぐに名簿に記入する。紅軍に残りたくないという者に対しては歓送会を催し、1人につき1元か2元の旅費を支給し、わが軍の兵士代表が歓送のことばを述べる。彼らが田舎に帰ったら土豪と戦い、再び兵士になって紅軍と戦うことのないように望むと。

負傷した敵の兵士に対しては、十分に薬をつけてやり、お金を支給し、我が紅軍の大量のビラを持ち帰ってくれるよう依頼する。そして、農民を雇って、敵軍の地域にまで送り届ける。敵の負傷兵を治療してやり、金銭を支給するのは、紅軍の負傷兵に対するのと完全に同等でなければならない。こうした原則を実践した結果、1947年の秋の戦いから翌48年3月までの冬の戦いにおいて、八路軍は10万人以上もの国民党軍の捕虜を兵士にした。

百団大戦のとき、八路軍に襲われて井陘《せいけい》炭鉱駅（河北省）の助役をしていた日本人の両親が死亡して茫然としていた4歳の女の子を八路軍が保護し、救出した状況を知らせる便箋4枚の手紙とともに村人の付き添いで日本軍に送り届けた。受け取った日本軍の指揮官は、八路軍に礼状を送った。「子どもは確かに受け取った。貴部隊の人道主義精神に感謝する。将来、平和時に面会した際、謝意を伝えたい」というもの。このとき八路軍司令の聶栄臻将軍が日本人孤児と一緒に写っている写真がある。八路軍の戦場カメラマンとして有名な沙飛が撮った（沙飛はその後、病気による精神錯乱状態のなか、八路軍の病院で働いていた日本人医師を射殺したことから銃殺された）。この女の子は無事に日本に帰り、宮崎・都城で大きくなり、成人した。

本人（栫《かこい》美穂子）は記憶していなかったが、日本の読売新聞の記者が探し出した。1980年7月に訪中し、北京の人民大会堂で80歳の聶元帥と再会した。この過程で、初め女の子の名前は興子《こうこ》とされていた。名前をたずねられたとき、女の子が「お母さんは死んだ、死んだ」と繰り返したからだ。興はシンと発音する。それで興子という名前と誤解されたのだった。

1947年3月の時点で、満州にいる蒋介石軍が45万人に対して、八路軍は野戦部隊70万人、地方部隊33万人だった。中国全土でいうと、蒋介石軍は八路軍120万の3・58倍、430万も擁していたが、その戦闘性は驚くほど低く、腐敗し、無規律な軍隊と化していた。

八路軍が全満州を解放したとき、出発当初の10数万が100万近い大部隊になっていた。しかも、国民党軍から奪いとったアメリカ製の最新式兵器を装備した強力な軍隊だ。

政治学習運動

八路軍は政治学習運動に非常に熱心に取り組む。折にふれ連長や政治委員が情勢を説明し、任務を明らかにして兵士の士気を鼓舞する。政治委員の講話は、原稿を見ながらではなく、理路整然、そしてときにユーモアをまじえて兵士たちを笑わせながら1時間も2時間もしゃべりまくる。中国を取り巻く内外の動き、敵味方の状況説明、そして戦闘上の注意事項まで語り尽くす。将校の一部をふくめて多くの兵士は文字を知らないので、冊子が配られることはなく、すべて口頭の講話だ。

教育対象の重点は国民党軍の兵士だった人たち。捕虜となって八路軍に加わった人々に、八路軍とはどんな軍隊なのか、疑問や不安にこたえる内容のものでもあった。ときには行軍しながら討論することもあり、政治教育の優先度は高い。

大規模な集会では集団学習や戦闘の総括があり、小規模の集まりは3人1組となって、考えを述べ体験を語り、学びあい助けあう。ときには、「昔の苦しみを語る」会が開かれ、兵士たちはかつて受けた地主による残酷な搾取、日本帝国主義による悪業を涙ながらに次々に告発する。

1947年春から、毛沢東思想を学習することが大々的に呼びかけられた。

毛沢東が林彪へ送った手紙の一節、「一点の火も広野を焼く」というのは、我々の力がたとえ一点の火のごときたりとも、この力はやがて広野を焼き尽くす力となり、革命は必ず成功するというもの。

共産党の拡大

日中戦争がはじまったとき、中国共産党の組織はまだ弱体そのものだった。一つの省で党員が30人ほどしかいないということも珍しくなかった。そこで、1938年3月、共産党は大量に党員を拡大することを決議した。「大量に十倍百倍に党員を拡大することは、党の現在の差し迫った重大な任務となっている」とし、「積極的な労働者・雇農、都市と農村の革命的な青年・学生・知識人、動揺しない勇敢な下級の将兵に大胆に門戸を開く」ことにした。各地で突貫作業的キャンペーンが実施され、熱狂的な拡大運動の結果、党員が州で1万人とか3万人へと飛躍的に増加した。

農民が入党する直接的きっかけは、日本軍による放火・殺人・略奪という残虐な侵略戦争、それに対する八路軍による抵抗運動にある。多くの農民が、「抗戦すれば生存でき、抗戦しなければ滅びる」と実感し、共産党による抵抗の呼びかけにこたえた。ただ、このような「抗日」の要請だけではない。農民が入党する動機は「生活を改善するため」という経済生活にもあった。彼らは文化程度が低く、家庭生活が困窮していた。また、一部には、出世するため、指導者になるため党に入った者もいる。

突貫作業的な拡大運動によって党員の人数は増えたが、その反面、質に問題が生じた。「党員になれば、兵隊にならなくてよい」、「共産党に入れば負担も使役もない」、「共産党に参加すれば食料を支給する」などのスローガンを用いて入党を勧誘した支部さえあった。その結果、「動揺分子・投機分子・スパイ分子」も党内に混入した。さらに、党員の水準が低く、支部の幹部はほとんど文字を読めず、文献を読んで理解できる者はとても少なかった。

この当時、農村の共産党支部では、農民ではない遊民が無視できない比重を占めていた。ある支部では6人の党員のうち4人が博打《ばくち》うちであり、村長と党の支部長が遊民というところもあった。農村のリーダーに不可欠な条件の一つは、集会で人前でしゃべれることだが、実直な農民はそれができず、弁のたつ「やくざ気質」をもつ遊民がリーダーになることが多かった。実直な農民は運動に参加しないで傍観するか、あとからついていくだけだった。

このような状況を克服するため、1939年8月、中国共産党中央政治局は「党を強化することについての決定」を発し、「党の拡大を一時停止して、党を整理・縮小・厳密にし、強化する組織工作を今後一定時期の中心任務とする」とした。

1940年4月、中共北方局は高級幹部会議（黎城会議）を開き、「建軍、建党、建政」を党の主要任務として打ち出した。「党を整頓し、党を建設することは、現在、きわめて切実で重大な任務である」。「幹部の腐敗・裏切り・逃亡があり、党の指導的地位を富農・中農と遊民がにぎっているところがある。党内に混入している異分子（地主・富農・商人）、投機分子、敵のスパイを断固として、かつ慎重に粛正する」。党の縮小が必要だとして、党員の全村人口に対する比率は、大きな村（100〜300戸）で5%、一般の村（25〜100戸）で3%、小村では1%をこえないことを標準として、縮小すべきだとした。このような党の整頓が開始された結果、党員の3分の1が追放された。

このころ、共産党中央は根拠地で三三制を実行するよう指示した。つまり政権のなかは、共産党員、左派進歩分子、中間派がそれぞれ3分の1ずつを占めるようにしろということ。ただ、この実施は簡単ではなく、現実には、県政府の幹部は全員が共産党員で占めるところが少なくない。

1945年、中国共産党は第7回党大会の時点で、120万人の党員がいた。これに対して、国民党のほうも260万人の党員がいた。つまり、国民党のほうが共産党の2倍以上の党員をかかえていた。

1947年、共産党は土地改革と結びつけた整党整軍運動として「三査三清」を始めた。「三査」とは階級・思想・作風をチェックすること、「三清」とは思想・組織・作風を整頓すること。このとき地主階級出身の党幹部は容赦なく批判されるなど、闘争のやり過ぎが目立った。国民党軍との戦いが緊迫したので、それどころではなくなり、やがて「三査三清」はおさまった。

土地を得て、また得た土地を支える共産党を支持し、農村革命の理想に共鳴して支持した農民はごく少数で、大多数の農民は上級権力者として現れた共産党とはいかなるものか、この上級権力は何をのぞみ、自分たちに何を期待しているか、自分の利益を最大化するにはどう行動すればよいかを学び、合理的行動として共産党を支持した。農民の関心は、第一に自分と家族の安全、第二に政治的、社会的な利害の得喪にあり、それらを前提としたうえで、第三に経済的な利害関心を問題とした。結局、日中戦争期の中国の民衆にとって最大の問題は、食を中心とする「自分の生活」の維持であり、「安全」の確保だった。

平頂山事件の軍事法廷

国民党政府は日本敗戦後、瀋陽（奉天）に日本軍の戦争犯罪を審判する軍事法廷を設置（全国15ヶ所の一つ）し、平頂山事件という日本軍による住民大虐殺事件の審理をはじめた。

平頂山事件とは、1932年9月16日、満州南西部にある、満鉄が経営する撫順《フーシュン》炭鉱の関東軍（独立守備隊）が中心となって、多くの住民が炭鉱労働者である平頂山集落を包囲し、全住民を家から追いたて崖下《がけした》の窪地《くぼち》に集めたところを機関銃で掃射のうえ銃剣で刺突して虐殺したというもの。その被害者は3千人にのぼるとみられている。住民殺害のあと、独立守備隊は崖を爆破して遺体を埋め、住居に放火した。

この事件は千人もの抗日ゲリラが撫順炭鉱を襲撃したことへの報復として関東軍が計画的・組織的に敢行したものであり、偶発的に発生した事件でも個人的怨恨の動機からでもない。抗日ゲリラの襲撃を事前に知りながら日本軍に通報しなかったと決めつけ、そのことへの報復として関東軍は平頂山集落全員の皆殺しを敢行した。

日本敗戦後の1946年春ころから調査が始まり、同年12月に撫順炭鉱関係者や警察官ら11人が起訴された。ところが、実際に虐殺を指揮・主導した関東軍の独立守備隊の将校は一人も逮捕されることなく、起訴もされなかった。

軍事法廷の裁判官らは1947年7月、平頂山の現場調査を行い、現場で2千体あまりの遺骨が発掘されているのを確認した。1948年1月3日、7人が死刑宣告され（残る4人は証拠不十分で無罪）、控訴したが棄却され、4月19日、7人全員が処刑された。国共内戦の激化するなか、国民党政府は瀋陽の維持が危なくなり、裁判が急がされたという背景もあった。

実際に住民大虐殺を指揮した独立守備隊の川上中隊長、井上小隊長などの関東軍将校がまったく責任を問われず、代わりに炭鉱の次長など民間人だけが責任をとらされた結果になった。南京事件の裁判では、GHQは日本に戻っていた日本軍の元将官を中国に連行して裁判を受けさせたが、平頂山事件ではなぜか見逃された。川上中隊長は戦後の日本でまもなく服毒自死したが、井上小隊長のほうは責任を問われることもなく、1969年に大阪で病死している。

四平の戦い

遼北省の省都である四平《スーピン》（前は四平街と呼ばれていた）は交通の要衝。満州の大動脈である南満州鉄道が通っていて、北満のチチハルに向かう平斉鉄道の起点でもある。また、梅河口に向かう四梅鉄道も、ここから出る。

日本軍が敗戦したあとの1945年10月、八路軍がいち早く四平に進駐してきたので、蔣介石の国民党政府の役人たちは逃げだした。

1946年4月半ば、蔣介石の国民党軍がやってきて四平の戦いが始まった。戦いは1ヶ月続いたが、30万の八路軍は5月半ばに四平から撤退し、入れかわって国民党軍が占拠した。このころまでの八路軍は、「一歩・寸土も譲らない」という軍事戦略を立てていた。四平の戦いの厳しい敗北は、この戦略方針が誤っていることを示し、その転換を余儀なくされた。国民党軍は、続いて長春（新京）・吉林も占領した。国民党軍は、新一軍と新六軍から成る、アメリカの最新式兵器を装備した最新鋭の機械化部隊で、いわば蒋介石の虎の子の部隊だ。蒋介石は八路軍を「赤匪《せきひ》」つまり赤い匪賊と決めつけ、「3ヶ月から6ヵ月のうちに全滅させる」と豪語した。実際には、このころが国民党軍の最盛期だった。

最初の9ヶ月間、八路軍は後退を余儀なくされ、八路軍が確保した満州の主要都市はハルビンのみとなった。1947年3月には、共産党の根拠地だった延安も国民党軍が占領した。このころ国民党軍430万に対して八路軍は120万だった。

1947年のうちに潮目《しおめ》が変わった。1947年夏、八路軍の後退はとまり、反撃が始まった。6月、八路軍は四平への第三次攻撃戦に出た。大変な激戦となり、中隊150人が戦闘終了時には30人しかいないというほど大量の犠牲者が出た。国民党軍は八路軍の将兵を目がけて空襲し、機銃掃射した。アメリカ製のロッキードやグラマン戦闘機だ。もちろん、いずれもプロペラ機。戦場となった郊外には死屍累々《ししるいるい》として片付ける人もなく、炎天下に異臭が漂った。

蒋介石は、四平防衛のため、アメリカから調達した近代兵器を空から補給する空輸作戦をすすめた。ところが、八路軍の高射砲を恐れて、輸送機が高いところからパラシュートで投下するものだから、風向きの具合によっては、八路軍の陣地近くに、その貴重な物資が落ちることもあって、八路軍を喜ばせた。

攻める側の八路軍を指揮する林彪と守る側の国民党軍の陳明仁将軍の対決は、「林陳の対決」として有名になった。二人とも国共合作当時の国民党政府が設立した黄埔軍官学校の一期生で、互いに同期生として顔見知りの仲だった。国民党軍は南の瀋陽から新六軍、北の長春から新一軍が押し寄せてきて八路軍をはさみ討ちにしようとしたので、この第三次攻撃戦でも八路軍は大激戦に持ち込んだものの、四平を占拠できずに後退した。

12月、八路軍は四平へ四度目の攻撃戦を開始した。満州の12月半ばは真冬だ。すでに零下20度、松花江は部厚い氷で覆われ、人も車も氷上を渡れるほどの厚さに凍っている。昼間に渡河しようとしても、国民党軍のロッキードやグラマン戦闘機が頭上をブンブンいわせて飛びまわり、機関銃を撃ちまくるので危なくて渡れない。さらに国民党軍は軽爆撃機を繰り出し、しきりに爆弾を投下して凍った河の氷を割っていく。そのため、水圧によって水が氷の上に噴き出し、川下に向かって奔流のように流れていく。そのうえ国民党軍は豊満ダムの放水をはじめたので、よけいに水量が増えている。

八路軍は夜を待って渡河を始めた。零下20度のなか、腰から下のものを全部ぬぎ、氷の上を流れる水の中に入る。気絶するほどの冷たさだ。300メートルもある川幅の松花江を腰まで水につかりながら次々に渡っていく。気の弱い兵士は泣き出す。ズボンをはいたまま渡河した兵士は、濡れたズボンが渡河を終えたところでたちまち凍ってしまい、まるで煙突のようにズボンがコチコチに固まって泣いていた。渡河したあと、元少年兵の徳川は軍馬の下腹を見て驚いた。河を渡るときについた水が、ちょうど馬の鈴くらいの大きさにかたまって何十個とぶらさがっていて、それが朝陽を受けてキラキラと光りながら揺れている。美しい光景というより、恐ろしくて身震いした。

1947年12月25日、毛沢東は「現在の情勢とわれわれの任務」と題する報告のなかで、「中国人民の革命闘争は、いま転換点にあり、解放軍はすでに防御から攻撃に入った」と宣言した。

１９４８年３月までの90日間の第四次攻撃戦で、ついに八路軍は四平を占領した。このときの八路軍の戦法を「突破一点、縦深開花」という。もっとも攻めやすい敵陣の一角に攻撃と兵力を集中して、これを奪いとり、この突破口から迅速に敵の奥深くまですすむ。そして、中からも攻撃を加えて、はさみ打ちし、敵を一挙に殲滅する。

四平を八路軍が攻略したことは、将棋で王手をかけたのも同然。これで長春（新京）と瀋陽（奉天）の国民党軍を分断したことになる。

１９４８年３月、毛沢東はスターリンに、すでに兵力は同等になったと報告した。事態は急速に変わっていった。八路軍は１９４６年７月から１９４９年１月までで、国民党軍の兵士３７０万人を捕虜とした。

国民党軍の将軍は最後にはアメリカ軍が助けてくれるはずだという甘い考えに浸《ひた》っていて、徴兵された兵士たちは果敢な戦闘精神が欠如していた。兵士には十分な給料が支払われず、食事も満足に与えられていなかった。だから、国民党軍は略奪に走り、それで民衆の支持を得られず、恨みを買うばかりだった。

長春包囲戦

大量の餓死者を出し、悲惨な状況に陥った、有名な長春（新京）包囲戦が始まったのは、八路軍が四平を攻略した直後の１９４８年３月のこと。四平の北にある長春は満州帝国の首都として人口70万人の大都会であり、日本人が14万人もいた。日本敗戦時の人口は50万人。

八路軍は長春を四周から完全に包囲し、兵糧攻め作戦をとった。国民党軍は、夕方6時から朝5時まで外出禁止令を出して対抗する。その結果、毎日100人もの餓死者が出て、合計すると5万人とも10万人とも言われる死者の出る惨状となった。『大地の子』（山崎豊子）には主人公の陸一心《ルーイーシン》が餓死寸前で長春を脱出する状況が描かれている。八路軍が長春市をぐるりと取り囲んだため、1キロメートル幅の真空地帯ができていた。これは卡子《チャーズ》（関所）と呼ばれる。満州中央銀行の行員（武田英克）が卡子に3週間も閉じ込められ、野菜しか食べられず、体重24キロになってなお奇跡的に脱出に成功したという体験記がある。

8月、八路軍は長春郊外の飛行場を占拠したうえ、発電所からの送電を止めた。このころの中国はやたら犬が多かった。しかも、大型犬が目立ち、飼犬も飼い主が面倒みきれずに野犬化していた。犬たちは戦闘で犠牲となった兵士たちの遺体に喰らいついた。人間の頭を口にくわえている犬も見かける。バズーカ砲でやられた死体は皮膚が黒く焦げているせいか、よけいに犬がたかった。遺体を回収しようとすると、すごく凶暴で、歯をむき出し、うなり声をあげて向かってくる。そんな犬を捕まえて、兵士たちは犬料理をつくって食べる。目ざすのはよく太って毛並みのいい赤犬。赤犬の首に麻縄のワッパをかけて、丸太棒で眉間に一発くらわせ、あっという間に皮をはぐ。内臓を取り出し、頭や足の先を切り捨て、大きな鍋に一匹丸ごと放りこみ、唐辛子、にんにく、ネギ、山椒の実、ミソと塩を入れ、2時間ほど、弱火でぐつぐつ煮込む。慣れないと独特の臭いがするが、冷めたら臭みが消える。元少年兵の徳川もようやく犬料理にも慣れて、しこしことした歯切れの良さから、おいしく食べられるようになった。ただし、犬を好んで食べるのは朝鮮族の兵士で、満州族や漢族の兵士は好みではなかった。これは食習慣の違いだ。

八路軍は解放区では犬の飼育を禁止した。犬は食糧を食べるだけでなく、その吠え声が八路軍の行動を暴露する恐れがあるからだ。殺犬隊を巡回させて犬の撲滅につとめた。

遼瀋戦役

1948年秋、天下分け目の三大決戦が始まった。遼瀋戦役《りょうしん》は満州を舞台としたもので、あとの二つは淮海《わいかい》戦役と平津《へいしん》戦役。

1948年9月、毛沢東は林彪に対して電報を送って作戦を指示した。長春・瀋陽の国民党軍にかまわず、先に錦州を攻略して、国民党軍の南方への退路を断つ作戦だ。「門を閉じて犬をうつ」と称した。林彪も同じ考えで、これが全東北の国民党軍を殲滅するのにもっとも理想的な戦略だとした。錦州は漢民族がもっともはやくから移住した遼西地区の古都であり、錦州省の首府でもある。

それにしても、錦州攻略に八路軍を集結させるには、制空権だけはもっていた国民党軍の空襲下に、それほど機械化されていない、徒歩行軍によるしかないから大変なこと。それを43歳の林彪が指揮する八路軍はやり切った。先に国民党軍の逃げ口を塞ぎ、まず錦州を攻略し、そこへ増援部隊が送り込まれてくるのを逐次殲滅する作戦だ。こんな大胆な計画を遂行すべく周到な準備の下、9月のうちに八路軍20余万が結集した。6個縦隊（師団）と砲兵1個縦隊、戦車1個大隊が錦州の包囲攻撃に従事した。

10月14日、錦州総攻撃が始まった。31時間もの激しい攻防戦の末、ついに錦州防衛軍は壊滅し、国民党軍10万余人が副総司令とともに降伏した。さらに3日後の10月17日、国民党軍第60軍の軍長が2万数千人の将兵とともに投降した。そして、国民党軍の増援部隊も次々に全滅させられ、10月28日、遼瀋戦役は八路軍の勝利のうちに終了した。長春も10月19日に国民党軍は降伏した。

林彪は、国共内戦が終結し、共産党が中国を支配するようになったあと、毛沢東に次ぐ地位にまで出世したが、そのためかえって毛沢東に警戒され、ついにはクーデターを計画して決起したものの無惨に失敗し、1971年9月13日、逃亡のために乗った飛行機が墜落して死亡した（64歳）。その後、林彪の評価を落とすために、この遼瀋戦役において林彪は毛沢東の指示に反したと批判されたが、これは事実に反する、ためにする非難だと思われる。


1948年11月、瀋陽と営口を八路軍が解放・占拠し、満州全域が解放された。中国共産党は、満州という最も重要な戦略地域で、ついに勝利を勝ち取った。1948年秋の解放軍による満州全域を解放する戦闘で、アメリカの装備で武装しアメリカ式訓練を受けた、最新鋭を誇る国民党軍は殲滅された。そのなかで満州の大地で育った中国人民解放軍第四野戦軍は、兵力も装備も戦闘力も中国共産党軍全軍の中で最強を誇る主力軍に成長した。この強大な戦略兵団が満州から南下すると、いかなる国民党軍も抵抗することはできなかった。

1949年1月、毛沢東は「革命を最後まで遂行せよ」という声明を発表し、逃げ腰になった蒋介石の国民党軍との和平交渉に関して、8項目の条件を提案した。そして、ついに北京を八路軍が占領した。錦州防衛軍の司令官が降伏したとき、八路軍はその希望どおり家族10数人を荷物とともに大車に積んで北京まで送り届けた。このことが北京・天津方面の国民党軍に伝わると、戦闘意欲を失って八路軍に投降する将兵が続出し、北京・天津方面では本格的な戦闘にならずに八路軍が制圧したという。引き続き、4月に南京、5月には上海まで占領するに至った。その結果、スターリンは、ようやく毛沢東の中国共産党を中国の主《あるじ》と認めた。毛沢東は、大都会を運営する自信がなかったので、ソ連に対して都市管理の専門家の派遣を要請した。8月、ロシア人専門家220人が中国に到着した。

10月1日、毛沢東が北京の天安門広場で中国（中華人民共和国）の建国を宣言した。このとき共産党員450万人のうち25％は25歳以下だった（当時の中国人の平均寿命は35歳）。毛沢東は55歳、劉少奇50歳、周恩来51歳だった。ちなみに、共産党員の6割が農民で、7割は文字が読めなかった。

III 紡績工場の日本人技師

紡績工場

東北地方（東北、トンペイ。日本が敗戦し国共内戦も終結したあとは、当然のことながら満州とは呼ばない）はもとから近代工業が盛んなところで、満州国は奉天、安東、吉林、ハルビンを四大工業地区として設定していた。全国の生産量に占める割合は、石炭が50％、発電量が78％、銑鉄が88％、鋼材が93％、セメントが66％で、鉄道も全国の半分以上を占めていた。なので、中国共産党は東北地方で、まず軍需工業を再建し、その生産確保に全力をあげた。ハルビン、チチハル、チャムスなどに14の兵器工場を確保し、兵器弾薬のほか、石炭、輸送車両、紙パルプ、紡績など、戦争と民生用物資の生産につとめた。

1948年11月、久たちは再び瀋陽の北に位置する鉄嶺に戻り、ここで紡績工場を再建することになった。敷地は広いものの、建物はかなり荒れている。すぐさま織機の組立が始まった。粗製乱造ではないが、当面は質より量の確保が至上命令なので、2交代から3交代になった。

ある日、遠くの方に煙がかすかに見える。久が近くにいた満州人の工員である揚君に遠方の煙は何かと尋ねると、野火だという。炎さえ見える。あと1時間でここまで到着するだろうと言う。幸い、工場の周囲には草はない。四方八方に火は広がっているらしく、煙が前方一面に広がって近くなってきていた。思ったよりも速いようだ。はじめて見る野火で、目の前を一瞬に強風とともに過ぎて行く。後は黒い灰だけ。それも、翌朝には夜のうちに吹いた風で黒い灰までなくなっていた。何日か過ぎた昼休み、久は向こうの山に珍しく5頭ほどの犬がウロウロしているのを見つけた。「あんなところに犬がいる」と叫ぶと、揚君が「いや、あれは狼だ。羊を狙っているのだ」と教えてくれた。

ある日、工場で葬式が営まれた。紡績工場でなんとか機械が動き出してまもなく、織機の面倒をみていた静岡県出身の岩田技師が亡くなった。戦前から紡績工場で長く働いていたから、紡績のことは基礎から分かっていた。女子工員たちの指導者でもあった。老けて見えたが、恐らく40代、せいぜい50代前半だろう。戦前からの苦労が老けさせた。身体の不調を訴えて、しばらく休んでいたが、病名も判明しないまま、あっという間に死亡したという。久はほとんど話したことがなかったのが残念だった。僧の読経もあって、立花が、「これじゃあ、まるで日本式ばい」とつぶやいた。ここでは、病気、即、死だということを久は実感する。僧は笛やドラも使い、聞いているだけで悲しい気分になる。棺を墓地に運ぶときは、白い麻のはちまきをし、上下とも木綿の白衣（孝衣、シアオイ）を着た8人がかりだ。このときの集まりによって、工場には久たち以外にも元日本兵が5、6人いることが分かった。その一人に元少年兵の徳川がいて、元気に再会できたのが久はうれしかった。徳川は一時的な体調不良のため八路軍から脱けて紡績工場にたどり着いたという。元気になったら、また八路軍に戻るつもりらしい。若さには無鉄砲がつきものだ。久には、もうそんな元気はない。

これまでの工場だけでは小さすぎて足りないので、竜首山という禿げ山のふもとの大きなお寺も工場に改造することになった。お寺の中にソ連兵に荒らされた幾千もの仏像があった。小は小指大のものから、大は人間並みのものまで、ほとんどが歓喜仏。牛と観音様がまさに性交している。ほかにもいろいろあったが、全部取り出し、外に運び出して燃やせるものは燃やした。二階はこうもりの巣で、糞が2センチから3センチも積もっていて、強烈な臭いがする。幾千匹ものこうもりなど、初めてのことばかりだ。八路軍の元兵士も真面目に働く。彼らは「為人民服務」がスローガン。久たちと一緒に行動していた八路軍の部隊には150人もの兵士がいたが、胡排長をふくめて全員が軍服を脱いで工員として働いている。

紡績工場は軍服を提供するだけでなく、民間衣料の需要にも応じる。中国共産党にとって、重要な経済の生命線になっている。

あるとき、元日本兵の高井が「釣り針を作るので、作業場を貸してください」と言ってきた。「ああ、いいよ。どうぞ」と、久が場所を譲ると、高井は熱心に作っていた。まさか出奔するとは思ってもいなかった。朝、いつものとおり午前8時にエンジンを回し、発電機も動き出した。織機が回って照明も点り、一息ついたとき、上條が慌てた様子で近寄って来て、「隣の宿舎の日本人が昨夜、逃げたげなばい。工場の警備隊が馬で追っているって。今のところ発見されておらんげな」と、なぜか久を真似て筑後弁で告げた。ずっと一緒にいると方言がいつのまにか混じりあうようだ。生きていくことも難しい環境なので、久は高井の無事を祈るだけだ。鉄道駅のある街まで、見つけられないように気をつけながら歩いたら何日もかかるだろう。まだ国民党軍の残党もいるし、とても高井が逃げきれるはずはない。立花が久に「高井の奴は、最近おかしかったけんな」と話した。成り行きで中国残留を決めたことを、いつまでもくよくよ後悔していて、一日も早く故郷に戻りたいとばかり言ってた。もうそれしか考えられなかったのだ。「早まるなよ」と忠告してたんだけど……。立花は頭をかきむしった。でも、それは高井が自分で決めたこと。立花の責任ではない。結局、高井がどうなったのか、まったく分からないまま。中国は広いし、政情が完全に安定しているわけでもないので、行方不明者は珍しくない。

ところで、釣り針はもちろん魚を釣るためのもの。木もはえていない大草原でも、ひとたび雨が降ると低地が川となり、不思議なことに川には魚がいる。久も鮒《ふな》を釣りあげたときには、自分でも驚いた。


深夜、急に外が騒々しくなった。「バンバンバン」と、このところ聞いていなかった銃声がしている。久は明かりをつけず、窓のカーテンを少しずらして外を覗《のぞ》いてみた。すると、宿舎の周囲を馬に乗った男たちが何かを大声で叫びながら走りまわっている。久は国共内戦の激しかったころを思い出し、不安に襲われた。国民党軍の残党なのか、匪賊なのか……。

扉を叩く音がしたので、開けると立花が立っていた。

「いやあ、まだ匪賊がいたんだな。でも、まあ心配いらんだろう」と、日頃から肝のすわった立花はあまり心配している様子ではなかった。その動じない様子を見て久も少し安心した。上條もやってきた。神経質な上條のほうは顔色も悪く、固まっている。

「ダダン、ダンダン。ダダダ……」。さっきより大きな音がした。ようやく工場の警備隊が出動したようだ。馬に乗った連中は、すぐに逃げていったらしく、やがて静かになった。

久は紡績工場の技師として働き、月に100万元もらう。これは中国人の工員の2倍の給料だ。ちなみに、このころ病院に勤める日本人医師は連隊長級の待遇を受け、月230万元をもらっていた。これは当時の日本円で3万円に相当する。久の給料は、その半分以下になるが、それなりの給料だ。実は、当初の給料は現金の代わりに粟が現物支給された。工場長は月300キロ、ヒラの労働者は75キロで、久たち日本人技師は倍の150キロだ。工場長の半分だが、明らかに優遇されている。野菜や肉は粟と交換して手に入れる。

つる子、27歳（1950年）

つる子は、紡績工場では織布組に属し、少しやせ型の体型で、持ち前の世話好きから、いつも笑顔で工場内を敏捷に回りまわった。紡績工場では三交替制の3つの班があり、どの班がより多く生産するか、そして、かかった時間も、毎日、工場の壁に貼り出され、競争した。

久は、長野県から来ていた少女たちと工場の休み時間によく話をするようになった。まだ15か16歳の、ふっくらほっぺの赤い、元気のいい女の子たちだ。でも、満州は空気が乾いていて、寒暖の差が激しく、紡績工場の綿ぼこりによって肺病（結核）になる可能性がある。現に、日本人の女子工員の1人が結核にかかり、病院とは名ばかりの学校の校舎の粗末そのものの一室に寝かされているのを久も見舞いに行った。死と隣りあわせで、本当に気の毒だった。久も夜中に腹痛で眠れないことがあった。我慢しているうちに痛みはそれほどでなくなったので、病院には行かなかった。日本に帰国したあと、盲腸の手術を受けたとき、前にも痛みがあったはずと言われて思い出した。やがておかっぱ頭だった彼女の死が知らされた。可哀想で久は涙が止まらなかった。ここでは病気は死に直結している。岩田技師のときと同じように竜首山のふもとにある墓地に日本人が総出で埋葬した。

紡績工場では学習活動が盛んだ。日本人グループも延安からやって来た日本人に教えられて社会科学を学習しはじめた。講師の話を30分聞いて、そのあと1時間かけて討論するというやり方だ。このときばかりは工場内の教室に男も女も一緒で、20人くらいで熱心に討論した。まだ若いつる子にとって、これは新鮮だった。ダーウィンの進化論、史的唯物論、弁証法、帝国主義、資本主義など、それまで聞いたこともない言葉と論理が出てきて、マルクスという名前も初めて知った。はじめは慣れなかったが、少しずつその面白さも感じるようになった。スターリン、マルクス、レーニンについて、簡単なテキストで勉強した。

長野県から青少年義勇軍の一員として来ていた横山たちは、まだ15歳くらいだったが、高等小学校も卒業していなかったので、この学習活動のなかで漢字を習い、ＡＢＣを学んだ。みんなでわいわい討論しながらの学習は楽しい。毛沢東の学習方式では、相互扶助と集団学習が強調される。講師の講義を聞いたあと、自習時間をたっぷりとり、学生は班に分かれて問題を討論し、理解を深める。個人の成績を競うのではなく、グループ全体の成績をあげるのを重視するやり方だ。

延安から来た日本人講師は中村と名乗った。どうやら本名ではないらしいが、まだ30代前半で、いかにも快活だ。日本の大学を出て応召し日本軍兵士として大陸を転戦しているうちに負傷し、意識不明のまま中国共産党軍の捕虜となった。日本人反戦同盟の教育を受けるなかで目覚めて、反戦活動に参加するようになった。延安の学校で勉強したあと、実地教育の講師として鉄嶺の紡績工場に派遣された。教え方は丁寧で、なんでも初歩から教えるので、講義を受ける女子工員にはとても人気があった。玲子もその一人で、中村の顔を見つめるばかりのときすらあった。

つる子より年長の玲子は茨城出身で、生産現場で成績がいいだけでなく、学習の面でも積極的に発言し、つる子たちより何事も一歩先を行った。ある日、玲子は、「私、もっともっと勉強したいから、延安の学校に行ってみようと思うの」と言い出した。延安は中国共産党の本拠地、いわば中国革命の聖地だ。つる子は工場内の勉強は楽しくはあったが、それだけで十分だと考えていたし、気になる男性もいたから、鉄嶺を出て延安に行くなんて思いもよらない。玲子の勇気とやる気に圧倒される思いだ。玲子はきっと共産党員になりたいんだわ。中国共産党に入党するには、党員が紹介人となる必要がある。紹介人は入党希望者に対して共産主義の理論や思想などを教育する。いったい、誰が紹介人になるのかしら。中村講師なら、きっと紹介人になるでしょうね。でも、まだ玲子が党員に申し込むのは早すぎるんじゃないかしら……。

長野出身で、つる子と気の合うむつ子がどこからか情報を仕入れてきた。むつ子は地獄耳をもっていると言われるほど早耳で評判だった。むつ子は長野県小諸から教員に引率されて満州に勤労奉仕にやってきた女の子だった。延安には日本の東京帝大とか有名大学を卒業したエリートたちが学校をつくって教えるところがあるという。そこで勉強したら、中国でも日本でも、必ず幹部になれるらしい。そんなエリートコースがあるのだなんて、つる子にはまったく想像もできないし、自分には無縁な世界だと思った。

あとで聞くと、玲子は本当に延安に行って勉強し、そこで知りあった日本人男性と交際をはじめ、ついに結婚にゴールインした。中村講師には別の女性が延安で待っていた。玲子たちは集団結婚式をあげて盛大にお祝いしてもらったようだ。そして、日本に帰国したのは、つる子たちより2年遅れた。

八路軍の捕虜になった日本兵は8年間で7千人近くいて、そのうち746人の元日本兵が中国側の協力者となった。日本兵は捕虜となったあと、日本軍に戻ると冷酷に扱われた。ノモンハン事件のとき、元捕虜の将校は自決を強いられている。やがて、八路軍もそのことを知って、日本兵捕虜を初めのうち日本軍に帰していたのを止めて、引き留めて優遇するようにした。

鉄嶺にて。立花守（左側）

立花は本を読んだり学習するのはあまり気が乗らないようだ。「俺の頭は、なかなかこういうのは受けつけないんだ。それより体を動かしていたいね」。それでも、集団学習のときには、目立たないように、話をあわせるようにはしていた。ともかく、反抗的だとみられないようにしておく必要があることは立花にも分かっていた。

上條のほうは立花より、もっとうまく立ちまわっている。神経質な上條は何事もきちんとしなくてはすまない性格でもあり、学習ノートもきちんとつけた。ただ、本当のところは天《あま》の邪鬼《じゃく》でもあり、久に向かって「毛沢東って本当に神様みたいな存在なんかな……」と、つぶやいたことがあり、久はひやっと心配した。「そんなこと、ここで口にしたらダメだぞ」と口止めした。

久は、みんなのうしろからついていくだけにした。マルクスもレーニンもよく分からないけれど、毛沢東が蒋介石をやっつけた偉い人だということは身体で感じていた。ここは、中国なんだから、本当に神様かどうかは問題ではない、たてついたらいけないんだ、自分によくよく言いきかせた。工場の機械の修理を口実にして、3回のうち2回はズル休みをした。なんとなく気乗りしなかったからだ。

遼西紡績廠

紡績工場は、なんとか軌道に乗ってきた。地元の満州人だけではなく、広東や香港などからも技術指導にきてもらっているが、織物の質の向上の面では、久たち日本人技師も大いに貢献した。工場内は広いし、立花と上條はそれぞれ別の場所で働いているので、顔を合わせることが少なくなってきた。

工場には食堂があり、昼食はそこでとる。夕食もとることができた。主食はコーリャンかトウモロコシで、塩味の菜っ葉汁が付くだけ。1年のうち、春節（旧正月）、メーデー（5月1日）、建軍記念日（8月1日）、ロシア10月革命の記念日（11月7日）の4回だけ、ふだんよりいいものにありつけ、白米が食べられた。少しずつ食事内容は改善され、そのうち工場の門前に屋台が出るようになった。つる子たちはまだ若いからすぐお腹がすく。むつ子と一緒に屋台に寄って揚

遼西紡績廠

げ豆腐の唐辛子炒めを2皿買って、立って食べる。それを通りかかった男性工員たちに見られて冷やかされ、恥ずかしい思いもした。

やがて、冬用に綿入れの上着とオーバー1組が支給され、夏には裏なしの上着が2着も支給された。石鹸は月に1個、風呂には月に1度入れた。煙草の葉が月に250グラム配られ、それを新聞紙で巻いて吸う。生活条件は劣悪だったが、なんとか過ごせた。メーデーの日には、赤旗をたて、スローガンを書いた赤い横断幕を先頭にして、つる子たちは歌いながらにぎやかに大通りを行進していく。ときには紡績工場内の広場に文工隊がやって来る。笛、太鼓やドラがにぎやかに奏《かな》でられ、歌手が前に出て歌い、踊りを披露する。

さらに世の中が落ち着いてきたころ、紡績工場の前の大通りを200メートルも先に行ったところに映画館ができた。休日になると、そこで映画をみるのがつる子たちの楽しみになった。ソ連やフランス、イタリアの映画も上映された。イタリア映画の「自転車泥棒」、フランス映画の「レ・ミゼラブル」、ソ連映画の「戦艦ポチョムキン」、「イワン雷帝」、「スターリングラード防衛戦」など……。映画館で椅子に座って映画をみながら向日葵《ひまわり》の種《たね》や落花生をぽりぽり食べる。床が汚れるのなんか誰も気にしない。

ところが、抗日戦争の映画も頻繁に上映される。それが分かっているときは日本人は見に行かなかった、というか、見に行けない。なにしろ、出てくるのはひどい日本兵ばかりだ。跪《ひざまづ》いている中国人の首を笑いながら軍刀で切り落とす日本軍将兵、飢えた獣のように村の女性を捕まえ強姦する日本兵など、まさしく悪魔の所業が繰り返し描かれる。日本の国旗は「犬皮膏薬《こうやく》旗」として嘲笑の対象となる。中国では、方形の台紙に丸い膏薬を貼りつけた外用薬を使う。日章旗はこの膏薬そっくりだとけなしたのだ。三光政策の元凶の日本軍将兵は八路軍に広場で処刑される。そのとき、場内は拍手と歓声がどよめく。いくらなんでも、そんな場に日本人はいたたまれない。

つる子が夕食のあと自分の部屋でゆっくりしていると、むつ子がドタドタと鈴代と二人つれだってやって来た。何事かしら、いったい……。

「つる子、知ってる？　男性軍がお風呂に入ってるのよ。そんなのズルいと思わない。私たちだって入りたいじゃないの」

工場に勤める中国人には、満州人をふくめて日本人と違って、湯舟に身体を沈めるのが入浴だという習慣がない。日本人なら誰だって温泉に入って手足を伸ばすのを好む。そして家庭に内風呂があるのも決して珍しくはない。しかし、今の中国でそんなことは望めない。そう思って我慢しているのに、日本人の男たちが中庭にドラム缶を据えて五右衛門風呂にし、入浴を楽しんでいるのを見たという。そんなの不公平だ。私たち女性陣だって……。

つる子は、翌日の昼休み、むつ子たちと連れだって王主任に面会を求めた。そこで判明したのは、日本人の男性技師たちが風呂に入りたいと要求し、自分たちで風呂をつくるというので、それを許可したということだった。

つる子は、「私たち女性陣も入りたい。ついては風呂の周囲に目隠しを自分たちで立てるから、許可してほしい」と王主任に要求した。王主任は苦笑しながら、「自分たちで衝立《ついたて》をつくるというのなら、どうぞ」と渋々認めた。「ヤッター」、つる子たちは歓声をあげ、早速、その日から週に1回、交代で入れるように男性陣と交渉した。男性側の代表として出てきたのが久だった。

このとき以来、久は、いつだって元気の良いつる子とよく話すようになった。

ドラム缶風呂をつくるのには、いろいろ工夫がいる。久は、山中で立花がドラム缶風呂をつくるのを手伝ったことを思い出した。あのときは沸かしたお湯をドラム缶に入れたけど、今度は底で火を燃やす方法でやってみよう。立花の指導を受けながら久はやってみた。まずドラム缶の下に石を積んで釜をつくる。少々のことでは揺るがないようドラム缶はしっかり固定しておく。ドラム缶の底が熱くなるので、底に木の蓋を敷いて一人ずつ入る。中で身体を洗うとお湯が汚れるので、外に洗い場をつくる。そのための湯も沸かす必要があるし、洗い場のほかに脱衣場も必要となる。ドラム缶の湯舟に入るには踏み台も必要だ。日本人の男性たちが入っていたのは別に湯を沸かしてドラム缶に入れるものだったが、今度は本格的な五右衛門風呂だ。そのうえ、女性陣が入浴するには、外側を囲む板塀が必要になってくる。久は、それらの作業を仲間の日本人工員たちにテキパキと指示しながら、自らも率先して体を動かす。それを見ていた女性陣の久に対する評価は高まった。あとで判明したことだが、実は立花の温かい配慮があった。奥手で引っ込み思案の久を引き立ててやろうと考えたのだ。立花は、つる子の久を見る目が少し違っているのに気がついていた。

従業員女子宿舎の一室がお茶を飲みながら話せる場になっている。日本人女性工員たちは、そこに集まって話をするのが最大の楽しみだ。今夜も、大《タア》ホワジと異名のついた孝子《たかこ》が、同じく小《ショウ》ホワジと呼ばれる寿子《とし》と職場の男性工員のあの人、この人を評価して、盛りあがっている。ホワジとは、おしゃべりな女性をさす。そこに割りこむように鈴代が、「みんなに相談したいんだけど」と真面目な顔で言った。急に鈴代をみなが注目した。鈴代は「木元さんから交際を申し込まれているんだけど、どうしたら、いいかしら……」と、下をうつむきかげんに小声で言った。すると、孝子と寿子が二人とも声をあわせて、「それは、おめでとう」と大きな声を出した。鈴代の顔がぱっと輝いた。「そうね、そうするわ」。鈴代は周囲の反応を気にしていたのだ。何事も案ずるより産むが易《やす》しだ。

黙って聞いていたむつ子がつる子に向かって、「つる子は、どうなの?」と水を向けた。そして、むつ子はつる子に、「久さんはいいよ、あたってみたら」とけしかける。むつ子はつる子を差しおいてはいけないと考えた。つる子がダメなら、次は私の番だわ……と。つる子も前から久が気になっていた。よし、あたってみるわ。つる子は勇気があった。そして、つる子は久とうまくいった。

久は自分がつる子と交際をするようになって、立花と上條のことを少し心配しはじめた。二人にズバリたずねた。「誰か好きな女性《ひと》はいるのかい？」と。二人とも首を横に振った。「どうも、ここの女性は気ばかり強くて……」。むつ子を指しているようだ。「そのうち、考えるよ。日本に帰ってからでも、遅くはないだろ……」。二人とも、ついに中国では伴侶が見つからないまま、日本に帰国した。

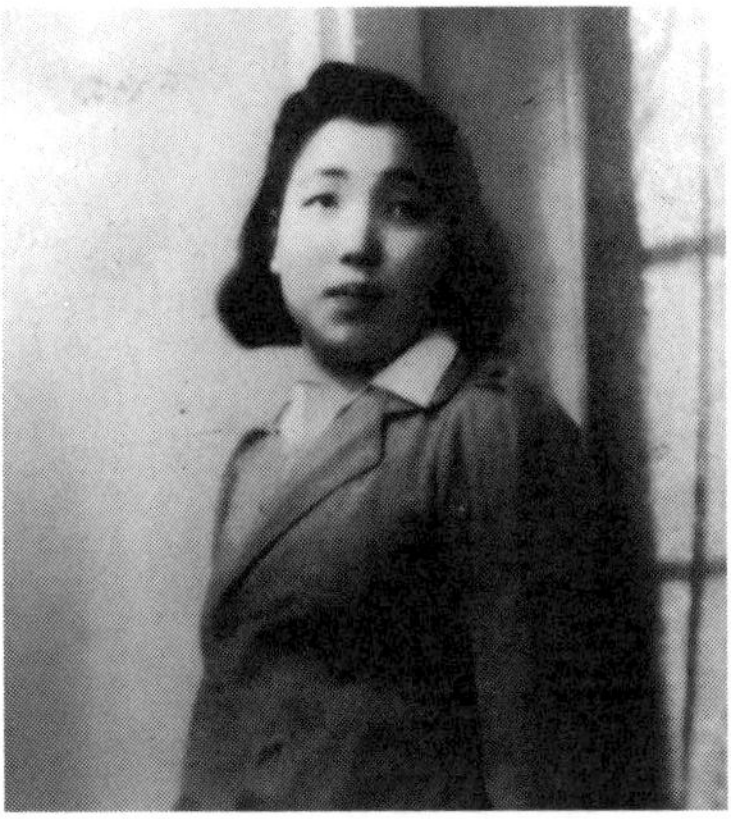

つる子

日本人女性に交際を申し込む中国人工員はいた。でも、それを知ると、周囲がなんとなく、やめさせようとした。やがて、中国人工員のほうもあきらめた。

工場の正門近くに店を構えた店主の妻が、実は日本人らしいという噂があった。でも、本人は名乗り出ない。今の生活を大切にしようということなのだろう。それならそれでいいわよね、つる子はあえて店主の妻に声はかけなかった。

久は、つる子となら、うまくやっていけると思った。なにより明るい。久はつる子と交際するようになると、やがて結婚したいと思いはじめた。このころ、日本人と中国人との恋愛そして結婚は、明文化されてはいなかったが、原則として許されなかった。しかし、日本人同士の恋愛や結婚なら歓迎され、二人が申請するだけで上司は承認した。ただ、久は日本に妻のみどりを残しているから、それが差し障りになる。中国共産党はその点、とても厳格だ。久が父の久平に出した手紙に、まっさきにそのことを心配していると書くと、まもなく返事の手紙が来て、「みどりは家に帰った」と書いてあった。久はほっとした。妻のみどりが5年あまりも音信不通の久を辛抱できなかったのは当たり前だ。呂工場長に久平からの手紙を見せると、「それなら、ここで結婚したらどうか」と勧められた。

1950年9月11日、工場正門前の飯店を借り切って、盛大な結婚式をすることになった。その前、朝のうちに鉄嶺駅近くにある写真館に行って、二人で記念写真をとってもらった。久は五つボタンの白い人民服を着て立ち、つる子も同じく白い人民服を着て久の前の椅子に座った。日曜日の夕方から結婚式をはじめたが、呂工場長をはじめ50人も参加してくれた。20種類もの料理が4つの大きなテーブルに並べられ、お酒もたっぷり出た。この費用として百数十万元を久は支払った。これで1ヶ月分の久の給料が飛んでしまったが、もちろん惜しくはない。新婚旅行には行かない。新居は、工場の構内に構えることになった。窓のある家で、中国人の工場幹部たちの住居が並ぶ一画にある、黒レンガの平屋だ。内装はひどく無造作なものだったので、器用な久が棚をこしらえ、つる子が同僚と花を工場の近くで摘んできて飾りつけもして、なんとか新居らしくなり、つる子は大いに喜んだ。

中国には「新婚さんの部屋荒らし」という慣行がある。たとえば、部屋の外で薪や唐辛子を燃やして黒煙を部屋の中に入れこんだりする。初夜とその後の数日間のいたずらがひどければひどいほど、新郎新婦の人づきあいが良くなり、みんなが祝福する気持ちが強いことを意味する。久たちも、その洗礼を少しばかり受けた。新居に入れかわり立ちかわり大勢やってきて、上條も立花も久しぶりに大声を出して日本の歌をうたったりして、夜遅くまでみんなで騒いだ。

帰国して40年たち、つる子の仲良しだったむつ子は紡績工場を再訪したとき、この家がまだ当時のまま残っていて紡績工場の工員の家族が住んでいたとつる子に手紙で知らせてくれた。さすがに老朽化しているため、近く取りこわされる予定らしいと付言していた。

朝食は他の工員と同じように出勤途中でシャオピン（小麦粉のお焼き）や焼き芋を食べてすます。昼食は、初めのころ窩頭《ウオトウ》（トウモロコシの粉を練って蒸した主食）を工場の食堂で食べていたが、ここの食事内容も次第に改善されていった。

単位

中国社会の基礎にあるのが単位制度。単位とは、農村を除いた地域で用いられる、企業・機関・学校・軍・各種団体で各人が所属する組織をさす。働いている人々は、自分の職場が所属単位となる。

住宅を職場に隣接して建設し、託児所や自動車、トラック、食糧や生活必需品の配給、医療など、何から何まで単位が供給する。身分保障、外食切符、旅行許可も単位が与えた。人々は、単位で職と住居を提供され、退職後は年金を受けとり、死ぬまで単位で暮らす。単位には共産党の委員会があり、上部と連絡をとりあっている。幹部の家族はまとまって住むので、共同体のようなものが形成されていく。単位は、共産党が民衆を動員するときの手段になっていて、民衆の生活全般を管理するための手段であり、民衆の生活に深く根づいている。

もちろん、久の勤める紡績工場も単位だ。なので、病気になったとき、治療費の心配はいらない。

朝鮮戦争

1950年12月も半ば、久たちが工場の昼休みに庭でゆっくりしていると、珍しい顔があらわれた。洗いたてのパリッとした軍服姿の徳川だった。青少年義勇軍出身の徳川は体調を回復して、八路軍の一員として上海のほうへ南下していったと聞いていた。どうしたんだろう。顔色も良く、見るからに元気そうな様子なので、病気やケガしたとも思えないが……。

徳川は、声を低めて打ち明け話をはじめた。朝鮮へ中国人民義勇軍の一員として行くことになり、途中で許可をもらって立ち寄ったという。なるほど、そうだったのか。でも、朝鮮ではアメリカ軍の最新式兵器に苦戦しているという噂もあり、久はつい不安になった。それでも、みんなで工場の門のところで手を振って気持ちよく徳川を送りだした。このとき、徳川と同じ横浜下町出身の松井修三も一緒だった。ただ、松井のほうは本名の李と名乗って義勇兵となった。

ところが、徳川は2週間もしないうちに、しょんぼりした顔で再び一人で工場にあらわれた。いったいどうしたんだろう……。徳川は、「日本人は参戦できないんだって」と泣きべそ顔で説明した。実際には大勢の元日本兵が朝鮮での中国人民義勇軍に従軍しているけれど、みんな中国人の名前を名乗っていて、徳川のようにいかにも日本人の名前だと、まずいという。だから、李のほうはそのまま義勇軍に残った。久は良かったじゃないか、そう思ったけれど、徳川の泣き顔を見て、言葉を呑み込んだ。朝鮮半島でのアメリカ軍との戦闘はかなりの激戦だという話は久たちも聞いていた。なにしろアメリカ軍が制空権を握っているので、中国軍がいくら大々的な人海戦術をとっても上から爆弾をバラまかれたらどうしようもない。毛沢東の息子（毛岸英）もそれでやられて戦死した。

「まあ、そんなに気を落とすことはないよ。それより、ここらで、手に技術を身につけて働いたほうが良くはないか。この工場で働く気があるなら、工場長にかけあってみるけど、どう？」

徳川は、真面目な顔になって、「はい、少し考えさせてください」と答えた。

翌日、徳川が以前のような腰かけではなく、ちゃんと工場で働きたいと言ってきたので、それはいいことだと久は呂工場長にかけあいに行った。そして、徳川は、なんとか単なる見習いとしてではなく働けるようになった。

毛沢東は金日成が朝鮮で戦争を始めるというのに反対したが、南進を始めた北朝鮮がアメリカ軍の仁川上陸以来、敗北一途になった時点で、参戦を決意した。

１９４９年10月、毛沢東はスターリンに電報を打ち、北朝鮮が南へ攻撃するのに反対だと意思表示した。１９４９年12月から２ヶ月間、毛沢東はモスクワを訪問し、スターリンと何回か会談した。１９５０年２月、中ソ友好同盟相互援助条約を締結した。５月に金日成が北京を訪問し、毛沢東と会談した。この時点で、中国大陸では国民党軍との戦争が完全に決着しておらず、中国の台湾側の海岸線にある都市は蔣介石の指揮する国民党軍から爆撃されていた。毛沢東は金日成の南進計画に賛成しなかった。

東北地方（旧満州）にいた中国人民解放軍の朝鮮民族部隊が1949年夏と1950年5月に北朝鮮に入り、人民軍の師団となった。これは金日成の要請に毛沢東が応じたものとみられている。3個師団と2個連隊であり、人民軍歩兵部隊の3分の1を占め、6月25日の開戦時には突撃部隊として活躍した。

1950年6月25日、スターリンの許可を得た金日成が南へ侵攻を開始して朝鮮戦争が始まった。韓国軍に不意打ちをくらわせた北朝鮮軍は怒涛《どとう》の勢いで南下して韓国の大半を占領し、残すは釜山付近だけとなった。しかし、アメリカ軍が9月15日に仁川に上陸したあと、たちまち形勢は逆転し、中国との国境付近にまで追い詰められた。10月2日、北朝鮮の消滅を恐れた毛沢東は最高指導部内に強かった消極論（政治局拡大会議が何回も開かれたが、そのなかで当初から即時出兵を主張したのは毛沢東と周恩来の二人のみで、あとは出兵反対か消極的だったが、前日、韓国軍の一部が38度線をこえたことを理由として）を押し切って、参戦することを決めた。総司令官になることを要請された林彪は参戦消極派であり、健康問題を口実として拒否したので、彭徳懐が総司令に就任して朝鮮の山中（坑道内）に司令部を構えた。アメリカ軍が平壌を占領した10月19日、中国人民義勇軍は、三手に分かれて鴨緑江を夜の闇にまぎれて渡河し、朝鮮の最前線にまで進出した。マッカーサーは中国軍が朝鮮に本格的に進出するとは思っていなかったので、アメリカ軍は不意打ちを喰ってソウル以南にまで押し戻された。そして、アメリカ軍が敗退を余儀なくされるなかで、マッカーサーは挽回策として原爆の使用を言い出した。ワシントンのトルーマン大統領は中国との戦争になったらいけないと強く反対し、ついにマッカーサーを更迭《こうてつ》した。1951年に入ると38度線あたりで一進一退の状態となり、休戦のための協議も始まった。

中国は義勇軍として志願者による軍隊という建て前だったが、その実体は正規の中国人民解放軍をそのまま横すべりさせていた。紡績工場の漢族そして満州族の工員が志願することはなかったものの（民兵として組織された）、工場内に1割ほどいる朝鮮族の工員のなかからは志願者が相次いだ。そのなかに久の知っている工員が2人いた。1人は朝鮮半島から家族とともども逃げてきた。満州のほうが自由があると考えたようだ。なので、朝鮮語も中国語も話せる。もう1人は満州で生まれ育ったが、家庭内では朝鮮語で話しているので、両方とも話せる。ただ、日本語はたどたどしくしか話せない。そのうえ無口で、何を考えているのか、よく分からない。久ともあまり話そうとしない。久も無理はしない。朝鮮族の兵士だけから成る部隊が編成され、最前線でアメリカ軍と戦った。朝鮮族の兵士は戦闘員もさることながら、現地では通訳として活躍した。肩書は「連絡員」だ。現地住民との意思疎通が十分でなければ道先案内もできない。また、宿営地の調達、敵情視察、住民への宣伝・交渉などで大きな役割を果たした。希望者が誰でも連絡員になれるというのではなく、政治傾向が優先され、共産党員や共産主義青年団員が多くを占めた。

工場の周囲はたちまち国共内戦時のような雰囲気になって湧《わ》きたち、愛国増産競争が始まった。また、武器献納運動もすすめられた。

中国人民義勇軍は最高時に130万人、3年間に延べ500万人を朝鮮での戦争に動員した。

そして、その1割、50万人が戦死した（西側は死傷者数を60万から90万とみた）。ようやく1953年7月27日に休戦協定が締結されたが、これは3月6日にソ連の独裁者スターリンが死亡したことも大きかった。朝鮮戦争が終わったあと、李（松井修三）が戦死していたことが判明した。朝鮮戦争の熱気が高揚するなかで毛沢東に対する個人崇拝が強まり、毛沢東はますます神格化された。

6月の初め、久は休日、工場から自転車を2台借りて、つる子と郊外へ出かけた。小麦の刈り入れが始まっていた。久にとって、なつかしい情景だ。今ごろ三又村のみんなはどうしているかなあ、田植えをすませ、苗が青々と伸びはじめている頃だろう。望郷の念がこみあげてきて、胸が詰まる。「みんな待っとるけんね」という父久平の言葉が耳の奥底によみがえった。

おやおや、日本では見かけない光景だぞ……。農民が自分の畑の小麦を刈り出すと、そのすぐあとを女性や子どもたちがずた袋をもってついてまわり、落ちこぼれた麦穂をとりあっている。ええっ、いったいどういうことなんだろう……。つる子も訳が分からず首をかしげている。工場に戻って同僚の中国人の工員に尋ねてみると、刈りとりしたあとにこぼれた麦穂は、落とし物と同じで、もはやその畑の農民のものではない。だれが拾おうと勝手。なので、刈るほうも拾うほうも、ごくあたり前のことと受けとめている。そんな話だった。日本と中国では、こんなところも考え方というか習慣が違っている。

刈り終わった畑には麦粒ひとつなく、きれいに片付いている。なるほどと、久は感心した。

反革命鎮圧運動

1951年夏、工場内は暗い雰囲気に包まれ、人間関係がギスギスしている。疑心暗鬼が広まり、あっちでもこっちでも寄るとさわると噂話をしていた。

副工場長の郭は元国民党軍の兵士だった。これは有名な話で、みんな知っている。真面目に働いていたのに、郭はいつのまにか「反革命分子」とされて吊るしあげられ、ついには工場から追放され、姿を消した。噂では、郭は市の監獄に入れられたらしい。いや、もう既に処刑されたと言い放つ工員までいた。

中国には人事に関して檔案《とうあん》というものがある。久は上條から教えられた。それには出身階級にもとづく本人成分、家族構成、党歴、職歴、犯罪歴などの詳細な個人情報が含まれていて、共産党が檔案館で厳重に管理している。本人は見ることができず、上司が閲覧して記入する。檔案によって、個人情報が共産党に集中する仕組みになっている。この檔案の内容がときに流出し、そこに書かれている内容が個人攻撃の材料となった。1960年代に始まった文化大革命のとき、意図的に流出して紅衛兵の手に渡り、幹部の過去の罪状を暴き出して糾弾する材料にされた。

プライドの高い技師長の陳もやり玉にあがった。陳の父親は解放前、ハルビンで白系ロシア人と大きな百貨店を共同経営していた、いわゆる産業資本家だ。そのおかげで陳は大学に進んで技術者になった。陳自体は経営者になったわけではないのに、陳を妬《ねた》む人たちが足をひっぱった。そのうえ、陳は技術屋なので、もとから気難しいところがある。そうはいっても、工場を動かすには欠かせない人なので、呂工場長や支部の王書記が必死に陳をかばっているようだ。それでも、市当局からすごい圧力がかかって苦労しているらしい。

工場の実質ナンバーワンの王書記の更迭が発表されたのには、久たち日本人技師もみんな驚いた。王書記は古くからの党員で、親分肌の人情家なので、工場内ではそれなりに人気があった。ただ、八路軍の元兵士として戦闘経験は豊富なものの、貧農出身で学校に行っておらず、党の上部からおりてくる指示をきちんと守っているか疑われていた。共産党の決議文もきちんと読めていないいんじゃないいか、あれでは大衆を指導するなんてできるはずがない。公然と批判する党員がいて、久はそばで聞いて驚いたことがある。要するに足のひっぱりあいだ。共産党のなかも一枚岩ではないらしい。そう言えば、工場内で昼休みに賭けごとしている荘も共産党員だというけれど、いかにも遊び人風で、不思議な気が前からしていた。

王書記は久と二人だけのとき、まだ10代のときにAB団撲滅闘争に参加したとこっそり明かしたことがある。AB団とは、アンチ・ボリシェヴィキ団のことで、国民党の特務（スパイ）組織が共産党の内部に入り込んで反共工作を行っているというもの。1930年、共産党中央はAB団が党内で暗躍しているとして、解放区内で大がかりな党員粛正をすすめた。あとになって、そのような組織的な反共工作活動はなかったことが判明したが、それまでに罪なき党員が数多く殺害され、追放されたことは間違いない。王書記はこのときの苦しい胸中を打ち明けた。久は、とんでもないことを聞かされた、誰にも絶対にこんな打ち明け話は言わないようにしようと固く心に決めた。王書記は久に中国人の社会にあまり深入りしないほうがいいよと忠告してくれたのではないか。王書記が更迭されたことを聞いたとき、久は、そんな気がしていた。

立花はこのところ、うかつなことは言えないと、いつになく言動が慎重だ。神経質な上條のほうは、それに輪をかけて心配したせいか、食事がろくに摂れず、見るからにやせて頬がこけている。相変わらず元気なのは、むつ子たち日本人女性工員たちだ。つる子もその一人で、久が深刻な顔をしていると、「そんな顔しないで。かえって、何かあると疑われてしまうわよ」と、背中を叩いて軽い調子で言った。

久が織物工場内を巡回していると、仲良しの揚君が同じ満州人工員から相談を受けて困っている現場にぶつかった。不具合が発生していた。久は、ここはこうしたらスムースに動くはずだと1週間かけて、あれこれ工夫してみた。持ち前の器用さを生かして新しい仕掛けを考案すると、陳技師長はすぐに採用した。陳技師長は産業資本家の息子として苦境にあったはずなのに、明るい表情だ。どうしたのかな……。陳技師長には市当局よりさらに上にいる共産党の幹部と大学以来の深いつきあいがあり、その幹部が介入してきて救われたという事情を立花が聞いてきた。中国では「関係《クワンシ》」が強烈に生きている。つまり、コネだ。久も何か個人的に欲しいものがあるときには、関係を生かして入手したことが何度もある。それが中国人社会の潤滑油なのだ。陳技師長は久に、久の考案した新しい仕掛けを工場内で発表し、展示すると告げた。

工場のモーターの損傷がひどく、揚君たちの現場が困っているのを知り、久は巻線機でつくってみようと思い立った。自動車の部品やベアリングなども持ってきたあと、型をつくり、仲良くなっていた中国人の大工にも手伝ってもらって2週間でモーターをつくり上げた。久はうまくいったので鼻高々だった。

1950年から52年にかけて、中国全土で「反革命分子」の摘発が大々的にすすめられた。人口の0・1%が「反革命分子」だと規定され、機械的に適用された。湖北省では2万5千人が該当する。全中国で3年間のうちに70万人が「反革命分子」として殺害された。この反革命鎮圧運動による弾圧は苛烈であり、共産党の考えに従わない勢力は、宗教界をふくめて除去・一掃された。

紡績工場でも「反革命分子」として摘発される工員が出た。国民党軍にしばらく籍があったという人たちも対象となった。そのなかには久と親しく声をかわす工員が何人かいて、久は疑問を感じることもあったが、沈黙は金《きん》なりで、何も言うことはなかった。中国社会も毛沢東の中国共産党も、いいことばかりではない。そのことを身に沁みて感じる。

続いて、都市で三反・五反運動が始まった。このころは商工業とも国営工場は少なく、経済活動は民族資本家が主体となるものが多かった。次第に利益第一主義になり、不当な価格つり上げ、手抜き工事、脱税などの不正行為が増えていた。そして、監督する立場の党や政府の幹部・官僚に賄賂を贈り、不正行為に目をつぶってもらい、また政府の経済政策に関する情報を提供してもらった。同時に、党・政府・軍の幹部の中にも特権を行使し、公金を使った飲食や贅沢品を買うという傾向が生まれた。長い革命闘争と戦争で苦労し、多くの犠牲を払ってきた老幹部のなかには、その代価を受け取るのは当然とする風潮があった。このような幹部たちの地位を利用した腐敗現象は、一般大衆の強い怒りを買った。三反に該当する人物を暴き、つるし上げるのを「打老《ターラオ》虎《フー》」といった。

「三反」は政府の官僚や党の幹部を対象とするもので、汚職・浪費・官僚主義をなくせと呼びかける。「五反」は、私営企業を対象とするもので、贈賄・脱税・国家財産の横領・手抜き工事・国家の経済情報の窃盗をなくせというもの。この運動が始まると、久たち日本人技師も例外ではなく、中国人同僚たちと一緒に学習・討論と「自己批判」に参加した。呂工場長は見るからにピリピリしている。

1952年1月から4月まで、上海だけで資本家たちが876人も自殺した。共産党の整風運動の中でやり玉に上がった「大物」として、天津市党委員会の書記と副書記がいた。この2人は巨額の賄賂と公金横領で摘発され、1952年2月に死刑を執行された。

1954年2月、久が日本に帰国したあとのことになるが、東北地方の党・政府・軍を一手に掌握していた高崗が反党反裂活動をしているとして毛沢東から打倒された。

故郷への手紙

元青少年義勇軍にいた横山に長野県の故郷から手紙が届いたのが紡績工場のなかでは一番初めだった。まわし読みして日本に想いをはせた。日本へ手紙が出せることが分かって、みんな競って手紙を出すようになった。日本と文通できるようになったのは早い人で1950年から、そうでなくても1951年からは手紙のやりとりができるようになった。それまでは、久が中国共産党の軍隊に入ったらしいというのが風の便りで三又村に伝わってきて、国民党軍との戦争に巻き込まれた久はもう生きてはいないだろうと久平や村人たちに思われていた。

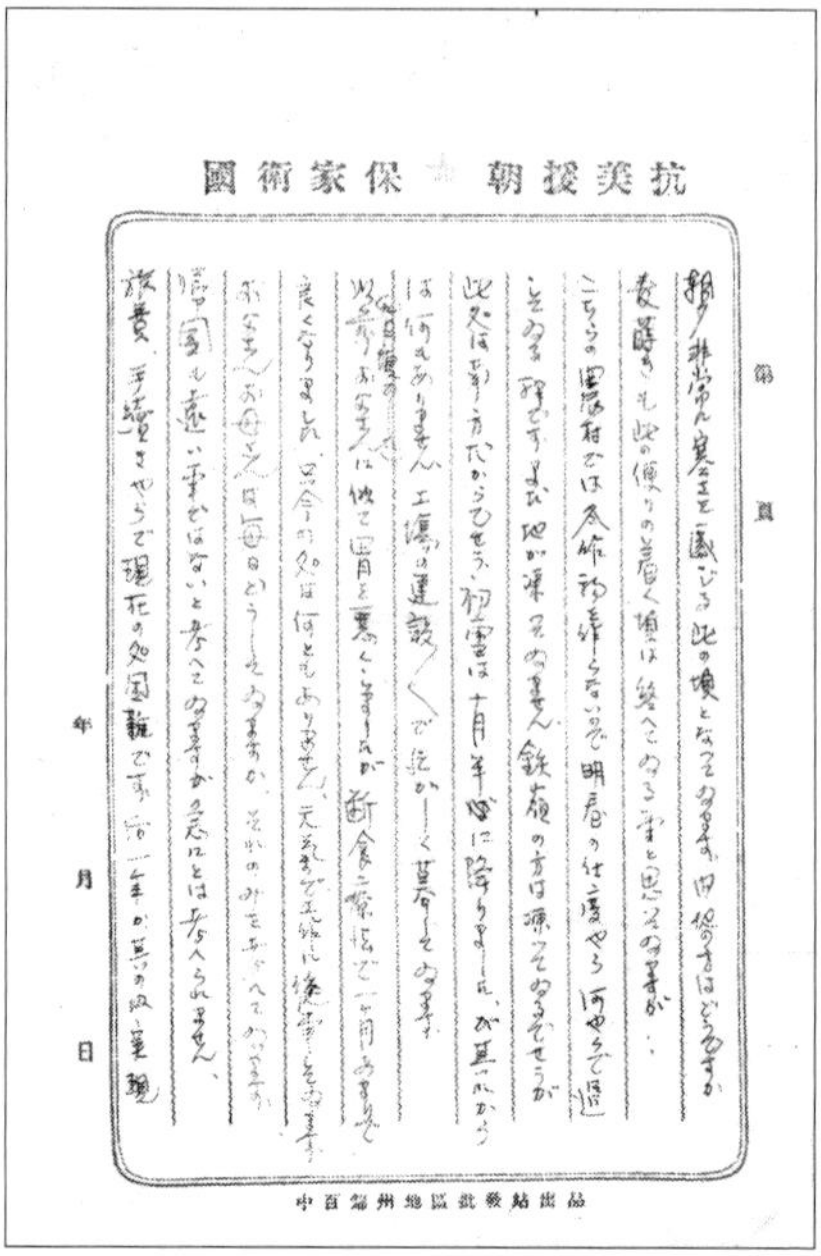
抗美援朝　保家衛國

故郷へ送った久の手紙

久が紡績工場の技師として、忙しい日々を送っていたある日、新聞を読んでいると、日本人が本国へ帰還する記事が出ていた。呂工場長はまだ早いんじゃないかと引き止めたが、久は帰る気持ちを抑えきれない。

久が故郷の三又村へ出した手紙が途中から残っている。朝鮮戦争がまだ続いていた1952（昭和27）年以降なので、手紙の便箋には「抗美援朝」というロゴが印刷されている。アメリカ（美）に抗し、朝鮮を援助しようというスローガンだ。久たちの帰国は朝鮮戦争のあおりも受けて、紆余曲折があり、すんなりとはいかなかった。

「お父さん、どうしてますか、お母さんも達者ですか。今は麦が伸びて苗代するころではありませんか。暑いくらいの気候ではないかと、以前を思い出しています。大牟田の兄より証明書を受けとりました。結局のところ、帰国できなくなりました。といっても、帰国するのは遠い先のことではないと思います。

三又村の敬老会の写真が届きました。私の知らない人が4人か5人いましたが、うれしかったです。佐賀の姉から写真を送ってきて、子どもが大きくなっていました。

きのうから、夜勤しています。あと2週間は、もぐらもちのような生活です。

鉄嶺に福岡出身の友だちができました。福岡市郊外の久原村の村長の息子で井上哲彦さんといいます」（1952年5月6日）

井上は最近になって開通から鉄嶺に移ってきた。お酒が入ると、高歌放吟のふるまいをする。中国人兵士なら、すぐに問題にされるところだけど、日本人だからだろう、大目にみられている。育ちの良い豪快な井上と一緒にいると久の気が晴れるので、すぐに大の仲良しになった。久は、帰国後に生まれた長男を哲彦と命名した。

新工場の建設

1952年の夏、久は工場長から呼び出された。何だろう、まさか思想点検の話ではないだろう。「反革命」とは無縁だし、「三反・五反」とも久は縁のない存在で、目立たないようおとなしく生きている。立花も上條も、このところ工場で顔を見ない。どこか別の工場に応援に行かされたのかな……。

工場長室に入ると、呂工場長が笑顔で迎えてくれたので、久は急に気が軽くなった。では、いったい何の用だろうか……。呂工場長は手にしていた『参考消息』を机の上に置いた。これは海外で報道された中国に関連するニュースなどを中国語に翻訳したものを主とする、幹部向けの情報誌だ。呂工場長が日本の現状によく通じているのは『参考消息』を丹念に読んでいるからだ。

呂工場長は、しばし世間話をしたり、久とつる子の日頃の働きぶりをほめたたえたあと、急に真面目な顔になって、こう切り出した。

「今度、錦州の近くの女児河《めこが》にもう一つ新しく紡績工場をつくることになりました。そこで技術者を派遣しなければなりません。ついては、同志にぜひとも女児河の新しい紡績工場の建設に協力してもらいたいのです」

久は、これは困ったことになったと思った。なにしろ鉄嶺にはつる子と狭いながらも楽しい我が家がある。2人一緒に行けるはずはないだろう。女児河は錦州の郊外というから、はるか遠い。汽車で10時間もかかるという。

ところが、久の口から出たのは、「いいでしょう」という承諾の即答だった。自分でも驚いた。技術者として新しい工場を初めから立ち上げるのは、やり甲斐のあること。鉄嶺の工場は久がいなくても十分に回っていく。しかし、これからつくるという工場は、久がいないと出来ないだろう。それも何年もかかるということではないはず。久は呂工場長に尋ねた。「日本人技師のうち、何人か行くことになりますか?」。呂工場長は、すまなさそうな顔をして、「いや、同志ひとりだ」と答えた。ええっ、たった一人なのか……。できるかな、不安な気持ちが胸中に湧いてきた。でも、こうなったら、やるしかない。

「分かりました。行きましょう。でも、妻の了解をとってから正式に回答します。それでいいですよね」
呂工場長は満面の笑みを浮かべて、「もちろん」と元気よく応じた。

3日後、久が満州人の楊君と2人して錦州市郊外の女児河にある遼西第一紡績廠に行ってみると、工場はまだ建設している途上にあり、きちんとした宿舎もない。布団をかついで工場内をウロウロして、なんとか炊事場の横に寝れる場所があるのを見つけ、そこに布団をおろした。なので、朝は調理場から聞こえてくる物音で目が覚める。まだ久の仕事はあまりなく、一日中、工場内をぶらぶらすることもあった。それでも久の食事は工場の幹部と同じ扱いで、朝から肉がついている。

兄・茂が送った家族写真

「大牟田の兄から送られてきた写真で、はじめて見る子どもたちの大きいことにびっくりしました。いま、ここ女児河に紡績工場を建設していて、正月には鉄嶺に戻ります。ここには何千人も働いているうち、日本人は私ひとりだけで、淋しい限りです。だから日本語を話すこともありません。中国人も広東・香港・上海と各地から来ています。妻つる子は鉄嶺のほうに住んでいます。食べるほうの心配はいりません。中国人の同志は良くしてくれています。

中国と日本の貿易が開始されたら、私たちの帰国も早くなると思いますが、日本の動きがどうなっているのか、私には分かりません。大阪出身の京昭という人が日本に帰ったので、訪ねてくると思います。

鉄嶺の文化館に私が小さな機械を設計・製作したのが展示されていて、『とても光栄に思う』と妻つる子から便りがあり、誇りに思っています。

写真を送りたいのですが、とても出来そうにありません。

ここ女児河は鉄嶺より少し暖かいです。工場には電気は来ていません。あと少ししたら、水道・ガス・スチームが完備している新しい家に移ります。鉄嶺の建設もすすんでいて、中国は今、社会主義にすすんでいます」

錦州市外・女児河、遼西第一紡績廠内より（1952（昭和27）年11月）

「朝夕、非常に寒さを感じるようになりました。内地のほうはどうですか。麦まきも、この便りが着くころには、終えていることと思います。こちらの農村では冬作をつくらないので、明春の支度やらで過ごしているようです。まだ、池は凍っていません。鉄嶺のほうは凍っているようですが……。ここは南方だからでしょう。初雪は10月半ばに降りましたが、それからは何もありません。工場の建設で忙しく暮らしています。お父さんに似て胃を悪くしましたが、断食療法をして、1ヶ月あまりでよくなりました。今は何ともなく、元気で工作（仕事）をしています。帰国については、旅費・手続やらで現在のところ困難です。あと1年以内には実現できるでしょう。晴れて大手を振って帰りたいものです。それまでに何か技術を身につけたいと勉強しています。大きな機械を据え付けます。一部門の機械の責任をもっていますので何かと骨が折れますが、完成したら、たいしたものです。そのときには写真を何とかして送ります。
お父さんの写真は届きました。家の南側ですね。なつかしく眺めています」

（1952（昭和27）年11月）

久の使った封筒

「寒くなりました。鉄嶺の妻つる子からの回送で、お父さんの便りを読みました。お父さん、お母さん、苦労されているようですね。

11月26日に神戸に入港するイギリス船で友人の京昭さん（大阪の人）が帰国しました。天津出港までずっと文通していた人です。帰国旅費は自分もちだと言われていますので、困難がありますが、来年には解決すると思います。それまで待っていて下さい。来年には鉄嶺のほうに戻り、そこで働いて帰国を待ちます。必死で働いて帰国を待つつもりです。

日本居留民なので、帰国には公安局の許可が必要です。今は政府の指示で、鉄嶺の工場からここに出張中です。ここは日本人は私ひとりです。好きこのんで、ここで働いているのではありません。中国にいるときは、戦争中に日本が中国の人々に与えた犠牲を、また日本と中国の親善のためと思って働いています。

中国人は決して日本人の悪口は言いません。中国人と日本人は隣同志の友だちだと言って、良くしてくれます。ここでは日本語を口にすることはなく、みな中国語で話しています」

（1952年11月20日）

「寒い北風が吹いていることでしょう。この手紙が着くころには正月のころでしょうね。以前の正月と変わりありませんか。きっと変わっていると思います。風物は変わらなくても、人の考えていること、やっていることは、変わっているでしょう。麦は、寒い冷たい地の下に幾丁もなく伸び、来る暖かい季節に伸びようと待っていることでしょうね。

お父さん、お母さん、二人ともご病気とのこと。私が帰るまでは大事に大事に暮らしていて下さい。こちら中国でも、先日、日本居留民の帰国問題が大きく新聞に報道されていました。いつころになるか、はっきり断言できませんが、近まっていることは確実です。それまで元気で待っていて下さい。私もそのときまでは、と仕事に張りきって働いています。鉄嶺から遠い、この女児河の地で働くのもそのためです。中国人と仲良く暮らし、仕事をし、導くことができるならばと期待しています。ここは日本人は私ひとりなので、日本語を話すことはなく、毎日、中国語で話しています。

基本建設事業に参加しているのは、私のためには技術が良くなり、生活が良くなり、中国の平和産業にいくらかなりと協力し、私の生活の保障になり、日本で農業ができない場合でも、食べていけるよう、勉強しながら勤務しています。以前のように百姓ができれば、やっぱり百姓をやります。なつかしいお父さん方のそばで、今までの孝養を尽くしたいのです。そのときまで待って下さい。遠い将来のことではないと思います。

今は、職工として、豊かなほうかもしれません。こちらは生活費が安いので助かります。病気をしても、医者も病院も工廠のほうで何とかしてくれます。この点も安心していて下さい。お父さんの便りを読むと、たまらなくなつかしくなります。

紡績工場で受けもっているのは、糸を巻いたり、糊づけしたりする部門です。全部、機械を使います。中国人1人と共に働いていて、機械を管理するのは私の仕事です。毎日、出勤すればよいのです。でも今は、据付するので、忙しく働いています。ここに来て、いろいろな機械を知りましたし、各種機械の据付をしました。一人前になるまでは、とても苦労しました。身に技術をつけなくてはなりません。技術なくては、食っていけません。責任をもって据付しています。廠長も私を信用していますので、よく働けます。技術見習の職工が10人ほどいますが、この人たちも良くしてくれます」

（１９５２（昭和27）年12月）

「近いうちに日本赤十字社と中国紅十字社とのあいだで話し合いがあり、そのため、今、日本代表7人が中国への途上にあるそうです。近いうちにお父さん方にお目にかかれるかと思うと、うれしくなります。二人して待っていて下さい。

旧正月は、女児河で過ごします。鉄嶺には日本人もいますが、女児河には私ただ1人なので、ときに寂しく感じます。でも、新聞に帰国のことが公表されましたので、働くにも力が入ります。8月15日から7年、渡満して8年になります。前は若かったのが、今では一人前の大人になりました。34歳です。老いの早さを感じています。8月15日当時は、死の一歩手前をさまよったりしましたが、これも昔話となりました。

私の兵隊の入隊年月日を忘れて思い出せません。証明書に必要ですので、急いで返事を下さい。妻にはお腹に子がいて、7月に出産の予定です」

（１９５２年12月7日）

「ながく便りしませんでした。内地も寒い最中ですね。寒いと、胃が悪いとよく病むものです。お父さまはどうしていますか。なるだけ温かくして暮らすようにしたらいいと思います。老齢は過度に働いて疲れると身に毒ですから、控えたらよいと思います。

私のほうは相変わらず、こちら女児河で働いています。新正月は鉄嶺に戻り正月をしました。内地と違って、餅も何もありません。その代わりに中国の料理があります。どうやらこうやら過ごしました。

鉄嶺からここ女児河まで汽車で10時間近くかかるので、すぐ帰るわけにもいきません。次に帰るのは旧正月にしようと思っています。妻つる子のほうも相変わらず暮らしているようですので、ご心配なく。

帰国のことですが、近いうちに帰れるようです。春か秋になるのか、その点は分かりません。今年中に帰国できると思うと、とてもうれしくなります。こちらで発行している新聞を同封しますので、よく読んで下さい。日本のほうから船が来ると帰れるのです。お父さん方も運動して下さい。元気で働いていますので、安心して下さい」

（1953（昭和28）年1月15日）

久、1953年1月

「鉄嶺も暖かくなり、毎日のように春風が吹いています。帰国も近まりました。今年の秋、早ければ5月か6月ころ帰れそうです。女児河から1月に帰ってきました。帰国の準備するため、出発証明書その他の手続は、中国政府の好意によって、すべて完了しました。目下、待機中です。ご安心ください。

久は中段左

何も持ち帰るものはありません。手荷物だけで帰ります。あせらず気を長くして待っていて下さい。毎日の新聞をよくみてください。そしたら分かると思います」（1953年2月2日）

2月15日、日本に帰る久たちの送別会が工場近くの料理店で開かれた。このときの記念写真があり、久は日本に帰れるうれしさとともに、日本に帰国してからの生活への不安が一杯で、いささか緊張した表情だ。

中国に定着

工場の昼休み、徳川が中国人の若い女性工員と二人で久に会いに来た。久も徳川が女性工員と交際しているのは知っていた。女性工員はニコニコ笑顔で宋と名乗った。いかにも感じの良い女の子だ。徳川はその女性を紹介したあと、「自分は日本に帰りません」と少し震える声で言った。

「いやあ、それはどうなの……。よく考えたのかい」

久はまさかと思った。久たち日本人がようやく日本に帰れると浮き足だっているのに工場内ですれ違ったとき、徳川が浮かぬ顔をしているのに気がついていた。それでもまさか、日本に帰らないとは……。

「いいえ、彼女と結婚して、中国人になります。というか、中国人になって彼女と結婚します」

よく考えた末の決断なら反対することもない。久は、「おめでとう」と言って二人と握手した。徳川には日本で待つ家族がいないことは久も承知している。それなら、ここで骨を埋めるのもありうる人生の選択だろう。若い二人で人生を切り拓いていくのを遠く日本から見守るだけだ。徳川は日本敗戦時に16歳だったから、もう23歳になっている。いい大人がよくよく考えて決断したのだろう。そう思って久は笑顔で二人と別れた。

中国紅十字会との北京協定

1952年から日中間の民間経済交流が始まり、日本赤十字社は中国紅十字会と日本人帰国について協議を続けた。1953年3月、「日本人居留民の帰国支援問題に関する協議コミュニケ」（北京協定）が締結された。

「こちらは寒かったり暖かかったりで、春らしくなってきました。大牟田の兄より、日本帰国代表団のこと、お父さんが病気で寝ていることを知らせてもらいました。大事にしなければなりません。

さて、今度、帰国することに決定しました。きっと4月中旬に家に帰ることができると思いま

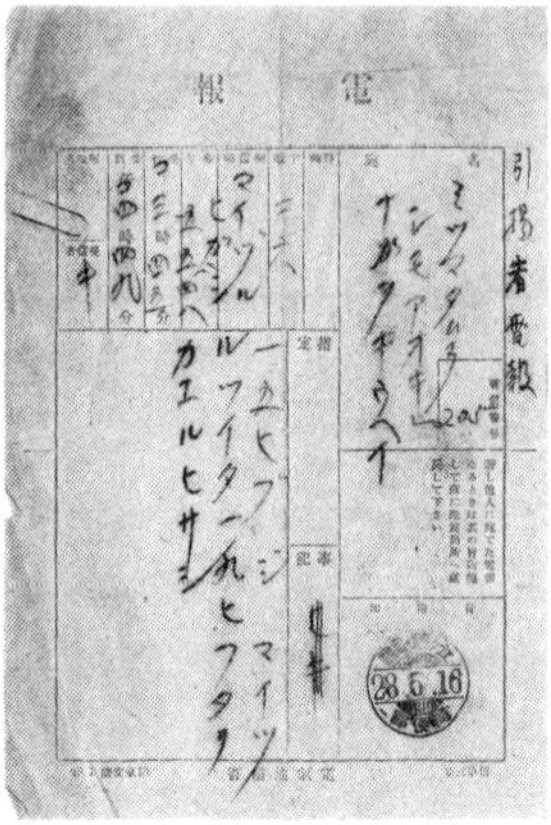

引揚者電報

す。帰国証明書なども書きました。近日、出国できると思います。旅費は、中国側の好意で不要です。多分、第2回帰国船に乗船できると思っていますが、人数が多いので、決定的なものではありません。帰国の費用について中国側は相当の費用を出してくれました。あまり貧乏でもありません。この点、心配しなくてもよいと思います。日本に着くまでは中国政府が保証してくれます。二人連れだって帰りますが、妻つる子は妊娠していますので、郷里の静岡に帰して、自分だけ帰ります。錦州（女児河）のほうからは、帰国のため1月に帰鉄していました。今は、毎日、帰国の準備をしています。何かお土産でもと思いますが、何もありません。着の身着のままで帰ります。元気な姿を見ていただくのが楽しみです。これで便りは出しません。会えるのを楽しみにしています。元気で会える日を待っていて下さい」（1953年3月17日）

帰国

故郷と音信がつくようになってから2年以上たち、ようやく2班に分かれて鉄嶺から汽車に乗って帰国することになった。ずっと久と行動を共にしていた上條も立花も、そして井上も一緒だ。もちろん、つる子たち日本人女性も全員。奉天から天津に出て、天津でしばらく待機させられてから日本からの迎えの船（第三次引揚船「興安丸」）に乗って5月15日、無事に舞鶴港に着いた。日本の島々が見えたとき、男も女もうれし泣きに抱きあってワンワン泣いた。上條と立花は、それぞれ迎えの親族が舞鶴港に来ていた。二人とは港を出たところで再会を期して別れた。久は5月16日、「19日に二人で帰る」という引揚者電報を三又村の久平宛に打った。久とつる子には誰も迎えに舞鶴港まで来ていなかったが、それでも不安はなかった。それより、久は大川に戻っても田圃もなく農業では食べていけないのではないかと心配していた。兄の茂が下関まで出迎えに来てくれた。久が応召して村を出てから9年たっていた。つる子は郷里の静岡で出産する予定だったが、流産したため、三又村に久と二人で行き、翌年3月4日に長男の哲彦を出産した。

15歳の開拓団遺児とともに

久と妻つる子の帰国する船には上條や立花、そして、むつ子たちのほかにも道連れがいた。崎山一郎という15歳の孤児だ。両親は満蒙開拓団に石川県から参加していた。父は敗戦直前に関東軍に現地召集され、生死不明となった。敗戦後、母と妹と3人で、歩いて帰国しようという開拓団の群れに加わったものの、途中で母と妹は餓死し、一郎は身寄りのない身となった。久は日本へ引き揚げるため天津の港で待機させられていたときに一郎と出会った。このとき、一郎の着ている服はテカテカ光り、下着はつけていなかった。この港に来るまで一郎は中国人の営む豆腐屋で働いていたらしい。久がもちあわせたアメを与えると、一郎の涙がボロボロと止まらなかった。日本の石川県に親戚がいることが判明したので、ともかく日本の港までは一緒することにした。

舞鶴港に着いたら、叔父つまり一郎の父の弟が出迎えに来てくれているのを知って久たちはひと安心した。

一郎は日本語をかなり忘れてしまっていて、石川県の鳳至郡諸岡村道下（今の輪島市門前町）に戻ると、言葉で少し苦労したようだ。でも、そこは15歳という若さと持ち前の生命力で乗り切った。

一郎が石川の郷里に戻ってしばらくして三叉村の久に宛てた手紙は、ひらがなばかりだ。7歳まで日本語をつかっていたのを思い出して、日本語はなんとか分かるようになったと書かれている。また、この諸岡村には中国から帰ってきた人がたくさんいるので、再び日本語を覚えるのに役に立っているとのこと。諸岡村は満州への出稼ぎ村だったようだ。一郎は成人したあと、関東に移って建設会社を起こし、その社長となった。久とつる子は、立派な社長になった一郎と軽井沢にある一郎の別荘で再会し、お互いの無事を喜びあった。

一郎の父はシベリアへ直行され、そこで亡くなったようだ。戦後かなりたって死亡したという通知が一郎に届いた。

帰郷

百姓再開

1953（昭和28）年6月6日、村中総出の歓迎会が開かれた。三又村の中村実村長の歓迎の辞のあと、久は「ありがとうございました。これから、みなさんと一緒に百姓をやるつもりです」と言葉少なく挨拶した。うれしさ一杯だったが、不安もあった。

このとき参加した全員の集合写真がある。久のほうはすっかり肚《はら》を決めて、スッキリした表情で写っている。隣のつる子は大勢の永尾家一族に取り囲まれ、かなり緊張しているのがありありだ。でも、結局はうまくいった。持ち前の明るさでつる子は乗り切った。

実のところ、久は久平家で農業して食べていく自信はなかった。久がやっていけるためには戦後の農地解放で取りあげられた田圃を取り戻す必要がある。たとえば、1952（昭和27）年8月、田1反2畝を同じ三又村の平田瀧次郎に代金1万4520円で強制譲渡させられた。この田は、それまで年に3630円で賃貸（小作）されていたもの。自作農創設特別措置法による措置だった。病気がちの久平は、久が不在のあいだ多くの土地を小作に出して自分の生活を支えてい

久の歓迎会（1953年6月6日）

た。久平家に田圃を戻すための寄り合いが始まった。大地主の一人であり、三又村の有力者である宮原家の当主が援護射撃してくれた。

「久さんは個人のために中国に渡ったのではない。応召して国家のために渡った人なのだから、当然、取りあげられた全部の田圃が戻るようにすべきだ」

この寄り合いに久平の代理人として参加していた長男の茂が久平に報告すると、久平は異議を唱えた。「全部返してもらえるように取り図ってもらえるのは、実にありがたいことだ。しかし、渡った先にも生活がある。全部を返してもらう必要はない。選んで、ここところの田圃だけは返してもらうようにしてほしい」と、戻ってくる田圃を限定した。狭い三又村のなか、久平の真情が汲みとられ、久平の言うとおりの田圃が戻ってくることになり、なんとか1町2反の田圃が戻ってくることになって久は胸をなでおろした。

久は9月8日、つる子との婚姻届出をすませた。出征前に結婚したみどりとは入籍していなかった。

農作業の合い間

久平が亡くなったのは久の帰国から3年たった1956年。このころ、ようやく久は元のように筑後弁を話せるようになった。大勢の中国人のなかでただ一人、紡績工場で技師として働いていて、いつのまにか筑後弁まで忘れていた。やはり、9年の歳月は長い。

久は80歳を迎えたころから、自らの中国滞在の記録を書きはじめた。妻つる子と共通する体験も少なくないので、つる子ともよく話しあった。何回も書き足しながら、90歳になって一応のものを書きあげた。そのタイトルとして思い浮かんだのは『私の無駄な青春の記録』だった。まことに戦争ほど無駄で、残酷なものはない。ただ、こうやって久の歩いた道をふり返り、今の人に伝えることができたら、決して「無駄」にはならないだろう。

中国の周恩来首相は1954年に次のように、八路軍の要請に応じて残留した日本人に対して、感謝の意を表明した。

「多くの日本軍人が武器を捨てたのち帰国せず、一部の居留民とともに中国解放軍に参加した。病院の医師と看護婦、工場の技師、学校の教官……ほとんどが立派に働いて、われわれを助けてくれた。われわれは深く感謝している。…………これが友情であり、これこそが真の友情といえる」

いちご栽培のパイオニア

いま、筑後平野ではいちご栽培がさかんだ。大粒で甘いいちごの新種が次々に誕生し、大々的に売られている。久は、このいちご栽培のパイオニアとして、大川市史で紹介されている。

筑後平野の最下流の大川市では米麦のほか、い草の栽培が盛んだったが、い草は価格が不安定で、米麦価格も頭うちになったため、久たちは新しい園芸作物が何かないかと思案していた。１９６２（昭和37）年、44歳の久は同じ三又の永尾政市、緒方佐太雄と語らいあって、水田いちごの栽培をスタートさせた。きっかけは福岡の西端の糸島でいちごをつくりはじめたと聞いたこと。久は、これは良さそうだと考え、政市に話をもちかけた。苗は糸島農協から分けてもらうことができた。ダナー苗を50本なんとか確保し、苗を運ぶ自動車も用意することができた。三又は久たち３人、城島《じょうじま》２人、安武《やすたけ》１人、計６人でいちごづくりを始めることになった。初年度は安武の人の畑に苗を植えた。翌年、１００本ほどの親苗ができ、栽培計画が立てられるようになった。久の自宅裏の水田をいちご畑にすることにして、５千本も植えることにした。ビニールハウスなので、ビニールと竹は各自で調達した。もとが水田なため、粘土質土壌で本当にいちご栽培ができるのか、周囲は心配もしたが、久たちは、それをなんとかハウス栽培で乗り切った。出荷先は久留米の先の大都会・福岡。大風呂敷に包んで、柳川駅から特急電車に乗り、福岡の野菜市場

久は、いちご栽培の先駆者

久とつる子、哲彦と智美（1967 年 1 月）

永尾さん山（1982年1月）

にもって行く。福岡駅から100円払ってタクシーに乗って市場に到着すると、1箱500円から300円で、どんどん売れた。検査もすべてパスし、どんな形でも売れた。やがて三又の農協支所で選別し、軽自動車で運ぶようにした。まだ自家用自動車を持っている人は少なかったが、思い切って購入した。次の販売先は東京、航空便だ。ジャンボいちご、甘い「はるのか」はたちまち関東周辺に住む消費者の評判となり、10年たつと大川市全体の売上額は4億5千万円となった。今では福岡県のいちご生産量は全国の1割を占めていて、「あまおう」は日本一のトップブランドだ。ただし、生産農家が高齢化し、減少している悩みも抱えている。それでも今も下青木地区ではいちご栽培は続いている。

いちご栽培は、他の作物より技術と経験が必要な作物であり、また選果・荷作り・輸送は深夜に及ぶことから辛い作業でもある。そして、温度管理が難しく、一瞬も目が離せない。大川市史が、「毎日、長時間の労働と根気を必要とする作業」だと注記しているほどだ。久たちは40代の若さと体力で、いちご栽培を大川市内に広め、推進していった。

久は62歳のとき胃潰瘍で胃の3分の2を摘出した。

久もつる子も、日本に帰国したあと中国へは一度も行っていない。鉄嶺を含む中国東北地方旅行団の案内パンフレットが旅行会社から送られてきたが、いちご栽培が忙しいという理由から久は断った。久は国内旅行もほとんど行かず、つる子が一人で旅行団に加わって旅行してまわった。いや、久は軽井沢で一郎に再会したし、上條とも会った。また、立花は大分の耶馬渓にいるので長男哲彦の運転する車で出かけて、ともに元気で過ごしていることを確認しあった。つる子のほうも、むつ子たちとは再会している。

久もつる子も中国の悪口を言うことはなく、八路軍の「三大規律・八項注意」を口にして「すばらしい軍隊だった」とほめたたえた。ただ、それは家族など身近な人に対してだけだった。

久は２０１６（平成28）年12月17日、98歳で亡くなり、つる子は翌２０１７（平成29）年12月25日に94歳で亡くなった。

永尾広久（ながお・ひろひさ）
1948 年　福岡県大牟田市に生まれる
1967 年　福岡県立三池高校卒業
1972 年　東京大学法学部卒業
1974 年　弁護士登録（横浜弁護士会）
2001 年　福岡県弁護士会会長
2002 年　日本弁護士連合会副会長
現在　不知火合同法律事務所（大牟田市）
著書　『税務署なんか怖くない』（花伝社）
　　　『カード破産から立ち直る法』（花伝社）
　　　『がんばれ弁護士会』（花伝社）
　　　『モノカキ日弁連副会長の日刊メルマガ』（花伝社）
　　　『星よ、おまえは知っているね』（花伝社）
福岡県弁護士会のホームページの「弁護士会の読書」コーナーに毎日１冊の書評をアップしている。

不知火合同法律事務所
〒836-0843　福岡県大牟田市不知火町２丁目１の８　オービル２階
電話：0944-57-6311　FAX：0944-52-6144
E-mail：shiralo@jeans.ocn.ne.jp

八路軍《パーロ》とともに——満州に残留した日本人の物語

2023年７月25日　初版第１刷発行
2024年４月15日　初版第２刷発行

著者 —— 永尾広久
発行者 — 平田　勝
発行 —— 花伝社
発売 —— 共栄書房
〒101-0065　東京都千代田区西神田2-5-11出版輸送ビル2F
電話　03-3263-3813
FAX　03-3239-8272
E-mail　info@kadensha.net
URL　https://www.kadensha.net
振替 —— 00140-6-59661
装幀・装画 — 澤井洋紀
印刷・製本 — 中央精版印刷株式会社

ISBN978-4-7634-2073-2 C0095